Gabi Haug

Träume des Highlanders

Bibliografische Information der Deutschen Nationalbibliothek:
Die Deutsche Nationalbibliothek verzeichnet diese Publikation in der Deut-
schen Nationalbibliografie; detaillierte bibliografische Daten sind im Internet
über http://dnb.dnb.de abrufbar.

© 1.Auflage: 2019

Gabi Haug

Illustration: Gabi Haug
Umschlaggestaltung: Gabi Haug
Layout: Gabi Haug

Herstellung und Verlag: BoD – Books on Demand, Norderstedt

ISBN: 978-3-7494-6774-7

Mein großer Dank geht an …
meine liebe Eileen und meine liebe Dana
für die immer wieder geopferte Freizeit
als Korrekturleserinnen.
Ebenso geht ein solcher Dank
an meine liebe Lektorin,
für die wertvolle Unterstützung.

Prolog

Schottland, Highlands, anno 1263 ...

Es waren keine ruhigen Zeiten für Schottland, denn das Land befand sich schon seit dem Jahr 1034 unter englischem Einfluss. König Alexander III*, auch Alexander der Glorreiche genannt, aus dem Hause Dunkeld, hatte im Jahr 1262 seine Volljährigkeit erlangt und den Thron bestiegen. Sein Vater Alexander II, hatte bereits 13 Jahre zuvor die Absicht gehabt, die Äußeren Hebriden* in das schottische Reich zu integrieren, doch die Invasion wurde wegen seines plötzlichen Todes abgebrochen. Aus diesem Grund hatte der junge Alexander III vor dem norwegischen König Håkon IV seinen Anspruch geltend gemacht, war jedoch zurückgewiesen worden. Nun hatte er ein Jahr später mit den Norwegern und deren Invasion zu kämpfen. Doch selbst diese Schwierigkeiten des Königs hatten keine Auswirkungen auf den kleinen Clan der MacMorvens gehabt. Bis auf den einen oder anderen Viehdiebstahl der kleinen Clans untereinander hatte es kaum Ärger zwischen den Clanmitgliedern gegeben.

Einst waren die Vorfahren der MacMorvens Seefahrer gewesen, doch seit vier Generationen hatte es die Clanmänner, die sich noch immer als *Thanes** des Königs bezeichnen durften, von den Blanken der Schiffe auf das Land und in ihre Burg verschlagen. Doch an diesem Abend im Frühjahr des Jahres 1263 nach einem Kampfwettbewerb sollte sich das friedliche Leben ändern.

Unfall oder Mord

Ermod MacRaily kehrte vom Austritt zurück, leerte seinen Bescher in einem Zug, dann stieß er mit vom Alkohol schwerer Zunge hervor: »Ich weiß, ... du hast beim Wettkampf betrogen, ... Wallace!« Diese Demütigung fraß sich wie eine Schlange in seine Eingeweide.

»Du bist ... doch nur beleidigt, weil es dir ... nicht gelang den Wettkampf für dich zu entscheiden«, stieß der angegriffene Gastgeber mit ebenso schwerem Zungenschlag hervor.

Mit einem wutverzerrten Blick fuhr Laird Ermod auf: »Du ... du kriegst gleich eins ... aufs Kinn, du ... elender Betrüger.«

Wallace schnellte von seinem Stuhl hoch. »Wenn dir etwas nicht passt, dann ... verschwinde doch ... einfach.«

»Du hast unsere Freundschaft ... verraten, du eingebildeter .... Bock«, polterte Ermod und holte mit geballter Faust aus.

Wallace hob ebenfalls die Faust. Er war dabei etwas schneller.

Die Wucht des Treffers stieß Ermod nach hinten. Er verlor das Gleichgewicht und knallte Rücklings mit dem Hinterkopf auf die Kannte der Tischplatte.

Es folgten einige ewig scheinende Augenblicke.

Starr vor Schreck und leichenblass geworden, starrte Wallace junge Nichte auf den Mann, der nun bewegungslos am Boden lag und sich nicht mehr rührte.

Da eilte ein Mann herbei und bückte sich nach dem Gestürzten. Er fühlte nach dessen Puls. Nach kurzem Zögern sah er kummervoll nach oben zu den Umstehenden, schwieg und schüttelte dann den Kopf. Dann sagte er mit erschütterter Stimme: »Er ist tot! Hat sich an der Tischkante den Schädel eingeschlagen.« Der Tonfall des Mannes ließ keinen Zweifel daran zu und als Beweis, zeigte er seine Handfläche, die er dem Laird unter den Kopf geschoben hatte, welcher voller Blut war.

Entsetzt schlug Màiri die Hände vor den Mund, ihr blieb fast das Herz stehen.

Stendhal de Morau amüsierte sich innerlich über die Entwicklung an diesem späten Abend und über das Entsetzen aller nur noch wenigen Anwesenden. Hatte er doch selbst zu dem Streit beigetragen, indem er dem Laird beim stillen Örtchen etwas von Betrug beim Wettkampf von Wallace gegenüber hatte verlauten lassen. Der daraufhin so schnell entbrannte Streit zwischen den Lairds, hat ihm seine Aufgabe um einiges leichter gemacht. Er hatte sich vor Wochen als französischer Händler bei Wallace vorgestellt, der Geschäfte mit ihm machen wollte. Schottland und Frankreich waren zu wichtigen Handelspartnern vor allem in den Highlands und auf den Inseln geworden. Nachdem er Wallace Vertrauen gewonnen hatte, hat Stendhal ihm eröffnet, dass er im Geheimen Verbündete gegen die Engländer suchte. Dabei hatte er auch erfahren, dass die beiden Clans einen Wettkampf geplant hatten. Er war mit einem Schlag nüchtern. Stendhal erkannte seine Chance.

Wallace war in einem Schockzustand gefangen, als er das rote Rinnsal am Boden beobachtet, dass sich langsam als Lache neben dem Kopf seines alten Freundes bildete. Es war ihm ein Rätzel, was soeben geschehen war und doch begriff er langsam, dass er seinen Freund getötet hatte.

Dies nutzte Stendhal aus. Er wandte sich an Wallace: »Soll ich den Leichnam für Euch aus der Halle an einen anderen Ort schaffen lassen? Ich denke es wäre besser, vor allem für Eure Nichte und die weiblichen Bediensteten des Hauses.«

Wallace brauchte ein paar Sekunden, bis er bejahend nickte. »Lasst ihn bitte in das Gemach bringen, dass er in den letzten Tagen bewohnt hat! Ich bringe zunächst meine Nichte hinauf in ihr Gemach. Komm Kind! Dann werde ich Ralph MacBans wecken, denn er muss wissen was geschehen ist.«

Màiri schniefte. »Wie konnte das geschehen?«, murmelte sie.

»Beruhige dich, mein Kind!«, bat Wallace und ergriff die Hände seiner Nichte. »Ich weiß, ich stecke womöglich in großen Schwierigkeiten.«

Màiri löste ihre Hände aus denen ihres Onkels und wischte sich über das Gesicht. »Du musst sogleich zu Ralph MacBans und es ihm erklären.«

Wallace nickte und ließ seine schockierte Nichte allein in ihrem Gemach zurück.

Es war eine klare Nacht. Die Sterne schimmerten wie hingeworfene Münzen am nachschwatzen Himmelszelt. Màiri stand am Fenster und fragte sich, was es mit diesen winzigen Lichtern wohl auf sich hatte. Waren es Löcher im Himmelszelt, durch die Gottes Glanz herabschien? Wieso beeinflussten die Sterne das Schicksal der Menschen? *Was ist wohl mein Schicksal? Herrgott, warum hast du zugelassen, dass sowas passieren konnte?*, murmelte sie und schluchzte. Sie kniete nieder, legte den Kopf an die kühle Steinwand, damit der Schmerz mit seinen Tränen nach außen dringen konnte.

»Mein Gott, Wallace, was ist los? Was gibt es denn so Wichtiges Mitten in der Nacht?« Ralph MacBans der schon fest geschlafen hatte, sah den Gastgeber fragend aus schläfrigen Augen an, der ihn gerade aus dem Tiefschlaf gerissen hatte.

Wallace der den Kopf ungewohnt tief zwischen die Schultern gezogen hatte, hob den Blick. »Es ... es ist ... es ist etwas Schreckliches passiert«, stammelte er, da er nicht die richtigen Worte fand.

»Ist es wegen Ermod? Hat er mal wieder gemeinsam mit dir zu viel gesoffen?«, knurrte Ralph MacBans.

»Schlimmer! Wir hatten einen Streit und er ist - er ist tot.«

Ralph MacBans Augen verengten sich zu Schlitzen. »Was?

Willst du Suffkopf mich auf den Arm nehmen? Das ist doch wohl ein übler Scherz? «

»Ich wünschte es wäre einer«, flüsterte Wallace matt.

In Ralph MacBans Augen trat ein fragender Ausdruck. Er schien auf eine ausführliche Erklärung seines Gegenübers zu erwarten. Als diese ausblieb, fuhr er Wallace wütend an: »Verdammt Wallace, erklär mir sofort was geschehen ist!«

»Es war also ein Unfall, behauptest du!«, stöhnte Ralph MacBans und rieb sich mit den Händen über das Gesicht.

Wallace nickte erneut.

Ralph warf ihm einen düsteren Blick zu, während er Wallace Arm packte. »Wo ist er? Bring mich sofort zu ihm.«

»Ich habe das Gefühl, du glaubst mir nicht, doch es gibt Zeugen!«, erklärte Wallace verzweifelt.

»Wallace es geht nicht darum, dir etwas nicht zu glauben. Ich bin tief bestürzt und betroffen, wir haben einen Lebensfreund verloren, der durch deine Schuld tot ist! Ich war sein Begleiter und bin ein Mann der MacRaily's. Ich brauche Beweise für seinen Neffen und den Clan, dass es ein fataler und unbeabsichtigt tödlicher Unfall war, durch den sein geliebter Onkel auf so tragische Weise ums Leben gekommen ist!«, erklärte Ralph. »Sonst kann ich für nichts garantieren, denn es liegt mir gerade jenseits jeder Vorstellung, wie Logan darauf reagieren wird. Das ist die unbequeme Wahrheit, der du dich nun neben deinem Gewissen stellen musst!«, mit diesen Worten stieß der am Boden zerstöre Ralph MacBans Wallace aus der Tür, in den Gang hinaus.

»Wie bedauerlich für Euch Laird, dass es so für Euch enden muss.«

Das Herz von Ermod MacRaily schlug noch, der auf dem Bauch in der Bettstadt lag. Der Laird war lediglich bewusstlos.

Oh Gott, wie er es liebte vor allem diesem elenden Schotten den Garaus zu machen! Vor allem sein Halbbruder würde es ihm auf ewig danken. Er hob die Hand mit dem scharfkantigen Stein, hieb noch einmal mit voller Wucht auf die Stelle der zuvor in der Halle durch die Tischkante entstandenen Platzwunde. Ein knacken ließ ihn gehässig grinsen. Nun erst war der Laird wirklich tot, die starren Augen starrten ins Leere. Er wusste, es würde gewiss zu einer Fehde zwischen den beiden Clans kommen. Das barbarische Clan-Fehdeunwesen der Schotten war eine große Hilfe, um seinen Auftrag zu erfüllen, da konnte sich Alexander III. noch so sehr als geschickter Politiker erweisen und versuchen sich der Loyalität der Hochland-Lairds zu sichern, um das Hochland zu befrieden.

Ein Geräusch ließ ihn wenige Augenblicke später zusammenfahren. Er konnte gerade noch rechtzeitig den Stein verschwinden lassen, bevor die Tür geöffnet wurde und ein betreten dreinschauender Hausherr, gefolgt von Ralph MacBans, das Gemach betraten.

Ralph MacBans sah stumm in den Raum, sah dann Stendhal de Morau durchdringend an, während er ans Bett trat, in dem sein toter Freund lag.

»Es war ein wahrhaft tragischer Unfall, dies kann ich nur noch einmal versichern!«, erklärte Wallace erneut.

»Warum sind Sie hier?«, murmelte Ralph tonlos, nachdem er sich vom Tod des Lairds vergewissert hatte.

Stendhal hielt von der anderen Bettseite her seinem Blick stand.

»Auf den Wunsch von Laird Wallace bin ich hier!«, erklärte er. »Wahrhaft tragisch was geschehen ist. Aber es war ein Unfall.«

Wallace fuhr sich mit der Hand durchs Haar, schüttelte verzweifelt den Kopf. »Das ist schlimm, das hätte nicht passieren dürfen! Da habe ich meinen Clan und dich Ralph, in einen gewaltigen Schlamassel manövriert.«

»So würde ich das nicht sagen«, erwiderte Ralph. »Ich muss es Logan nur beibringen. Der Rest ist deine Sache! Ich mach mich wohl an besten beim ersten Morgengrauen auf den Weg und bringe ihn her. Auch wenn ich dir glaube Wallace, dass es ein Unfall war, wundere dich nicht, wenn der Junge es anders sieht.«

»Ihr seid schon zurück?« fragte Logan MacRaily verwundert, als Ralph MacBans durch die Tür des Pferdestalles trat.

Der Chiftain schüttelte verneinend den Kopf, dann legte er eine Hand auf die Schulter von Logan. Seine Stimme war kaum zu hören. »Ich bin alleine. Dein Onkel ist tot.«

Logen erstarrte in seiner Bewegung. »Wiederhohle was du gerade gesagt hast, Ralph! Und dann erkläre mir gefälligst was geschehen ist!«, forderte Logen Ralph MacBans auf.

So berichtete Ralph, was er zu dem Vorfall sagen konnte.

Ralph fühlte sich noch unbehaglicher, als Logan mit leerem Blick durch ihn hindurchstarrte.

Außer sich vor Wut versuchte Logen Luft zu holen, doch der Schmerz schnürte ihm die Brust ein. Er sah zum Himmel empor und stieß hervor: »Das soll mir der Dreckskerl von MacMorven büßen, ich bringe ihn um!«, und er lief eiligst aus dem Stall.

Ralph folgte ihm. Unwillkürlich musste er an sich selbst denken; Wie würde er wohl reagieren, wenn er an Logans Stelle wäre - gewiss wohl auch nicht anders! »Logen, alle die dabei waren beteuern, dass es ein Unfall war. Wallace hat mich hergeschickt, um dich zu holen.«

Logen blieb stehen. »Er hat unseren Laird getötet.«

»Wenn du auf ihn losgehst, ohne dir seine Erklärung anzuhören und der König bekommt Wind davon, so musst du selbst mit einer Bestrafung durch die Obrigkeit rechnen, denn die MacMorven gelten immerhin weiterhin als Thanes des Königs.

Es ist unklug einen solchen Gefolgsmann ohne rechtliche Handhabe anzugreifem, du riskierst zudem dabei, deine Ehre zu verlieren!«

»Die Ehre meiner Familie ist nicht einfach verletzt worden, Wallace Handeln hat meine Familie ausgelöscht. Werde ich nicht tätig, steht meine Ehre, die meines gemeuchelten Onkels, sowohl die meines Clans auf dem Spiel. Aber gut, ich werde die Regeln einhalten, so schwer es mir auch gerade fällt! Wir werden in der nächsten Stunde noch aufbrechen. Ich werde meine Sachen holen. Iss was und dann kümmere dich um den Clan.«

»Ich komme natürlich mit!«, presste Ralph hervor.

Logan konnte es sich selbst nicht erklären, doch all seine Verzweiflung über den Tod seines Onkels entlud sich jetzt auf seinen Freund und Lehrmeister. Obwohl er eigentlich wusste, dass er Ralph damit verletzte, nahm seine Stimme einen schneidenden Unterton an: »Jetzt werden wir mal sehr persönlich, Ralph! Du hast ihn begleitet und jetzt ist er tot. Hast du überhaupt irgendeine Vorstellung davon, was in mir gerade vorgeht! Ich denke, ich habe jetzt gezwungener Masen hier in der Rangordnung das Sagen, und ich sage daher, du bleibst hier!«

Ralph holte tief Luft, als wollte er etwas sagen, winkte dann jedoch ab. »Aye Laird«, stöhnte er müde. »Ich werde mich darum kümmern, dass unsere Leute erfahren was für ein schreckliches Unglück geschehen ist.«

»Unglück sagst du? Aber lassen wir das, ich habe weder Kraft noch Lust, weiter über etwas zu diskutieren, was ohnehin erst zwischen Wallace und mir geklärt werden muss!«

Einige der Bediensteten waren bereits auf die Beiden aufmerksam geworden und warfen ihnen fragende Blicke zu. »Unser Laird ist tot!«, erklärte Logen tonlos.

Eine Frauenstimme schrie entsetzt auf: »Nein …«

Die Stimme gehörte zu Rodina, einer etwa vierzigjährigen

Frau mit hellgrauen Augen und blonden Locken, die unter ihrer Haube hervorglitten. Sie lebte schon seit 20 Jahren auf der Burg.

Logen ging zu der Frau hinüber, um sie zu trösten, so als hätte er gerade nicht genügend eigene Sorgen. »Es tut mir leid, dass du es so erfahren musstest Rodina.« Ein paar Augenblicke stand sie wie angewurzelt da, dann griff Logen in seine Hosentasche und reichte der Frau einen Schlüssel. »Rodina, so lange ich nicht da bin, bist du für den gesamten Haushalt zuständig. Pack bitte etwas Proviant für fünf Männer ein. Es eilt!«, drängte er.

»Es tut mir auch für Euch so leid, Logan.«

Logen zuckte hilflos die Achseln und wandte sich zum Gehen. Nach ein paar Schritten hielt er inne und drehte sich noch einmal zu Ralph um. »Auf was wartet der Chieftain, wolltest du nicht meine Clanleute über das Ableben ihres Chiefs informieren?«

Am Morgen des sechsten Tages, nach dem dramatischen Vorfall, erklangen Rufe von der Castlemauer, als sich Reiter näherten.

Laird Wallace erhob sich.

Màiri tat es ihm gleich.

Er schüttelte verneinend den Kopf.

»Onkel Wallace, ich möchte dich aber begleiten!«

»Nein Kind, dies ist alleine meine Angelegenheit. Es ist auch besser sie sehen dich nicht. Geh bitte in dein Gemach und bleibe dort!«

Màiri gehorchte schweren Herzens. Eines der Dienstmädchen folgte ihr nach oben. Tröstend meinte die Magd: »So sind die Männer eben! Sie legen großen Wert darauf ihre Probleme ganz alleine zu lösen, selbst wenn wir in den besten Absichten versuchen ihnen beizustehen. Nur sie alleine entscheiden.«

Màiri setzte sich in die Fensternische ihres Gemachs und sah zum Hof hinunter. Sie wusste zu gut, die Unbeherschtheit beider Lairds durch ihr Saufgelage, hatten alle in eine missliche Lage gebracht, aber vor allen ihren Onkel der den Tod seines Freundes nicht beabsichtigt hatte. Doch wie würde der Neffe des tötlich Verunfallten auf dessen Tod reagieren? Schon erwog sie erneut in den Hof hinunter zu gehen. Sie unterließ es, denn sie wollte ihren Onkel nicht verärgern. Also blieb sie bedrückt in ihrer Kammer.

Eingebettet in sanfte grüne Hügel lag auf einer steinernen Anhöhe die Burg. Logan und seine Männer ritten zum Burgtor hinauf und verlangten Einlass.

Es dauerte nicht lange, da ertönte der Ruf: Öffnet das Tor!

Kaum waren Logan und seine Männer in den Hof geritten und hatten die Pferde untergestellt, kam ihnen auch schon Wallace entgegen. »Es ist eine traurige Begebenheit, die uns hier zusammengeführt hat. Es tut mir so leid!«

Logens Groll wuchs und erzeugte in ihm kalte Wut. Dennoch unterdrückte er seine Agression. »Ist das alles was Ihr mir zu sagen habt, MacMorven?« Er klang beherrscht, doch der bezwungene Wutausbruch lies seine Stimme hörbar erzittern.

»Ich bin bereit dafür zu sühnen!«

»Ihr seid also dazu bereit für den Todschlag an meinem Onkel durch den Schwertstreich eines Henkers aus meinem Clan in den Tod zu gehen?«

Wallace stieß einen Seufzer aus: »Natürlich nicht! Ich gedenke Euch für meine Schuld am Tode Eures Onkels, denn es war ein bedauerlicher Unfall, finanziell zu entschädigen. Also Euch ein Blutgeld zu zahlen.«

Der Blick von Logan war von tiefer Verachtung und Zorn

erfüllt. Seine Hand glitt an den Schwertknauf, während er mit vor Wut dröhnender Stimme so laut hervorstieß, dass seine Worte über den gesamten Hof und bis zu Màiri hinauf zu hören war: »Und ihr denkt, dies würde mir als Sühne reichen, für den schändlichen Tod meines Onkels durch Eure Hand?«

Einige von Wallace Krieger traten näher heran und zogen ihre Klingen, bereit sich auf Logan zu stürzen und ihren Laird zu schützen, während einer der Männer ungehalten hervorstieß: »Macht keine Fehler, Ihr geltet hier noch als Besucher, also nehmt die Hand von Eurem Schwert, Logan. Oder ... «

»Oder ... was?«, zischte Logan. »Tötet ihr mich dann auch einfach so wie meinen Onkel?«

»Der Laird hat ihn nicht umgebracht.«

»Für mich macht es dennoch keinen Unterschied, oder ist er etwa nicht an seinem Tod schuld, da er ihn geschlagen hat?«, knurrte Logan

Wallace hielt seine Männer mit erhobener Hand zurück. »Logan MacRaily, ich führe Euch jetzt zu dem Leichnam Eures Onkels, dann nehmt ihn und geht«, brachte Wallace mit erzwungener Ruhe hervor.

Mit weit ausgreifenden Schritten ging er voran, ohne auch nur auf Logans nächste Reaktion zu warten. Er erklomm die Stufen zum Wohnturm, um diesen zu betreten.

Logen folgte ihm.

Wallace führte ihn eine schmale steile Treppe hinauf, die in einem mit zwei Fackeln mäßig beleuchteten Gang endete. An dessen Ende blieb er vor einer Tür stehen und öffnete sie.

Schließlich trat Logan an ihm vorbei und über die Schwelle in den spärlich erleuchteten Raum hinein. Sein Blick wanderte zur Bettstatt und legte sich auf den dort liegenden Körper. Es handelte sich um den Leichnam seines Onkels. Dann wandte er sich um, zu dem Mann, der für das tragische Schicksal seines Onkels verantwortlich war.

Wallace versuchte noch einmal sich Logan zu erklären: »Logan lasst uns in Ruhe darüber sprechen. Es musste doch möglich sein, dass Ihr Einsicht annehmt!«

Genau diese Worte brachten bei dem jungen Schotten, erneut das Fass zum überlaufen, der mit seinem Onkel, seinen letzten Verwandten verloren hatte. »Eure Beteuerungen und fadenscheinige Behauptung, Ihr habet dies nicht gewollt, sie spielen für mich und meinen Clan keine Rolle. Ich gebe Euch sieben Tage, Euch mir zur Verantwortung Eurer Tat zur Aburteilung auf meinem Clanland zu stellen, oder ich werde nach Ablauf der Frist Euch und die Euren befehden, Wallace. Das ist mein letztes Wort.«

»Dann befehdet uns, wenn Ihr mein Wiedergutmachungsangebot für einen bedauerlichen Unfall nicht annehmen wollt. Doch bedenkt, es gibt auch Zeugen dafür, dass Euer Onkel auf mich zuerst losging, vergesst dies nicht.«

Ohne ein weiteres Wort verließ Logan das Gemach. Zurück im Hof gab er seinen Männern die Anweisung den Leichnam seines Onkels zu holen. Als dies geschehen war, verließen sie das Castle.

Das Gesicht Logans war erstarrt. Sein Blick war auf den in Decken gehüllten Leichnam seines Laird - der sein Onkel gewesen war, und über dem Rücken des Pferdes vor ihm lag gerichtet.

Stendhal de Morau, ritt an ihn heran und raunte in gebrochenem Schottisch mit französischem Akzent, während er sich bekreuzigte: »Er hat ihn getötet, auch wenn er und seine Leute Euch etwas anderes einreden wollen. Betrachtet die Wunde mal etwas genauer.«

Logan sah auf und warf dem spitznasigen Mann einen prüfenden Blick zu. »Ihr wart dabei, Fhrangaich*? «

Stendhal nickte bejahend. »Es ging so schnell … niemand konnte noch eingreifen. Euer Chieftain Ralph MacBans, hatte sich schon zurückgezogen und ich, ich bin kein Krieger, sondern Stendhal de Morau Wollhändler aus Toulouse, der hergekommen ist, um Wolle einzukaufen. Ich hielt Wallace bis vor fünf Tagen noch für einen Ehrenmann, doch nun weiß ich, dass er ein Mensch ohne Gewissen ist. Mit einem solchen will ich keinen Handel treiben.«

Der angebliche Stendhal de Morau trieb, nachdem er den Mitfühlenden spielend, sein Beileid geheuchelt, sein Pferd und sein mitgeführtes Packpferd an. Ein hinterhältiges Lächeln glitt über sein Gesicht, während er sich auf und davon machte.

»Was sollte das - vorhin? Wolltest du dich von Logen umbringen lassen?«

»Nein, ihm die Sache erklären. Doch es interessiert ihn nicht, denn er hat die Absicht uns zu befehden. «

Wir haben somit ein Problem, Wallace! Ein richtig großes Problem!«

»Ich weiß, Aros!«, brummte Wallace.

»Was ist passiert?«, mischte sich Màiri ein, die gesehen hatte, dass die MacRaily Männer, mit dem in Decken gehüllten Leichnam das Castle verlassen hatten. Danach hatte sie ihr Gemach verlassen, um sich bei ihrem Onkel nach dem Ausgang des Gespräches zu erkundigen.

»Was passiert ist?«, rief Wallace. »Das kann ich dir sagen, Kind! Logan bezichtigt mich des Totschlags und will eine Fehde. Also soll er sie haben. Wir werden uns noch heute rüsten. Immerhin habe ich mit Stendhal de Morau einen außenstehenden Zeugen, um beim König vorzusprechen! Das werde ich tun und es dem jungen Schnösel zeigen. Der König wird ihn schon zur Räson bringen.«

»Da gibt es glaube ich nur ein gewaltiges Problem, denn dein Zeuge Stendhal de Morau hat kurz nach Logen und seinen Männern unser Castle mit samt seinem Packpferd verlassen, Onkel Wallace.«

»Bist du sicher?«, murmelte Wallace.

»Ich denke daher, dass wir eine andere Lösung finden müssen. Vielleicht gibt es die Möglichkeit, dass ich mit Logan MacRaily spreche um ihm den Sachverhalt erklär...«

»Denk' nicht einmal daran, mein Mädchen! Ich war ein Narr und der Illusion erlegen, es ließe sich einfach so regeln.«

Es gab unweit der Mauer von Glen Castle einen Friedhof, dort lagen Logans Ahnen und auch seine Eltern in einer Gruft beigesetzt. Seine Clanleute hatten ihn gebeten selbst die Beisetzung zu leiten.

Nachdem sein Onkel beigesetzt war, rief Logan seine Clanleute im Innenhof des Castle zusammen. Logen stellte sich auf die oberste Stufe und richtete sein Augenmerk auf seine Leute, dann sprach er: »Wallace ist ein Mörder, er hat unseren Laird getötet. Gestern war die Zeit abgelaufen, die ich ihm ließ, sich zu stellen. Ab heute ist der Clan der MacMorvens unser öffentlich angesagter Feind!«

Während König Haakon von Norwegen die Geduld mit König Alexander verlor, er einen Angriff startete, bei dem ein heftiger Sturm seine Flotte überraschte und seine Schiffe schwer beschädigte, besetzten die Männer des MacRaily-Clans das Clanland der MacMorvens.

Wochen nach den Ereignissen im schottichen Hochland, auf englischem Boden ....

»Ei, sieh da! Mon Seigneur Stendhal de Morau, gibt uns die Ehre!«, meinte der schwarzhaarige Mann mit schalkhafter Miene.

Earl Severga stieg von seinem vor Schweiß triefendem Pferd und warf seinen jüngeren Halbbruder einen strafenden Blick zu. »Nenn mich nicht so, Yorick, denn es könnte dem falchen Mann zu Ohren kommen. Nenne mich, wenn schon, einen berüchtigten und erfolgreichen Handlanger unseres Königs. Denn einige Schotten im Hochland, die schlagen sich dank mir wohl gerade die Köpfe gegenseitig ein.«

»Du hattest also den gewünschten Erfolg?«

»Mehr als dies, denn ich habe sogar den Sohn des Mörders unseres Großvaters um die Ecke bringen können. Ein Zufall, den mir das Schicksal in die Hände spielte!«, erklärte Severga mit unbefangener Miene. »Das Leben hat mich gelehrt, dass Satan in Fragen der Politik ein vorzüglicher Ratgeber ist.«

Yorick blickte seinen Halbbruder sprachlos an, dann zeigte sein Gesicht freudiges Erstaunen, als er neugierig fragte: »Und wen hält man für dessen Mörder?«

»Jenen Wallace MacMorven, bei dem ich mich als angeblicher französicher Wollhändler in dessen Burg einschleichen sollte. Es kam dort zwischen den beiden Lairds zu einem kleinen Mißverständniß, dank mir, bei dem Laird Wallace und Ermod MacRaily aufeinander losgingen. Es braucht nicht viel um besoffene schottische Hunde aufeinanderzuhetzen. Ich habe dem betrunkenen Ermod nur einige leise Worte zur rechten Zeit von Betrug zuflüstern müssen«, erklärte Severga leichthin. »Wallace schlug ihn mit der Faust nieder, als MacRaily ihn schlagen wollte und dabei schlug sich Ermod am Tisch den Kopf auf. Er war Bewusstlos. Ein günstiger Augenblick für mich. Zu guter Letzt brauchte es noch einen Schlag auf genau die Stelle an Ermods Kopf und der verdammte Schotte war hin. Jetzt wird sich dessen Neffe Wallace MacMorven annehemen. Ich finde es immer wieder erstaunlich, wie einfach es ist, Menschen durch die Zurschaustellung von Wohlanständigkeit und falscher Freundlichkeit dazu zu bringen sich zu verachten und zu hassen, wenn man ihnen gegenüber die richtigen Argumente gibt. Es wird zu einem weiteren Zerwürfnis zwischen den Clans im Hochland kommen. König Alexander von Schottland wird es so niemals schaffen die Clans zu einenen und sie zu der innenpolitischen Ruhe zu bewegen, die er erreichen will. Wir werden durch meinen Einsatz bald schon nicht mehr dem niederen englischen Adel angehörig. Das Gelingen des Auftrages wird mich in der Gunst des Königs wieder steigen lassen, versicherte mir der Ratsherr.« Er warf seinem Bruder die Zügel seines Pferdes zu, und eilte mit ausladenden Schritten dem Haupthaus zu. Wütend stieß er hervor: »Führ mein Pferd herum, damit es abkühlt. Ich bin hungrig und durstig. Wo ist eigentlich das Gesinde?«

»Die wenigen Bediensteten, die wir durch deine Spielsucht noch haben, die sind auf den Feldern«, murrte dieser zurück.

Severga blieb ruckartig stehen und sah seinen Halbbruder wütend an. An seinem Blick war zu erkennen, dass ihn die Vorhaltung seines Halbbruders mehr als nur störte.

»Schau nicht so finster! Es war deine Spielsucht, die uns fast alle Habe gekostet hat. Die Forderungen der Gewinner haben Unsummen verschlungen, daran gibt es ja wohl keinen Zweifel und einige dieser Forderungen stehen immer noch offen.«

»Nimm dich in Acht! Du setzt gerade mein Wohlwollen dir gegenüber aufs Spiel. Außerdem habe ich schon öfter mit solchen Situationen zu kämpfen gehabt. Aber stets immer eine Lösung gefunden.«

»Vielleicht solltest du einfach mal mit dem Spielen aufhören. Es wird Zeit Pläne für die Zukunft zu schmieden.«

Die Frau aus seinen Träumen

Ende November 1263 ….

Innerhalb kurzer Zeit war der Landstrich um die Burg der MacMorvens unter einer dichten, weißen Decke aus Schnee begraben worden. Während es in anderen Gegenden Schottlands heftig regnete, war der Winter schnell in das schottische Hochland eingekehrt. Was für einen unbeteiligten Betrachter als malerisch Kulisse angemutet hätte, brachte die hinter den Burgmauern Eingeschlossenen in weitere Schwierigkeiten, denn die Nahrungsmittel wurden knapp.

Das Dorf am Fuß der Burg der MacMorvens mit seinen kleinen Steinhäusern, den mit Reet* und Schindeln* gedeckten Dächern war schon fast drei Monate verwaist, denn alle Bewohner hatten sich auf die Burg und hinter deren dicke Mauern geflüchtet während die Männer des MacRaily- Clans vor den Burgmauern belagernd Stellung bezogen hatten.

Als die Dorfbewohner ihr Dorf verlassen hatten, hatten sie einige Nahrungsmittel in Kellergruben versteckt, an die man jedoch nur schwierig herankommen konnte, ohne vom Feind erwischte zu werden.

Eine junge Frau, eingehüllt in einen warmen Wollumhang, huschte mit zwei Begleitern den Weg aus dem verlassenen Dorf zur Burg ihres Clans hinauf und hoffte inständig von den MacRaily Männern nicht entdeckt zu werden.

Die Kälte war schneidend und der Wind trieb Schneeflocken in ihre von Kälte geröteten Gesichter.

Màiri blieb abrupt stehen, da sie glaubte etwas gehört zu haben. Ein ungutes Gefühl breitete sich in ihrer Magengrube aus. Sie ließ den Blick über die weiße Landschaft schweifen, horchte … *nichts* … und so setzte sie ihren Weg an der Seite der beiden Männer fort, die sie begleiteten. Im Glauben, dass ihr Vorhaben doch gescheitert war, ging sie vorsichtig weiter. Immerhin hatte sie aus dem Lager einige Nahrungsmittel beschaffen können.

Logan, der Laird* des MacRaily-Clans war müde und übler Laune. Es war zermürbend, selbst für den Belagerer, dem Belagerten über so lange Zeit zuzusetzen. In der letzten Nacht war zudem sein Schlaf unruhiger denn je gewesen, auch wenn der Traum an sich keinen Alp in sich gehabt hatte, hatte dieser ihn doch aufgewühlt. Sie, die schöne Unbekannte, war ihm wieder darin erschienen. Diesmal hatte er sogar ihre Stimme gehört. In der schönen sonaten Stimme war auf einmal dieser empörte Klang gewesen, der ihn aus dem Schlaf hatte aufschrecken lassen. Seine Träume wurden in letzter Zeit immer lebhafter, so als seien sie Vorboten auf ein baldiges Ereignis.

Logan hatte Visionen in der Art wie sie einst auch seine Mutter gehabt hatte. Doch er war kein wirklicher Visionär, denn seine Gabe war bei Weitem nicht so stark wie die eines Taibhsear*. Nie hatte er etwas anderes gesehen als sie, die ihm unbekannte, junge, engelsgleiche Gestalt und doch wusste er im Herzen, dass wenn sie ihm begegnen würde, sie seine Seelengefährtin war, die er für sich gewinnen musste. Seine Gedanken wanderten wieder in eine andere Richtung, die sich um den Laird der Burg der MacMorvens drehten.

Der junge MacRaily verfluchte das immer schlechter werdende Wetter und die Kälte, die ihm dermaßen beißend bis in die Knochen ging, dass seine Glieder steif wurden. Logan rieb sich die Hände, um sie zu wärmen. In Anbetracht des Wetters würden sie ihre Bemühungen wohl aufgeben und die Einnahme der Burg auf einen Zeitpunkt nach dem Winter verschieben müssen, überlegte er gerade. Plötzlich packte ihn die Ungeduld. Er wollte nach Hause. Dort wartete ein Bett und sicher auch eine gute Mahlzeit auf ihn. Er verstand nicht, warum der Herrgott den Tod seines Onkels zugelassen hatte und auch nicht, warum er die Zerstörung seiner Familie erlaubt hatte. Seine Wut wandte sich gegen den

Himmel. Er erkannte, dass er die zaghafte und von Gewissensbissen begleitete Hoffnung hegte, dass er seinen Widersacher im Frühjahr erst würde töten können.

»Ich fürchte, der Schnee wird noch mehr werden!«, hörte Logan seinen Freund und besten Mann da auch schon sagen. »Warum greifen wir sie nicht noch einmal an? Wir können schließlich nicht den ganzen Winter darauf warten, dass sie des Hungers wegen uns ihren Laird einfach gefesselt vor die Füße werfen. Bei der Kälte frieren uns bald allen die edelsten Teile ab, Logan es ist wirklich scheußlich kalt geworden. Wir sollten …«

Mit einem warnenden Gesichtsausdruck drehte Logan sich um. Kurz trafen sich die Blicke der beiden Männer. Sein Gegenüber wollte erneut zum Reden ansetzen, da zischte Logan leise: »Verdammt, halt doch den Mund!«

»Waaas?«, empörte sein Gegenüber sich.

»Pssssssst!«, zischte Logan warnend. Eine Bewegung auf dem Weg hinauf zur Burg, hatte seine Aufmerksamkeit auf sich gezogen. »Da geht etwas vor sich, sieh!«, flüsterte er sich erklärend.

Im selben Augenblick meldete sich einer der anderen Männer leise, indem er flüsterte: »Da schleichen Gestalten aus dem verlassenen Dorf zur Burg hinauf. Ich glaube es sind drei und sie haben kleine Proviantsäcke bei sich. Die halten uns wohl für blöd!«

»Warten wir noch?«, fragte ein anderer seiner Männer.

»Nein! Beeilt euch, Männer. Wir dürfen keine Zeit verlieren, ansonsten sind sie zu nah an der Burg und man könnte uns dann von der Burgmauer aus leicht mit Pfeilen abschießen. Sie dürfen uns nicht entwischen!«

Màiri sah sich immer wieder um. Sie hatte dieses eigenartige Gefühl, doch sie sah niemanden.

»Diese hinterhältigen MacRailys!«, murmelte sie eine Sekunde später, als von hinten eine höhnisch klingende Stimme ertönte: »Können wir euch vielleicht helfen?«

Màiri wandte sich um und sah in das höhnische Lächeln mehrere MacRaily Clanmänner. Aus dem Augenwinkel nahm sie wahr, wie einer ihrer Männer verächtlich auf den Boden spuckte.

»Nun mach nicht so ein erstauntes Gesicht, Kleiner, als hättet ihr nicht gewusst, dass wir hier sind«, meinte einer der Männer mit verhöhnender Stimme.

Ein anderer Krieger aus der Gruppe streifte von der Seite her Màiris Gestalt intensiv mit seinem Blick.

Logan sah den anscheinend jüngsten der drei MacMorvens interessiert an, denn etwas erschien ihm an dessen Gestallt merkwürdig. Noch verwunderlicher für ihn war, dass ein seltsames Gefühl von Wärme seinen Körper durchflutete, als er dies tat, obwohl es bitterkalt war. *Was zum Teufel ist mit ihm los? Das ist ein junger Kerl!*, und wie er an dessen Kleidung erkannte, schien dieser nicht zu den einfachen Leuten des Clans zu gehören. Ihm kam dabei aber auch in den Sinn: Wallace hatte keine direkten männlichen Verwandten mehr. Dies war weithin bekannt. *Wer ist also dieser Bursche?*, fragte er sich.

Natürlich gaben Familien ihre Söhne auch ab und an in die Obhut anderer Clans, um sie in der Fremde ausbilden zu lassen. Also sollte man besser abwägen was man mit dem Bürschlein anstellte. Logan hatte keine Lust auf eine weitere Fehde mit einem anderen Clan. Natürlich konnte man so ein Bürschlein in diesem Fall aber auch als Druckmittel gegen Wallace MacMorven verwenden.

Höhnenden Worte und das Gelächter seiner Männer holten Logan aus seinen Gedanken in die Realität zurück. »Mir scheint nicht, dass sie sich ergeben wollen. Ich frage mich gerade ob das Jungchen da schon kämpfen kann, oder ob wir ihm gleich die Hose wechseln müssen, weil sich das Kerlchen vor Angst die Buchse einnässt? Was meinst du, Laird?«

Logans Blick schweifte erneut zu der Person und verharrte auf ihr. Er grinste ein wenig, während er die schlanke Gestalt von oben bis unten musterte, um belustigt zu äußern: »Da kannst du Recht haben, er scheint noch sehr jung und mir auch ein wenig schwächlich zu sein, um es mit gestandenen Männern wie uns aufnehmen zu können. Vielleicht sollte ich ihm anbieten sich zu ergeben!«

Màiri sah die Männer an und ihre Augen sprühten dabei Funken. Die Krieger waren bestens bewaffnet, trugen lange Hosen und winterdicke Bekleidung. Der junge, dunkelhaarige sowie breitschultrige Kerl, der sie so arrogant beäugte, war Logan MacRaily, der Mann, mit dem ihr Onkel in Fehde stand und die sie zum Wohl aller beenden wollte. Seine ganze Haltung zeugte davon, dass er sich in der Kriegskunst verstand. In dem Augenblick, in dem sie noch überlegte, was sie tun konnte, um die Männer, die sie bei sich hatte, zu retten, vernahm sie, dass ihre Begleiter ihre Schwerter zogen. Ohne dass sie es noch verhindern konnte, griffen die beiden einfach an, ohne sich zu vergewissern, ob ihre junge Herrin mit einem solchen Vorgehen einverstanden war. Somit hatte sich die Frage erübrigt, ob es sinnvoller war den Versuch zu wagen, sich dem feindlichen Laird zu ergeben.

Mit Entsetzen musste Màiri mit ansehen, was sich im nächsten Augenblick vor ihren Augen abspielte: Greys Schwert sauste durch die Luft, doch er fiel kurz darauf schon zu Boden und der Mann, der ihn niedergestreckt hatte, wischte sein blutverschmiertes Schwert an dessen Kleidung ab. Màiri begriff, dass das Verhalten ihrer Begleiter ein großer Fehler gewesen war - und zwar ein sehr tödlicher Fehler, wie sich herausstellte. Dennoch riss auch sie ihr handliches Schwert aus der Scheide. Sie schaute kurz zur Seite und sah, wie ein anderer der MacRaily Männer ihrem zweiten Mann das Schwert in den Leib stieß. Blut strömte aus dem Mund des Mannes. Er war tot, noch bevor er zusammenbrach und bewegungslos in seiner eigenen Blutlache im Schnee liegen blieb. Was ihr als trefflicher Schachzug eingefallen war, endpuppte sich bei genauerem Hinsehen als Todesurteil.

Màiri riss entsetzt die Augen auf, wobei sie ein heiseres, entsetztes *Nein!*, nicht unterdrücken konnte. Sie konnte nur noch denken, dass sie die Nächste sein würde, die einem tödlichen Streich der Männer zum Opfer fallen würde. Doch das würde sie nicht kampflos geschehen lassen.

Augenblicklich wandte Logan seine Aufmerksamkeit ihr zu. Er hob sein Schwert an und richtete die Spitze der Waffe auf sie, so dass sie gezwungen war sich dem MacRaily Laird im Kampf zu stellen.

Logan warf einen schnellen Blick auf seine Männer und hinderte sie mit einem leichten Kopfschütteln daran einzugreifen.

Wie ein Kartenhaus stürzte Màiris kleine Hoffnung wieder zusammen.

Logan MacRaily hatte mit seinen Männern die Burg ihres Onkels schon seit Monaten belagert und sie dennoch nur wenig schwächen können. Immer wieder hatten sie mit seinen Männern kleinere Scharmützel ausgetragen, die einmal sie und ein anderes Mal die belagernden Gegner gewonnen hatten. Logans Männer hatten über den Sommer hinweg ihre Felder niedergebrannt, über die Hälfte des Viehs geschlachtet und verzehrt oder fortgeführt. Der Laird der MacRailys wollte Rache für den Tod seines Onkels, dessen Erbe er angetreten hatte. Zuerst beabsichtigte er die Vergeltung nur an Wallace zu vollziehen, doch die Menschen ihres Clans hatten zu ihrem Laird gehalten und nahmen lieber die Schwierigkeiten und sogar den Hunger in Kauf, als ihn auszuliefern.

Logan glaubte von sich selbst, er sei ein Mann, der im Gegensatz zu Wallace Ehre in sich trug. Er sah nichts Falsches darin, durch Rache zu vergelten, was er erlitten hatte und darin einen Reflex auf die Widerherstellung seiner verletzten Familienehre zu sehen. Er verachtete Wallace, sah ihn als Narren, der anscheinend seine Leute lieber in den Tod schickte, als die Konsequenzen für sein schändliches Handeln selbst zu tragen. Der junge Krieger - *wie er glaubte* - der sich ihm nun im Kampf stellen musste, schien genauso verblendet zu sein wie die anderen beiden Dummköpfe, die gerade ihren Angriff mit ihrem Leben bezahlt hatten. Es dauerte jedoch nur kurze Zeit, bis Logan begriff: Sein Gegner war kein Jüngling, sondern eine Frau.

Sein feiger Feind schickte offensichtlich schon Frauen zu waghalsigen Missionen aus und somit in die Gefahr, in einem Kampf mit ihm und seinen Männern ums Leben zu kommen. Logan hatte allerdings vor, sein Spiel mit ihr noch ein wenig weiter zu spielen, denn der Blick der Frau war aufmerksam auf ihn gerichtet. Ihre ganze Haltung deutete darauf hin, dass ihr jemand das Kämpfen mit dem Schwert beigebracht hatte. Sie schien zornige Blitze unter ihrer Kapuze aus ihren blauen Augen auf ihn zu schleudern, obwohl sie in mächtigen Schwierigkeiten steckte. Sie war dazu noch tapfer, nahm mit der Gewissheit eines Kriegers hin, so wie die beiden Männer ihres Clans, ebenfalls ihr Leben durch sein Schwert zu lassen.

Màiri wollte eigentlich etwas sagen wie: *Ich ergebe mich!*, doch die Schmähungen, die sie von Logan zu hören bekam, während sie sich seiner Waffe erwehrte, machten sie wütend.

Logan bemerkte ihre ansteigende Wut und heizte diese noch mehr an: »Pass auf, der nächste Streich könnte dir den Tod bringen, Kleiner! Welcher Laffe hat dich denn das Kämpfen gelehrt oder war es vielleicht dein Großmütterlein?« Er hastete dabei mit einem Ausfallschritt an ihr vorbei und schlug ihr mit der Breitseite seines Schwertes direkt auf den Po.

Màiri verlor das Gleichgewicht, schwankte gefährlich nach vorne, schaffte es jedoch noch, sich um ihre eigene Achse zu drehen und parierte sogar seinen nächsten Schwertstreich, der zu ihrem Glück von ihm bewusst halbherzig ausgeführt worden war.

»Oh, du hast noch einiges zu lernen, mein junger Krieger!«, höhnte Logan. »Nur ich befürchte, dass die Zeit dafür ein bisschen zu kurz sein wird, um dein Können noch zu verbessern!«

Màiri schwitzte inzwischen aus allen Poren. Sie merkte auch, dass sie immer mehr an Kraft verlor. *Er hätte mich schon einige Male töten können, warum beendete dieser verdammte Bastard es nicht?*, dachte sie bei sich und war dennoch froh, dass er es nicht schon längst getan hatte.

»Laird, lasst uns sehen was der Kleine noch so kann, bevor er den Anderen folgt!«, grölte einer seiner Männer.

Logan grinste, täuschte mit der Schwerthand einen Hieb vor und versetzte ihr mit der linken Hand einen kräftigen Stoß nach hinten. Als sie unsanft auf dem Hintern landete, sah er erheitert auf sie nieder, hielt ihr seine Schwertspitze auf ihre linke Brust und verlangte: »Bettel um dein Leben Kerlchen, und ich verschone dich vielleicht!« Logans Stimme klang dabei jedoch so fordernd, dass es eher wie ein Befehl, denn wie Hohn klang. Doch die Gesichter seiner Männer trieften weiterhin nur so vor Schadenfreude.

Màiri, die wusste, dass es für sie keinen Ausweg aus der Situation mehr gab, sagte mit zusammengebissenen Zähnen: »Ich ergebe mich!« Wut und Stolz gaben ihr die Kraft nicht zu weinen und zu betteln.

»So wollte ich es zwar nicht hören, aber gut. Du hörst dich nicht an wie ein Mann, der zu seinem Wort steht, sondern eher wie ein weinerliches Mädchen, Junge. Sag es noch einmal, und zwar etwas lauter, dass auch alle meine Männer es verstehen können«, befahl er.

»Ich sagte, ich ergebe mich, du tauber, arroganter Laffe«, zischend sie. Sie machte keinen Hehl daraus, dass sie ihn verachtete.

Logan sah sie einen Herzschlag lang an, als müsse er darüber nachdenken, ob er ihr die Gnade gewähren oder sie für ihre Frechheit niederstrecken sollte.

Einige seiner Männer drängten ihn, er sollte dem Leben des unverschämten Bengels ein Ende setzen. Einer von ihnen tönte, es wäre vielleicht besser ihn vorher ein wenig zu foltern, damit er noch zu Lebzeiten lerne, wie man sich benimmt.

Logan grinste daraufhin spöttisch und zog ihr mit der freien Hand zuerst die Kapuze und dann die Mütze vom Kopf, die sie zusätzlich darunter getragen hatte.

Màiris Haare ergossen sich im selben Augenblick wie ein goldener Wasserfall über ihre Schultern.

Seine Männer stießen verblüfft die Luft aus, doch Logan hingegen zeigte keinerlei Erstaunen, meinte ruhig und gelassen klingend: »Eine Frau zu töten, selbst in einem ehrlich geführten Kampf, wie diesem, ist für mich als Krieger keine Kunst, der ich mich rühmen möchte.« Seine Klinge entfernte sich von ihrem Körper. »Eine solche Tötung sähe ich als eine Schmach meiner Ehre an.«

Sollte mich das vielleicht beruhigen?, dachte Màiri bei sich.

Er warf ihr einen warnenden Blick zu: »Also, steht schon auf! Aber lasst Euer hübsches Schwert brav im Schnee liegen und dann nennt mir Euren Namen.«

»Was tut Ihr, wenn ich es nicht tue? Bring Ihr es dann zu Ende, Logan MacRaily?«

Logan sah sie grinsend an und setzte seinen Fuß auf ihr Schwert. »Ich denke, dass das gerade keine besondere Rolle spielt. Nachdem ich Euer Antlitz gesehen habe, werde ich Euch nicht einmal gestatten zu sterben. Und nun … nennt mir Euren Namen.« Schweigend betrachtete er ihre Augen und dachte, sie ist es, die schönste Frau der Welt aus meinen Träumen. Die süßen Erinnerungen aus seinen Träumen begleiteten ihn bei Tag und Nacht. Er war ungeheuer angespannt und gleichzeitig unendlich glücklich.

»Mein Schwert mögt Ihr unter Euren Stiefeln und mich besiegt haben, doch meinen Namen, den nenne ich Euch nicht, denn es gibt für mich keinen Grund dies zu tun!«

Logan war sich bewusst, dass sie mit ihrer weiblichen Sturheit ihm gegenüber wohl im Vorteil war. Das Grinsen in seinem Gesicht verschwand plötzlich und machte einem kühlen Ausdruck Platz. Er amüsierte sich nur noch innerlich über ihre Weigerung. Seine Männer hingegen sahen ihn abwartend an, denn sie kannten ihn. Zumeist war ihr Laird ein äußerst liebenswürdiger, beherrschter und großzügiger Zeitgenosse. Jedoch, wenn er so ernst wurde, konnte er unbeugsam und hart werden.

»Ihr verkennt Eure Lage, Lady!« Seine Stimme wurde leise, sein Blick haftete fest auf dem ihren. Seine Gesichtszüge wirkten auf einmal kalt wie aus Stein gemeißelt. »Ich werde einen Weg finden, damit Ihr mir Euren Namen nennt. Macht Euch also keine Hoffnung, ich werde Euch zwar am Leben lassen, dafür aber in meinen Kerker stecken. Dies so lange, bis Ihr mich auf Knien anfleht, mir Euren Namen nennen zu dürfen, solltet Ihr gedenken dieses Spiel mit mir fortsetzen zu wollen.«

»Dazu müsstet Ihr erst einmal in Eurem Keep* sein, MacRaily, und von hier abziehen! Eine ganze Burg voll Menschen und mein Laird, sie hätten dadurch viel gewonnen.«

»Wie sinnig und schlau Ihr doch glaubt zu sein!«, knurrte er, den Geschlagenen spielend. »Durchsucht die Lady auf Waffen, Männer, und dann fesselt sie!«, befahl er.

Seine Männer kamen der Aufforderung eilig nach. Zwei von ihnen schnappten Màiri an den Oberarmen und rissen sie unsanft aus dem Schnee auf die Beine. Ein weiterer tastete ihren Körper nach Waffen ab, was Màiri dazu bewegte ihn empört anzufahren, er solle das lassen. Sie setzte ihrem Schimpfen ein unfreundliches *lass das sein, Perversling* hinzu.

Er grinste sie an, wobei er ein höchst lückenhaftes Gebiss entblößte.

Die Männer fanden einen Sgian dubh* in ihrem rechten Stiefeln, reichten ihrem Laird den Dolch und dann fesselte man ihre Hände auf dem Rücken zusammen.

»Was hast du nun vor, Laird?«, hallte eine Stimme durch die schneegeschwängerte Luft. Es war die seines Freundes Rojen.

Logan antwortete gelassen: »Heim reiten, den Winter in der Wärme unserer Mauern verbringen und im Frühling nach der Saatzeit wiederkommen. Dann das fortführen, was wir begonnen haben, bis er aus seinem Bau herauskriecht.«

»Was ist mit den Toten?«

»Es ist zwar nichts Ehrenhaftes dabei, aber lasst sie einfach liegen. Ihre Leute können sie sich selbst holen und begraben, wenn wir abgezogen sind.«

Màiri war entsetzt, denn dass Männer starben, dies hatte sie nicht gewollt und so protestierte sie: »Ihr könnt ihre Leichen doch nicht einfach hier liegen lassen, ihr niederträchtigen Schurken!«

»Wer sagt, dass wir das nicht können?«

»Das ist nicht gottesfürchtig!«

Logan runzelte die Stirn ärgerlich. »Sie sind selbst an ihrem Unglück schuld, denn sie haben ihre Waffen zuerst gegen uns gezogen!«

»Was hätten sie denn sonst tun können?«

»Sich uns ergeben!«, meinte Logan kaltherziger als beabsichtigt.

»Damit ihr sie hättet quälen und als Druckmittel gegen ihren Laird benutzen können?«

»Ich frage mich gerade, Lady, ob sie uns nicht eher wegen Euch angegriffen haben. Wenn es so sein sollte, dann wäre ihr Tod doch eher Euch als uns anzulasten!«

Sie nehmen uns die Würde und verlangen das wir lächeln! Dass ist schlimmer als der Tod. Màiri konnte nicht mehr verhindern, dass Tränen ihre Wangen hinunterliefen. Sie schickte ein Stoßgebet zum Himmel, damit Gott ihr verzieh. Während Logan seinem Gewissen eine kühle Selbstbeherrschung verlieh, war Màiris Innerstes mit dem Tod der Männer belastete. Sie hatte sie gebeten sie zu begleiten und nun waren sie tot. Sie konnte diesen hartherzigen Mann keine Minute länger mehr ertragen.

Ihr entsetzter und zugleich trauriger Blick trieb Logan fast an den Rand der Verzweiflung. So kniff er die Augen zusammen und beharrte auf seine Entscheidung: »Trotz Eurer Tränen bin ich mir äußerst sicher, dass ich meinen Entschluss nicht ändern werde. Eure Leute werden sie schon finden und sie begraben, da bin ich mir sicher«, und mit diesen Worten wandte er sich von ihr ab.

»Was hast du mit dem Mädchen vor?«, hakte Rojen nach.

»Sie ist unsere Gefangene und kann uns vielleicht nützlich sein. Ich werde sie verhören, wenn wir zuhause sind.«

»Du willst sie doch nicht foltern, oder?«

»Gott bewahre! Seit wann hältst du mich für so abscheulich?«

»Verzeih, natürlich tust du so etwas nicht!«

»Es gibt andere Möglichkeiten, um sie zu überzeugen mir ein paar Antworten zu geben. Vielleicht hat aber auch einer unserer Leute eine Ahnung wer sie ist!«

Rojen sah zu ihr hinüber, äußerte sich leise, sodass nur Logan es verstand. »Mir dämmert da etwas, doch ob ich richtig liege, Logan, das kann ich dir nicht sagen. Wallace soll eine Nichte haben, die Tochter seiner verstorbenen Schwester und seines Schwagers. Das Mädchen kam sehr krank - du weißt die schlimme Fiberseuche, bei der es zu der Mutmaßung kam, dass die Verursacher englische Söldner waren - vor etwa zwei Jahren zu ihm auf die Burg, erzählt man. Sie konnte gerettet werden, ist mir zu Ohren gekommen und von einer Beschreibung her, könnte es sich bei ihr um Wallace Nichte und damit um seine letzte nahe Verwandte handeln!«

»Kennst du den Namen dieser Nichte?«

Rojen zuckte mit den Schultern und schüttelte verneinend der Kopf. »Tut mir leid, da muss ich passen. Nein.«

»Frag die Männer ob einem von ihnen ihr Name bekannt ist!«

»Ich tu es, doch ich glaube nicht, denn keiner der Unseren hat Wallace Nichte jemals vorher zu sehen bekommen. Aber … warte mal: Ich denke Ralph hat das Mädchen bestimmt zu Gesicht bekommen, als das mit deinem Onkel geschah. Dein Onkel war ja damals in dessen Begleitung dort. Also wirst du spätestens Zuhause erfahren, ob meine Vermutung stimmt. Es zu erfahren ging aber vielleicht noch schneller, wenn du denen auf der Burg begreiflich machst, dass wir eine Geisel haben!«

»Nein, lass die nur mal schön zappeln, wenn sie das Mädchen vermissen sollten. Wenn sie Wallace Nichte sein sollten, dann soll der Alte ruhig den ganzen Winter über in der Ungewissheit über ihren Verbleib schmoren. Sollte sie die Tochter oder das Mündel eines anderen Mannes sein, wird der ihm bestimmt die Hölle heißmachen.«

»Oder wir schaffen uns damit einen Feind!«, gab Rojen seinem Freund zu bedenken.

Logan hörte Rojen jedoch nur noch halbherzig zu, denn er dachte an seine Träume: Darin hatte er genau diese junge Frau gesehen. Er hatte sie eingefangen, so wie es nun geschehen war und dann war er mit ihr davongeritten. Sie besaß wirklich ein sehr schönes Gesicht, ihr Haar war honigblond und in ihren blauen Augen klomm ebenso der wild Zorn - wenn sie ihn ansah, wie in seinem Traum der letzten Nacht. Es war schon fast unheimlich, wie sehr sie seinen Traumbildern entsprach. Als er gegen den scheinbar jungen Krieger gekämpft hatte, hatte er zu ihrem Glück noch einmal genauer hingesehen und hatte ihr Gesicht als das aus seinen Träumen erkannt. Ein eiskalter Schauer durchfuhr seinen Körper, als er daran dachte, dass er sie beinahe getötet hätte.

»Nehmt die Vorratssäcke der MacMorvens Männer mit!«, befahl er.

Einer seiner Männer führte sein Pferd zu ihm.

Logan schnappte Màiri, ohne ein Wort zu sagen und warf sie wie einen Sack quer über den Sattel.

»Au, verdammt! Ihr tut mir weh!«, fluchte sie leise.

»Sollte mich das stören, Lady Unbekannt? Ihr solltet wissen, wir MacRailys verfahren mit namenlosen Wesen wie es uns beliebt.« Er saß in einer fließenden Bewegung auf und zog sie etwas näher zu sich heran, um sie besser halten zu können.

Neben dem Pferd stehend warf Rojen seinem Laird einen amüsierten Blick zu und sah dann auf zu der jungen Frau, die vor seinem Laird auf dem Pferderücken lag. »Ihr solltet Euch wirklich nicht so zieren unserem Laird Euren Namen zu nennen. Es wäre bedeutend besser ihm in diesem Fall entgegen zu kommen.«

»Behaltet Eure Ratschläge doch einfach für Euch«, kam es gepresst von Màiri, die erst einmal froh war, dass die MacRailys gedachten abzurücken.

Rojen stieg kopfschüttelnd auf seinen Hengst.

Logan gab den Befehl zum Aufbruch und lies sein Pferd antraben.

So zogen die MacRaily Männer ab.

Machtlosigkeit

Es war eine sehr ungemütliche Position, in der Màiri sich befand und eine überaus schmerzhafte für ihren Körper noch dazu. Ihre Schultern taten schon nach kurzem weh, da ihr die Hände sehr stramm auf dem Rücken zusammengebunden waren. Logan war sich bewusst, wie unangenehm es für seine Gefangene war, so über einem Pferderücken liegen zu müssen. Selbst wenn das Pferd im Schritt lief war es eine Qual, an einen Galopp wollte er erst gar nicht denken.

»Wie steht es mit Euch?«, fragte Logan daher.

Er bekam zur Antwort jedoch nur einen unfreundlich klingenden Laut.

»An Eurer Stelle wäre ich nicht so dickköpfig, nachdem Ihr nur knapp dem Tod durch mein Schwert entronnen seid. Ist Euch Eure Sturheit denn wirklich so viel Wert, dass Ihr nur erneut den kalten Hauch des Jenseits zu spüren bekommt?«

Màiri schnaubte nur, sie würde sich hüten ihm ihren Namen zu nennen. Logen würde gewiss umkehren und so ihren Onkel unter Druck setzen.

»Nun gut! Probieren wir es also erst einmal mit einer anderen Frage: Gibt es einen Mann im Dorf oder auf der Burg MacMorvens, der auf Euch wartet?«

Sie antwortete immer noch nicht.

Nach einer erneuten Weile des Schweigens, meinte Logan: »Stures Weibsstück! Redet schon, dann überlege ich es mir, ob Ihr vor mir sitzend mit mir reiten könnt. Dies dürfte nämlich wesentlich bequemer für Euch sein - denke ich!«

Màiri zeigte immer noch keine Reaktion, doch das flaue Gefühl von Übelkeit in ihren Eingeweiden nahm immer mehr zu. Dazu kam diese Demütigung. die ebenfalls an ihr nagte. Wenn sie noch länger mit dem Kopf nach unten vor ihm, über dem Sattel hing, würde sie sich wohl bald übergeben müssen. Bei jedem Schritt, den das Pferd tat, drückte sich der Sattel unangenehm in ihren Bauch. Dennoch wollte sie noch nicht nachgeben.

»Ihr gedenkt also weiter zu schweigen. Notfalls werde ich Euch doch foltern müssen, um Antworten zu bekommen. Wenn wir auf meiner Burg sind, erwartet Euch ein gut ausgerüsteter Verhörraum. Ich besitze eine äußerst unbequeme Streckbank.« Logan wartete einen Augenblick, dann fuhr er fort: »Aber vielleicht ist das hier ja schon ein Anreiz«, und er ließ dabei seine Hand, die er auf ihren Rücken gelegt hatte, ein wenig zu ihren Pobacken wandern. Er merkte, wie sie ihre Gesäßmuskeln augenblicklich anspannten.

»Hey! Was soll das, MacRaily?«

»Na, das ist mal eine sinnvolle Frage! Ich will sie Euch beantworten, Mädchen, und wissen, ob Ihr noch unberührt seid oder ob Euer Mann mir ein Lösegeld anbieten könnte.«

»Ich habe keinen Mann, keinen Verlobten, hatte nie Geschwister und habe auch keine Eltern mehr. Der Rest geht Euch nichts an. Hätte ich jedoch meinen Vater noch, dann würde der kommen und Euch die Kehle durchschneiden, Logan MacRaily!«, fügte sie so barsch wie möglich, wenn auch stockend, an. »Aber seid Euch darüber gewiss: Jemand wird es tun, wenn Ihr mich anrührt! Er wird Euch dafür töten. Langsam, so langsam und grauenvoll, dass Ihr Euch für Eure Tat an mir immer und immer wieder aufs Neue selbst verfluchen werdet.«

Oh, wie mutig sie doch war! Sie versuchte gerade ihm Angst zu machen, doch wie sie gleich erfahren musste, beherrschte er ebenfalls diese Strategie. »An einer durchgeschnittenen Kehle stirbt man bekanntlich schnell, wer tot ist, der fühlt keine Schmerzen mehr«, gab er gelassen klingend als Antwort. »Doch Ihr lebt und Ihr kennt das von mir Euch zugedachte Schicksal noch nicht. Ich hingegen kenne es dafür umso besser. Ich sage Euch: Die leichte Übelkeit, die Ihr mittlerweile verspüren dürftet, sie wird alsbald die Grenze des Erträglichen überschreiten, dann wünschtet Ihr gewiss mir Euren Namen genannt zu haben. Also werde ich diesen so oder so erfahren. Noch ein paar Meilen und Ihr werdet begreifen was ich Euch mit meinen Worten gerade zu erklären versuche. Also erspart Eurem Körper unnötige Qualen und nennt mir Euren Namen!«

Bei dem üblen Gefühl, das sich in ihrem Magen immer stärker bemerkbar machte, erkannte sie, dass er wohl Recht hatte.

»Màiri!«, sagte sie leise und es klang würgend.

Logan hielt sein Pferd abrupt an. »Eine weise Entscheidung von Euch«, kommentierte er ihre Namensnennung, griff nach ihr, zog sie hoch und setzte sie vor sich aufrecht hin. »So und jetzt noch den vollen Namen und ich erspare Ihrer Ladyschaft den Aufenthalt in meinem Kerker.«

»Ach, wirklich? Ich hätte da aber noch eine Frage: Woher will ein Scheusal wie Ihr wissen, dass ich eine Lady bin?«

»Das Clanzeichen der MacMorvens ist der Hirsch, also weiß ich durch die Waffen, die Ihr bei Euch hattet, dass Ihr auch eine von ihnen seid, kleine Lady! Ihr hattet einen wertvollen Sgian dubh in Eurem Besitz und ein ebenso edles Schwert - für eine Lady gemacht, des Gewichts und der Größe nach zu urteilen.«

»Ach und ihr vermutet, dass diese Waffen mir gehören? Man könnte sie mir doch auch nur zur Sicherheit geliehen haben. Doch Ihr wisst bestimmt: Der Hirsch verteidigt sein Territorium und gibt nicht so schnell auf. Der Fuchs ist da wohl ein wenig naiver. Er ist doch Euer Clanzeichen, Logan MacRaily!«

Logan wusste, dass dies keine Frage war, sondern eine Feststellung. Er grinste ein wenig, als er konterte: »Es ist ein gutes Clanzeichen, denn Füchse sind schlau Tiere. Sie schleichen um ihre Beute herum und schnappen nach ihr, ehe sie sich wieder zurückziehen kann. Wenn diese Beute ganz dumm ist, läuft sie dem Fuchs sogar freiwillig in die Arme, noch bevor sie bemerkt, dass sie in eine Falle geraten ist.«

»Ach ja? Bekanntlich hocken Füchse zu Scharen um ihren Anführer herum, um dessen dummen Gebell zu lauschen.

Das Rudel hält sich dabei selbst für so schlau und sieht doch nicht, dass sie nicht das bekommen haben, was sie wollten.«

»Glaubt mir, Lady, es reicht dem Rudel oftmals schon, wenn nur einer von ihnen, vor allem wenn es sich um den Anführer handelt, einen guten Fang gemacht hat.« Er zog sie ein wenig fester an sich und schnarrte: »Ich denke, ich habe sogar sehr gute Beute gemacht. Ihr duftet nach einem sehr wohlriechenden Rosenwasser, Mylady. So etwas Kostbares kann sich nur eine Lady leisten!« Er steckte seine Nase in ihre Haare und sog den Duft tief ein. Einen Augenblick später streifte er mit seinen Lippen ihr Ohr und flüsterte: »Ich könnte Euch besser behandeln, wenn Ihr ehrlicher zu mir wärt.«

Sein Handeln hatte sie überrumpelt, so dass sie wahrlich benommen war von dieser zärtlichen Berührung. Ein köstliches Gefühl war das, bei dem sich die Härchen in ihrem Nacken aufstellten. Ihr Herz begann wild zu klopfen und in ihrem Körper breitete sich ein sonderbares Kribbeln aus. Nun stieg auch noch Hitze in ihr auf und sie wurde rot. »Hört auf damit!«, bat sie ihn in ihrer Verzweiflung.

Logan schloss für einen kurzen Augenblick seine Augen und holte tief Luft, um die Empfindung, die sich in ihm aufbauten, zu genießen. Vor seinem inneren Auge erschienen Bilder, die sie in wollüstiger Hingabe ihm gegenüber zeigten. Er sah Màiri, die sich ihm hingab, so begehrlich schön, dass ihm die Erregung in die Lenden fuhr. Er glaubte zu sterben, so verzweifelt, so ungestüm liebte er diese Frau. Sein Traumbild so leibhaftig zu sehen war eine grenzenlose Freude und Qual zugleich. Dieses Gefühl seines steif werdenden Gliedes in der Enge seiner Hose riss ihn schlagartig aus seinen Träumereien. Er musste einen kühlen Kopf bewahren, denn wenn die Vermutung von Rojen stimmte, dann würde er sie als Druckmittel gegen Wallace einsetzen müssen. Er fragte sich immer wieder erregt ob es für sie eine Zukunft geben konnte. War sich dennoch bewusst, dass sie womöglich seine Liebe niemals erwidern könnte. Das erschreckte ihn zutiefst voller Sorge.

Màiri bemerkte davon nichts. Sie spürte nur die Wärme an ihrem Rücken. Bleierne Müdigkeit übermannte sie auf einmal und so driftete sie ab in einen tiefen Schlaf.

Als zwei verlassene Köhlerhütten auf einer Waldlichtung in Sicht kamen, hielt Logan an. »Genug für heute Männer. Wir schlagen hier unser Nachtlager auf!«, verkündete er seinen Männern. Er musste schmunzeln und dennoch, er verstand es, dass Màiri vor Erschöpfung eingeschlafen war. Der Kampf mit ihm im Schnee hatte ihr Kraft geraubt und dann noch das lange liegen über dem Pferderücken, das selbst einen Krieger die letzten Kraftreserven gekostet hätte. Er glitt vom Pferd, umfasste sanft ihren Körper und hob sie mit Leichtigkeit herunter. Vorsichtig lehnte er ihren Kopf an seine Brust und verweilte kurz.

»Rojen?«

»Ja, Logan?«

»Kannst du flink in der Hütte mit dem Schlafgestell ein Schlaflager bereiten?«

»Ja!«

Logan strich über ihr Haar, als er sie kurz darauf auf das mit Decken gepolsterte, hölzerne Bettgestell legte. »Ruh dich aus, Engel!«, sagte er sanft, obwohl sie es nicht hören konnte.

Logan spürte die Blicke seiner Männer in seinem Rücken.

»Was ist? Was steht ihr hier so rum? Esst was und legt euch dann schlafen wo ihr Platz findet.« Dann stieg er selbst in das bereitete Schlaflager neben Màiri und lehnte sich, mit einem zufriedenen Lächeln, zurück an dessen Kopfseite.

Rojen reichte ihm ein Stück Brot und etwas kaltes Schaffleisch.

Einer seiner Männer beugte sich kurz nach der kalten

Mahlzeit zu seinem Kameraden hinüber, während er sich in seine Decke rollte und flüsterte diesem zu: »Ich glaube dieser hübsche, junge, kämpferische Engel hat unserem Laird ganz schön den Kopf verdreht. Das könnte für ihn und vor allem für sein Herz böse enden.«

»Tja!«, meinte der Andere, »Wie einem Mann das Schicksal ebenso mitspielen kann. Da denkt man, man kämpft gegen einen Bengel und dann ist es ein kämpferischer Engel, den man fast mit seiner Schwertspitze ins Jenseits befördert hätte.«

Logan sah zu seinen Männern hin, zuckte, als sie es bemerkten, belustigt mit den Schultern. »Neidisch, hmmm?« Dann wurde sein Gesicht ernst: »Nun hört aber mit dem unsinnigen Gerede auf. Seht zu, dass ihr zur Ruhe kommt und Schlaf findet! Die kleine kämpferische Lady hier, die lasst mal schön meine Sorge sein.«

Eine Bewegung neben Màiri riss sie aus einem traumlosen Schlaf. Sie nahm zuerst das Knistern von Flammen wahr, doch dann bemerkte sie, dass sich auch direkt neben ihr etwas regte.

»Oh', Mylady Màiri sind wach!«, hörte sie eine Stimme direkt an ihrem Ohr sagen.

Erschrocken fuhr sie auf und blickte verwirrt neben sich.

»Gut geschlafen?«

»Was …? Was …wer … wo sind wir?«, brachte sie nur fragend hervor.

»Lady Màiri von Unbekannt, Ihr seid in einer verlassenen Köhlerhütte am Rande des MacRaily Lands, in der wir ein Nachtlager aufgeschlagen haben.« Logan zwinkerte ihr zu. »Ihr seid in meinen Armen eingeschlafen.«

»Oh! Ich glaube ich entsinne mich!« Jetzt hätte sie am liebsten geflucht, denn trotz ihres ungewissen Schicksals war sie doch tatsächlich in den Armen dieses verdammten

MacRaily Lairds eingeschlafen. Und sie begriff: Logan musste sie sogar schlafend und in Decken gehüllt auf dieses Bettgestell neben sich gebettet haben, ohne dass sie dabei erwacht war. Und dieser dreiste Schuft grinste sie dazu auch noch unverschämt an.

»Lady Màiri, Ihr seid mir immer noch eine Antwort schuldig! Ich denke, wo wir uns gerade ein gemeinsames Schlaflager teilen, solltet ihr mir auf die Frage nach Eurem vollständigen Namen antworten. Ich teile nämlich mein Lager nicht gerne mit einer Frau, deren Familienname ich nicht kenne, … außer natürlich es ist eine Dirne. Also, wie lautet er?«

»Dies ist eine Frage, die ich Euch weiterhin schuldig bleiben werde, Logan MacRaily!«

Ein grimmiges Lächeln legte sich um seinen Mund. »Ihr wollt also mit mir weiterhin *Ich weigere mich* spielen? Ich muss Euch dazu sagen, dass dies ein äußerst gefährliches Spiel für eine so hübsche Jungfrau, wie Ihr es seid, ist. Noch gefährlicher dazu ist es aber, einen Mann wie mich zu sehr zu reizen. Ich könnte dadurch in Versuchung geraten, mich Euch auf einer Weise zu nähern, die Euch vielleicht unangenehm sein könnte. Bedenkt … Ihr seid meine Gefangene.« Logan beugte sich zu ihr hinüber und donnerte auf einmal ungehalten: »Sagt mir also augenblicklich Euren Namen, verdammt noch mal!«

Màiri zuckte merklich zusammen, als er sie so grob anfuhr. Dann ruckte jedoch schlagartig ihr Kopf in seine Richtung: »Ihr fasst mich besser nicht an! Sucht Euch dafür eine Hure!«

Würden Blicke töten können, wäre er wahrscheinlich leblos auf dem Bettgestell niedergesunken. Logan zog die Augenbrauen hoch und knurrte ungehalten: »Gut, wenn Ihr weiterhin zu diesem Thema stumm bleiben wollt, dann werden ich mich wohl anstrengen müssen, um Eure Zunge zu lockern. Und selbst wenn Ihr eine Hexe sein solltet, macht Euer Blick mir keine Angst, das werde ich Euch jetzt beweisen!« Er machte sich ungeschickt an ihrer Kleidung zu schaffen.

»Hört sofort damit auf!«, protestierte sie lautstark.

»Ich werde Euch bis aufs letzte Stück entkleiden, wenn Ihr nicht augenblicklich redet! Was dann geschieht, das habt Ihr dann selbst zu verantworten.«

»Lass das sein!«, schrie sie ihn an und versuchte ihm die Hand weg zu schlagen.

Einer von Logans Männern senkten ihr höhnischen Blicke, einer meinte lachend: »Passt auf, Mädchen. Unser Laird ist jung und dazu ein sehr potenter Kerl. Euer Schweigen könnte Euch in wirkliche Gefahr bringen, wenn er mal so richtig nachbohrt.«

»Nehmt Eure Finger von mir, MacRaily, sonst kratze ich Euch die Augen aus!« Sie versuchte dabei möglichst tapfer zu klingen: »Und glaubt nicht ich empfände Furcht vor Euch.«

»Ihr wollt anscheinend, dass ich die Beherrschung verlieren und außer Kontrolle gerate.«

»Also gut, ich sage Euch meinen Namen. Vielleicht versetzt es Euch ja dann in Furcht. Mein voller Name lautet Màiri Ane MacMorven. Ich bin die Nichte von Laird Wallace.«

Logan hielt die Bänder ihre Bluse noch immer fest, sah sie jedoch nur an. »Màiri Ane MacMorven, also!«, meinte er nach einer fast unerträglichen Weile. Ein äußerst merkwürdiger Ton lag dabei in seiner Stimme.

»Ich habe Euch gesagt was Ihr wissen wollt, also lasst meine Kleidung los, oder soll das Festhalten bedeuten, dass Ihr mich nach meiner Namensnennung dennoch entkleiden wollt, um Euch für das an mir rächen, was mein Onkel Eurem im Rausch zweier saufender und sich raufender, unbeherrschter Männer angetan hat? Seid Ihr ein ebenso unbeherrschter Narr wie es einst Euer Onkel war?«

Logan lies augenblicklich von ihr ab. Er wirkte auf sie fast empört. »Würde Euch das denn gefallen, Màiri Ane?«

Màiris Gesicht verzog sich voller Empörung.

»Schaut nicht so verdrossen! Das Vergnügen Euch mir hingeben zu dürfen, als eine Teilwiedergutmachung der Rechtsverweigerung Eures Onkels, müssen wir noch eine Weile aufschieben. Es ist nämlich nicht meine Art einer Frau beizuwohnen, wenn meine Männer mir dabei zusehen.«

»Ihr seid ein verd…«

Logan lachte laut auf und machte: »Psst«, während er ihr seinen Zeigefinger auf die Lippen drückte. »Meine Männer brauchen ein wenig Ruhe, Mylady. Ihr erschreckt sie noch alle mit Eurer Herzlichkeit mir gegenüber.«

Màiris Züge zeigten eindeutig Fassungslosigkeit. Seine Männer dagegen lachten schallend auf.

Gilbert grinste, dann zwinkerte er anzüglich in Màiris Richtung. »Wir können auch für eine Weile diese Hütte verlassen, damit unser Laird dich besteigen kann, kleine MacMorven«

Logan drehte seinen Kopf dem Mann zu und polterte ungehalten: »Lass deine frivolen Bemerkungen! Sie ist eine Lady und nun schlaft besser.«

Als der Morgen anbrach, führte Logan Màiri aus der Hütte und zu seinem Pferd. Er hob sie hoch und schwang sich, nachdem er sie dort platziert hatte, hinter ihr in den Sattel.

Logan hing während des Rittes eine Weile seinen eigenen Gedanken nach … Màiri als Wiedergutmachung zu nehmen, konnte seinen Verlustschmerz nicht gänzlich auslöschen, dafür aber mit ein wenig Hingabe seinem Herzen die Einsamkeit vertreiben. Der Tod seines Onkels war ein harter Schlag für ihn gewesen, den selbst Wallace Tod niemals würde aufwiegen können. *Was tue ich nur, Herrgott noch mal?*, fragte er sich. Alle Verantwortung für den Clan lastete nun allein auf seinen Schultern. Er war der Laird, Herr über das

Land und dessen Menschen. Einige seiner Männer waren verletzt worden und vier der MacMorven Männer waren während der Belagerung, die seinem Clan nur wenig Ruhm eingebracht hatte, gestorben. Fast ein halbes Jahr war verloren und hatte seinem Clan und ihm nur diese süße Frau vor sich und etwas Vieh eingebracht. Er hatte Wallace angedroht dessen Namen auszulöschen, doch um dies zu tun, hätte er auch seine letzte nahe Anverwandte töten müssen. Dann fiel ihm etwas ein: Was, wenn Màiri den Namen MacMorven schon bald verlieren und den Namen Màiri Ane MacRaily tragen würde? Der Gedanke war wahrlich nicht schlecht. Er wollte sie- und zwar in seinen Armen und mit seinem Namen. »Ich habe nachgedacht«, sagte er daher auf einmal. »Ich werde den Namen Eurer Familie auslöschen und Ihr, Màiri, tut ab heute nur noch das, was ich Euch sage.«

Argwöhnisch blickte sie über ihre Schulter, sah in sein ernst wirkendes Gesicht und leicht gequält klingend presste sie hervor: »Bitte … was soll das heißen?«

»Ich habe die Pläne meiner Rache wegen Euch gerade ein wenig abgeändert. Ich will Euch als Hauptteil der Wiedergutmachung für den Tod meines Onkels. Ich mache Euch auf Glen Castle zu meiner Gemahlin und fordere dazu, nach dem Tod Eures Onkels, seinen Besitz als Brautpreis. Ich habe somit vor noch einmal mit ihm zu verhandeln, ohne Wallace Leben, für das meines Onkels zu nehmen!«

Die Eröffnung, dass er auf diese Weiße von seinem Vergeltungsrechts Gebrauch zu machen gedachte, machte Màiri wirklich fassungslos. Sie wusste gar nicht, was sie darauf erwidern sollte.

Logan glaubte an ihrem schweigenden Kopfschütteln ihre unausgesprochene Empörung zu erahnen, bis sie mit dem Wort *Bastard* verbal keinen Hehl aus ihrem Missfallen machte. Doch ihr Missfallen galt mehr dem Brautpreis.

Logan knurrte ungehalten über ihren Wortausbruch: »Ihr seid die Nichte eines Lairds und daher sollten Euch die

Clan- und Fehdengesetze bekannt sein. Tötungen, ob nun beabsichtigt oder unbeabsichtigt, können durch die Übergabe Familienangehöriger an Angehörige der Opfer als Bußgabe vergolten werden. Land, Vieh oder Geld können ebenso gefordert werden, wenn die übergebene Person im Stande nicht gleichwertig ist. Bei Tötungsdelikten wird der Täter nur dann getötet, wenn der nächste männliche Verwandte des Opfers es verlangt. Ich gedenke diese Forderung gegen Euren Onkel somit einzustellen. Euch, Màiri, gebe ich daher einen guten Rat, wenn Ihr nicht wollt, dass ich sehr ungehalten gegenüber Euch werde. Nennt mich nie wieder Bastard!«

Màiri dachte über ihr Schicksal nach ... in ihrem Gedächtnis öffnete sich eine Tür. Sie sah wieder das Bild vor sich, wie ihre Eltern starben. Was musste sie denn noch alles ertragen? Ihre geliebten Eltern waren an dem Fieber, welches auch sie befallen und überlebt hatte, gestorben. Daraufhin war sie, noch immer erkrankt, als Mündel zu ihrem Onkel gekommen. Gut ... nach ihrer Genesung war es ihr bis auf die Trauer um ihre Eltern sehr gut bei ihrem Onkel ergangen. Mit der Zeit hatte sie sogar wieder lächeln können. Dank der Fürsorge ihres Onkels hatte sich in ihrem Herz erneut Lebensfreude breitgemacht. Doch dann war der Unglückstag gekommen, als nach einem Jagdspiel mit dem Nachbarsclan ihr Onkel in seinem berauschten Zustand mit dem ebenso betrunkenen Laird Ermod in Streit geraten war. Onkel Wallace hatte sich mit dem Mann geprügelt und ihn in diesem Gerangel gegen eine Tischkante geschleudert. Der Schreck war groß gewesen, als der Raily-Laird kein Lebenszeichen mehr von sich gegeben hatte. Nun würde sie dafür unter Logan MacRailys Hand leiden müssen, das nicht ihre Schuld war. Sie war eine Frau und dieser Mann glaubte anscheinend, dass Frauen nicht einmal ihre Meinung zu solchen Händeln, wie ihn Logan nun beabsichtigte, laut äußern durften. Sie würde als Abgeltung für den Fehler ihres Onkels durch Logan an dessen Stelle zur

Verantwortung gezogen werden. Warum Logan das wollte, nachdem er fast ein halbes Jahr lang versucht hatte ihren Onkel in die Hände zu bekommen, war ihr unverständlich. Was sie ebenso wenig verstand: Sie fand die Vorstellung bei dem Raily-Laird bleiben zu müssen noch nicht einmal so schrecklich. Logan war jung und gutaussehend, so sehr, dass wohl so manch eine Lady sich ihm an den Hals geworfen hätte. Darüber hinaus war er ein guter Kämpfer, wie sie selbst hatte feststellen können. Er schien nicht wirklich brutal zu sein, was Frauen anging, nur dass sie das jetzt nicht wirklich beruhigte. Er hatte ihr bis jetzt, selbst da er wusste wer sie war,

kein Haar gekrümmt. Aber sie wusste, dass das nichts heißen musste ….

Am Nachmittag desselben Tages fing es erneut an zu schneien, erst nur ein wenig, dann immer heftiger. Der Himmel wurde immer dunkler und die Windböen nahmen an Stärke zu.

Logan wurde durch die schneidende Kälte aus seinen Gedanken gerissen.

»Wir sollten einen Unterschlupf aufsuchen, ehe der Sturm richtig losbricht, der sich gerade über uns zusammenbraut«, rief Logan seinen Männern zu. »Nicht weit entfernt von hier ist eine Höhle, in der wir Schutz finden werden.«

Kurze Zeit später saßen Màiri und die Männer an einem wärmenden Lagerfeuer.

Màiri wollte nach dem Essen nur noch schlafen.

Während Logan sie betrachtete, bemerkte er, dass Màiri am ganzen Körper vor Kälte zitterte. »Euch ist kalt, nicht wahr?«, und ohne, dass sie ihm auf seine Feststellung antwortete, meinte er: »Hm, ich denke ich kenne wohl die beste Wärmequelle für Euch.« Logan löste die Clanwappenbrosche, die ihn als Laird auswies und seinen mantelähnlichen

Umhang zusammenhielt. Er zögerte nicht lange, legte sich zu Màiri, hüllte sich mit ihr in die Decke und den Umhang ein.

Màiri riss die Augen weit auf und starrte ihn geschockt an. »Verschwinde!«, stieß sie ungehalten hervor.

Sie wollte von ihm abrücken, doch Logan hielt sie mit den barsch gesprochenen Worten fest: »Hier geblieben, ansonsten werde ich Euch dazu zwingen müssen.« Logan hielt sie in seinen Armen, wärmte sie mit seinem Körper und auch Màiri spendete ihm Wärme und so driftete er kurz darauf in einen ruhigen Schlaf ab.

Màiri schaute unterdessen noch eine Weile in das prasselnde Feuer, dann wurden auch ihre Augen schwer, doch im Gegensatz zu Logan hatte sie einen unruhigeren Schlaf.

Der Morgen brach an. Màiri stand vorsichtig auf, denn Logan schlief noch. Sie sah einen von Logans Männer an, der am Eingang der Höhle Wache hielt. »Dürfte ich nach draußen?«, fragte sie ihn vorsichtig und leise.

»Wofür?«

»Ich bedarf der Erleichterung, wenn Ihr versteht!«

»Ihr dürft. Allerdings werde ich Euch begleiten, Lady Màiri. Mein Name ist Robbie.«

Die Männer schienen auf einmal höflicher zu ihr zu sein und Màiri wurde bewusst, dass Logan sie von seinem Vorhaben in Kenntnis gesetzt haben musste.

Auf der Suche nach dem passenden Ort war Màiri die Helligkeit schon beinahe unangenehm. »Das bedeutet wohl, dass ihr mich beim Erleichtern bewachen wollt, Robbie?«, fragte sie ihrem Begleiter mit empörtem Unterton in der Stimme.

»Von wollen kann nicht die Rede sein, Mylady, ich muss! Mein Laird würde es mir wohl verübeln, wenn sein Faustpfand verschwände und seiner Verlobten etwas zustoßen sollte.«

»Ich bin nicht seine Verlobte!«

»Unser Laird sieht das anders, auch wenn es Euch nicht zu gefallen scheint, Mylady!«

Màiri fand eine schmale Felsspalte. »Kann ich dorthin, ohne dass Ihr mir zuschaut?«

Logans Mann sah sich die Spalte an und nickte dann.

Auf dem Rückweg erkundigte sich Robbie: »Was haltet Ihr nun wirklich von unserem Laird?«

»Entschuldigung, was habt Ihr mich gerade gefragt?«

»Ich wollte wissen, was Ihr von unserem Laird haltet?«

»Wieso fragt Ihr mich das? Aber gut! Ich halte nicht viel von ihm. Mit anderen Worten: Ich finde sein Verhalten abscheulich. Er ist ein Mann, der nicht zuhört, wenn man ihm etwas erklären will und der nur an seine Rache und nicht an die unschuldigen Menschen des anderen Clans denkt, die mit der ganzen Geschichte nichts im Geringsten zu tun haben!«

Genau in diesem Augenblick erreichten sie wieder die Höhle.

»Sagt, wo wart ihr?«, fragte Logan.

»Eure Verlobte musste ihre Notdurft verrichten!«, antwortete Robbie. »Ich nehme an, da Ihr noch geschlafen habt, Chief, dass ich richtig gehandelt habe, indem ich Lady Màiri dabei ein wenig im Auge behielt! Aber nur keine Sorge. Wir haben eine nette Spalte im Felsen gefunden, in der die Lady ungestört ihre Notdurft verrichten konnte.«

Logan nickte mit zufriedener Miene und ließ dann getrocknete Kräuterblätter, die er einem kleinen Leinensäckchen entnahm, in das Wasser fallen, das in einem Topf auf dem Feuer köchelte.

»Weck die Männer, ich habe Tee für alle gekocht. Wir wollen, da es aufgehört hat zu schneien, ein schnelles Morgenmahl einnehmen und dann aufbrechen. Ich habe keine große Lust noch eine Nacht in der Kälte, ohne ein richtiges Dach über dem Kopf zu verbringen und hoffe, dass wir es heute bis nach Hause schaffen.«

Logan ging hinaus. Seine Schritte knirschten leise im Schnee. Die Luft war kalt, der Himmel blau und die Morgensonne ließ die Schneedecke glitzern und funkeln. Er entledigte sich kurzerhand seines Hemdes, bückte sich, griff sich eine Handvoll Schnee. Er zuckte nicht einmal mit der Wimper, als er seinen Oberkörper mit dem kalten Schnee abrieb.

Màiri, die am Höhleneingang stehen geblieben war und ihm nachgesehen hatte, zog scharf die Luft ein. Was sie sah, verschlug ihr glatt den Atem. So einen schönen, makellosen und stählernen Männeroberkörper hatte sie noch nie gesehen.

Plötzlich blickte Logan Màiri an und fragte: »Warum starrt Ihr mich so an, meine Schöne?«

Sie fühlte sich ertappt und polterte daher: »Ihr habt wohl überhaupt keinen Anstand? Findet Ihr es außerdem nicht zu kalt, um Euch so freizügig darzustellen?«

Logan konnte sich daraufhin ein Lächeln nicht verkneifen. Er sah sie verschmitzt an: »Ist meine Verlobte wirklich so sittsam? Es sollte Euch jedoch nicht im Geringsten stören, denn auf meiner Burg, da werdet Ihr alles zu sehen bekommen, was Euch mein Körper zu bieten hat.«

Logan fragte sich, als Màiri ins Innere der Höhle floh, ob sie gerade über seinen Körper nachdachte. Er war ein Mann und Männer hatten nun einmal Bedürfnisse. Dieses Bedürfnis, das er in seinen Träumen mit ihr schon längst gestillt hatte, das würde er, wenn sie auf Glen Castle ankamen, auch in seiner Schlafkammer stillen. Er spürte ein unbändiges Verlangen nach ihr. Doch es war nicht nur die ersehnte Befriedigung an ihrem Körper, die er wollte, sondern sie auf ewig an seiner Seite zu wissen und dies hieß, er musste auch behutsam vorgehen um sie nicht- zu sehr zu ängstigen.

Sie waren wieder aufgebrochen ….

Logans linker Arm hielt Màiris Taille umschlungen und mit der rechten Hand führte er gekonnt sein Pferd. Màiris Haltung vor ihm war angespannt und steif. Sie weigerte sich, sich gegen ihn zu lehnen. Mittlerweile hatte sie dadurch auch schon einen schmerzenden Rücken.

Logan beugte sich ein wenig nach vorne und Màiri spürte seinen warmen Atem in ihrem Nacken. Dies bisschen Wärme tat sonderbar gut.

»Es ist nicht mehr weit!«, hörte sie ihn an ihrem Ohr sagen.

Verschiedene Emotionen von Angst über Neugier auf die Burg durchfuhren Màiris Körper. Auf einmal fühlte sie jedoch deutlich mehr die Kälte, denn die Sonne, die seit dem Mittag über das schneebedeckte Land geschienen hatte, senkte sich allmählich wieder. Nach Wärme suchend lehnte sie nun doch ihren Rücken gegen Logans Brust und war sogleich wieder verwirrt darüber, dass sie seine Nähe so angenehm fand.

Die Männer schienen sichtlich erleichtert als sie endlich die Burg westlich der Gegend von Marr erreichten, doch in Màiris Herz stieg die Ahnung des drohenden Unheils auf, dass sie an diesem Ort erwartete. Wut, Schmerz, Angst, Hass, Trauer - jedes Gefühl ist ein Lehrmeister, wenn man es zulässt, sagte ihr immer, ihr verstorbener Vater.

Das Castle der MacRailys war ebenso wie das ihres Onkels von hohen, uneinnehmbaren Mauern umgeben. Auch diese waren einzig und allein zum Zwecke des Schutzes der Bewohner und der Abwehr von Feinden erbaut worden. Ein schweres, eisenbeschlagenes Eichenholztor mit einem Eisengitter davor schien der einzige Zugang ins Innere zu sein, aber Màiri wusste, dass es auf fast jeder Burg ein geheimes Schlupfloch für den Notfall gab. Doch dieses

Schlupfloch kannte sie nicht. Wenn sie erst einmal hinter den Mauern war, gab es kein Zurück mehr für sie. Sie sprach in ihrem Geist ein Gebet, in dem sie den Herrn um Kraft bat.

Sie ritten durch das Tor in der Wallmauer. Màiri erkannte, dass das strenge Äußere der Burg zur Innenhofseite hin durch kleine Erkertürme aufgelockert wurde.

Es herrschte reges Treiben im Inneren. Menschen liefen im Hof geschäftig hin und her, sie sahen kurz zu ihnen hin und nickten grüßend, um dann ihrer Arbeit wieder nach zu gehen.

Logan stieg aus dem Sattel und streckte ihr seine Arme entgegen. »Kommt, steigt ab, mein baldiges Weib!« Er schenkte ihr ein schalkhaftes Lächeln, während er ihr vom Pferd half.

»Ich bin nicht Eure Verlobte und werde nicht Euer Weib, Bastard. Gott bewahre mich davor!«, stieß sie hervor, sobald sie neben dem Pferd stand.

Logan packte sie mit beiden Händen an den Schultern und zog sie eng an sich. Ein dunkler Schatten verfinsterte sein schönes Gesicht als er knurrte: »Mädchen, ich sagte doch schon einmal: Nennt mich nie wieder *Bastard*, sonst werdet Ihr wahrlich zu spüren bekommen, wie sich ein solcher Euch gegenüber benimmt. Ihr werdet Euch wohl oder übel an den Gedanken gewöhnen müssen, dass Ihr die Meine sein werdet. Es ist ein unabwendbares Übel für Euch und eine sehr verlockende, sowie freudvolle Vorstellung für mich!«

»Ich glaube Ihr seid verrückt, Logan MacRaily!«, fauchte sie ihn an.

Er lächelte wieder. »Darüber werden wir uns später ausgiebig in meinem Schlafgemach unterhalten.«

»Ich wüsste nicht, was ich mit Euch dort zu bereden hätte.«

Er schob sie etwas von sich und zuckte mit den Schultern. Es lag eine seltsame Spannung in der Luft. »Reden müssen wir dort auch nicht unbedingt. Ich kann Euch auch gerne schweigend beschlafen. Ich werde mit Euch tun, was immer ich will.«

Sichtlich schockiert blickte Màiri ihn an. Ihr wurde gerade in aller Deutlichkeit bewusst, auf was das Ganze hinauslaufen sollte. Laird, ich weiß nicht, was in Eurem Kopf gerade vorgeht; aber nach meiner Ansicht sollte man erst einen Bund geschlossen haben, bevor man das Beilager teilt.«

Er sah sie herablassend an. Ein Bastard der Rache will, dem interessieren solche Ansichten nicht! «Herrisch klingend wandte sich Logan zu zwei seiner Männer um: »Führt meine Verlobte hinauf in mein Schlafgemach. Rodina soll sich dort um sie kümmern und ihr beim Baden helfen. Ich will es heute noch hinter mich bringen, sie entjungfern, damit Mylady versteht, dass sie diese Tatsache schlichtweg hinnehmen muss. Ach, und schafft alles aus meinem Schlafgemach, was nach einer Waffe aussieht. Sie versteht sich einigermaßen gut damit, eine Klinge zu benutzen.« Er grinste frech und fügte hinzu: »Ihr wisst ja auch, dass man sagt: *Reichst du einem MacMorven die Hand, zähle deine Finger sobald er sie loslässt*!«

Màiri fühlte sich fürchterlich und hilflos zugleich, doch sie war nicht bereit kampflos ihre Jungfräulichkeit auf solche schändliche Weiße aufzugeben. Dieser Barbar hatte verdammt noch mal nicht das Recht sich anzueignen, was ihn noch nicht zustand. Sie begann Logan aufs Neue zu beschimpfen: »Ihr verletzt mit Eurer Vergeltungsforderung Gottes Gebote. Ihr habt nicht das Recht mir meine Ehre zu nehmen, Logan MacRaily.«

»Ich kann und werde, Màiri Ane, denn ich fordere Eure Unschuld und Eure Hand als Wiederherstellung meiner Familienehre ein! Dies ist mein Recht! Ich verlange Eure Hingabe als Teil der Sühne für Eures Onkels Tat. Das habe ich Euch doch schon zur Genüge erklärt. Ihr könnt mir nicht mehr entfliehen.«

Sie wusste was ihr bevorstand. Nur der Wille zu überleben

war wichtig. Màiri versuchte sich den Männern zu widersetzen, die sie ergriffen hatten und ins Keep bringen wollten. Alleine der Versuch war jedoch aussichtslos. Ein Mann, ein Kollos von einem Kerl, trat an sie heran und brummte: »Lasst mich das mal machen!« Der Hüne schnappte Màiri, hob sie hoch als wöge sie nicht mehr als ein Federkissen und warf sie sich einfach wie einen Getreidesack über die Schulter. »Braves Kind!«, brummte er. »Und so aufgeweckt.«

Ein lauter Fluch entwich ihrer Kehle, der alle Umstehenden zum Lachen brachte, bis auf einen etwas älteren Clanmann, der gerade erst im Hof erschienen war.

»Lass mich runter, du Mistkerl, ich kann laufen!« Màiri schlug kraftvoll mit der geballten Faust auf den Rücken des Mannes, als er sie nicht loslassen wollte. »Vom Gesinde zum Gesindel ist es nur ein winziger Schritt. Logan MacRaily!?«, rief sie panisch.

Als Logan nicht reagierte, griff unerwartet jemand anderes ein. »Lass Mylady Màiri runter, Bryan!«, meinte eine Stimme. »Logan, das muss doch nicht sein!«

Màiri erkannte den Mann. Es war Ralph MacBans, einst der beste Freund von Logans Onkel. Er war außerdem der Lehrmeister von Logan gewesen und nun dessen erste Hand.

Logan sah Ralph prüfend an, dann brummte er: »Bryan, lass das Mädchen runter!«

Der Mann gehorchte auf der Stelle. Er stellte Màiri wieder auf ihre Füße, sah sie von oben herab an. »An Eurer Stelle würde ich jetzt dennoch tun was unser Laird Euch sagt, kleine Lady!«

Màiri verdrehte innerlich die Augen. Nun gab der hünenhafte Unhold ihr auch noch Ratschläge! Erschöpft von dem Gerangel mit dem Mann warf Màiri einen Blick über die Schulter und sah Ralph MacBans dankbar an.

Logan hingegen sah ziemlich ungehalten aus. »Seid nicht so töricht zu glauben, dass Euch auch nur einer aus meinem Clan hilft. Alle hier haben Ermod gemocht - ja ihn sogar verehrt, denn er war ein gutherziger Mensch und ein gerechter Clanchief. Geht nun mit meinen Männern hinein, Màiri, denn ein wärmendes Bad wird Euch sicherlich besser tun, als die Unterbringung in unserem feuchtkalten Kerker. Denkt also gut darüber nach, wie Ihr Euch entscheidet und ob es wirklich lohnend ist, meine Geduld bis zum Zerreißen herauszufordern! Seid gewarnt: Solltet Ihr noch einmal handgreiflich gegenüber einem Mitglied meines Clans oder einem meiner Verbündeten werden, werde ich Euch Euer hübsches, kleines, straffes Hinterteil ordentlich versohlen!« Dabei sah er ihr in die Augen, als wolle er durch ihre Pupillen hindurch in ihren Kopf sehen und ihre Gedanken erraten.

Als ihre Blicke sich trafen, hielt sie den Atem an. Seine zuvor braunen Augen wirkten fast schwarz. Màiri erkannte pure Entschlossenheit darin und sie wurde sich urplötzlich bewusst, welch schreckliches Ausmaß ein weiterer Versuch, sich seinen Anweisungen zu widersetzen für sie haben konnte. Ihre Stimme zitterte leicht, als sie sagte: »Ich habe Euch verstanden und füge mich gezwungenermaßen in diesen Punkten Eurer Aufforderung, Logan MacRaily.«

Nach einem bloßen Nicken nahm einer seiner Männer sie fast sanft am Arm und brachte sie in den Wohnturm hinein.

»Eine gutaussehende junge Lady habt Ihr da mitgebracht, mein Laird«, meinte Logans Stallmeister anerkennend, als er die Zügel des Pferdes seines Herrn entgegennahm, um das Tier in die Stallung zu bringen.

»Ja, das ist sie, und dazu eine Frau, die zu kämpfen versteht wie ein Mann. Jedoch … mit einem Makel: Dem des Namens MacMorven - und sie ist störrisch wie ein Esel. Entweder gibt sie in meiner Bettstatt nach, oder ich werde sie wohl ...«

Ralph mischte sich ein, indem er den Satz etwas unschön beendete: »... schänden müssen bis ihr Hören und Sehen vergeht. Natürlich wirst du das tun, ohne dabei auch nur mit der Wimper zu zucken, nicht war, mein Junge?«

Logan bemerkte, dass sein alter Lehrmeister seine Worte gehörig in Zweifel zog.

»Rory, bitte geh und kümmere dich um meinen Wallach!«, bat Logan.

Als der Stallmeister ging, wandte sich Logan seinem Chieftain zu: »Ralph, du weißt es am besten, du warst dabei. Ihr Onkel hat unseren Laird und somit deinen besten Freund getötet!«

»Nun ich war dort, aber nicht dabei. Das Mädchen war es jedoch. Dafür soll das Mädchen wohl büßen?«

»Ja! Ich meine … nein! Ach, ich will sie einfach. Sie ist eine Versuchung, der ich einfach nicht widerstehen kann, zumal ich mich so auch an Wallace noch rächen kann!« Logan raufte sich die Haare.

»Zuerst einmal willkommen zurück, Logan!« Mit einem leichten Grinsen klopfte Ralph Logan väterlich auf die Schulter.

Logan grinste ebenfalls.

»Hier bei uns ist alles beim Besten«, begann Ralph. Dann lächelte er erneut. »Du siehst zu meiner Verwunderung glücklicher aus, als an dem Tag, an dem du gegangen bist.«

»Als wir uns aufmachten, da kannte ich nur noch drei Emotionen: Trauer, Hass und unbändige Wut. Nun kenne ich noch ein Gefühl. Eines, das mich zu dieser Frau hinzieht.«

»Wie hast du Wallace Nichte habhaft werden können?«

»Hm, das hat sich so ergeben. Sie ist uns mit zwei MacMorven Männer in die Arme gelaufen, als wir die Belagerung von Crimor Castle gerade aufgeben wollten. Die Männer sind tot, im ehrlichen Kampf gefallen. Wallace und seine Leute werden sie aus dem Schnee bergen müssen.«

»Heißt das, die wissen nicht mal, dass du das Mädchen hast?«

»Sie werden es sich bestimmt denken können, wenn die Männer, die bei ihr waren, nicht in die Burg zurückkehren. Spätesten im Frühjahr kehren wir zurück, sollte Wallace nicht von sich aus hier auftauchen. Ich stelle ihnen dann meine weiteren Forderungen und er wird auch erfahren, dass ich das Mädchen als Teil der Wiedergutmachung zu meinem Weib gemacht habe.«

»Du hast das also ernsthaft vor! Hältst du das für eine kluge Idee?«

»Aye! Und zwar für eine der Besten, die ich je hatte!«

»Logan, ich denke, ich kann dich von deinem Vorhaben nicht abhalten, da ich nicht das Recht habe für das junge Ding dir gegenüber als dein Vasal etwas zu fordern. Aber ich bitte dich, tu dem Mädchen nicht weh. Man erzählt sich, sie habe schon recht schwere Zeiten hinter sich.«

»Ihr Schmerzen zuzufügen, das habe ich nicht vor!«

Ralph fasste mit beiden Händen Logans Schultern und sah ihm direkt in die Augen. »Das glaube ich dir sogar. Doch ich bin mir nicht sicher, dass du sie davon so einfach überzeugen kannst. Also wenn du jemanden zum Reden brauchst oder glaubst meines Rates zu bedürfen, dann weißt du wo du mich findest! Doch nimm auch du erst mal ein warmes Bad, iss was und schau, ob du das mit dem Mädchen nicht auf eine anständige Weise hinbekommst. Ich denke, wenn du nicht zu grob mit ihr umspringst, denn sie ist noch weit davon entfernt dazu bereit zu sein, könnte es was mit euch etwas werden.«

»Wenn ich meine Träume richtig gedeutet habe, dann denke ich das auch!«

Ralph wusste von Logans Träumen, hätte sie aber nie in Verbindung mit Wallace Nichte gebracht. Zumal er das Mädchen nur kurz gesehen hatte, bevor das Unglück über seinen alten Freund Ermod hereingebrochen war. Nun wusste er: Daher also wehte der Wind. Es war nicht der reine Rachegedanke Logans, der ihn antrieb, sondern er wollte dieses Mädchen um ihres und seines Willens. Mit Geduld und Sensibilität konnte er sie vielleicht auch davon überzeugen, dass er kein Unhold war. Vielleicht würde sie ihm nach einiger Zeit vertrauen und ihm ihr Herz schenken.

Rodina lächelte, als sie Màiri sah, nachdem die Männer ihr gesagt hatten, was der Laird befohlen hatte.

»Kommt bitte mit mir, Lady Màiri!«

Die schon etwas ältere Hausdame führte Màiri in Begleitung der Männer zum Schlafgemach ihres Herrn in den oberen Stock des Wohnturms hinauf. Dort angekommen öffnete Rodina die Tür, bat Màiri einzutreten und befahl den Männern: »Ihr Kerle bleibt vor der Tür!«

Als sie die Tür hinter ihnen geschlossen hatte, wandte sie sich Màiri zu: »Seht Euch erst einmal um. Ich sorge dafür, dass Ihr ein heißes Bad nehmen könnt, so wie es unser Laird angeordnet hat.«

Màiri rang sich einen etwas freundlicheren Blick ab. Diese gutmütig dreinblickende Frau, glaubte wohl, dass ihr Problem mit einem Bad behoben werden konnte. Màiri war sich jedoch selbst mehr als bewusst, dass ein warmes Bad ihr nach der Kälte und auch ihrem vom Ritt geschundenen Knochen wohltun würde, daher erhob sie erst mal keinen Einwand.

Rodina half ihr kurz darauf aus der Kleidung, was Màiri nicht sonderlich gefiel. »Ich kann das alleine!«, stieß sie hervor.

Doch die Hausdame ließ sich nicht abhalten ihr auch weiterhin beim Entkleiden behilflich zu sein.

Kurz nachdem Rodina Màiri einen Morgenmantel gereicht hatte, betraten ein Dienstmädchen und zwei kräftige Burschen den Raum, die eine große Holzwanne in das Schlafgemach hereintrugen. Als sie ihn abgestellt hatten, verbeugte sich die Burschen und verließen den Raum. Das Mädchen knickste höflich. um dann die hölzerne Wanne mit dampfendem Wasser zu befüllen. Die Mägde stellte noch einen kleinen Holzbehälter, der Seife enthielt, auf einen Schemel und legte ein großes Handtuch und Waschlappen dazu, dann ging auch sie wieder.

»Legt den Mantel ab und steigt ins Wasser!«, sagte Rodina, nachdem sie mit der Hand die Wärme des Wassers geprüft hatte.

Màiri war froh, dass ihr Martyrium hinausgezögert war, doch Hoffnung war etwas anderes. Sie war erschöpft und hatte dazu Angst, denn sie konnte sich denken, was ihr bevorstand, wenn Logan seine Drohung wirklich wahr zu machen gedachte. Nur eine völlige Närrin würde in ihrer Situation keine Angst haben und dennoch genoss sie jede Sekunde im warmen Wasser.

»Wascht Euren Körper mit der duftenden Seife. Ich helfe Euch dann beim Haarewaschen!«, hörte sie Rodina sagen.

Sorgfältig wurden kurz darauf ihre Haare von Rodina gewaschen. Rodina half ihr ebenfalls beim Abtrocknen und beim Haare trocknen. Sie kämmte ihr die Knoten sachte und sorgsam aus ihrer blonden Haarpracht. »Was habt Ihr für wunderschönes, wallendes Haar«, schwärmte die Hausdame, während sie dies tat. Sie begann dazu zu plappern: »Wisst Ihr, Mylady, unser Laird ist wirklich kein schlechter Mensch! Er ist nur so beladen vom Schmerz des Verlustes und daher kommt seine Wut. Erst töteten Sasannaich* seine Eltern, als er kaum vierzehn Jahre alt war und nun musste sein Onkel, durch den Euren sein Leben verlieren.«

»Das ist keine Entschuldigung für das, was er mir angedroht hat! Ich habe ebenfalls den Verlust meiner Eltern erdulden müssen, auch sie sind gestorben. Wenn auch nicht durch ein solch tragisches Ereignis wie den Mord durch Feindeshand. Ich bin ebenfalls alleine, habe nur noch meinen Onkel Wallace. Und aus Rache für einen Unfall ...«, ein Seufzer erklang aus ihrer Kehle, »... will Euer Laird mich schänden, um mich zu Beschämen und meinen Onkel dadurch zu demütigen. Und Ihr erklärt mir, er sei kein Mann mit schlechten Absichten.«

Ihr Gespräch mit der ihr fremden Frau entwickelte sich gerade in eine seltsame Richtung.

»Seine Wut und Trauer in allen Ehren, doch ich begreife

nicht warum ein Mann wie er, nicht versteht, dass der Tod seines Onkels keine Absicht war. Es war ein tragischer Unfall, der auf einen dummen Streit hin und im Rausch erfolgte.«

»Woher wollt Ihr denn das wissen, Mylady?«

»Ich weiß es, weil ich in der Halle anwesend war, als es geschah. Wir alle, vor allem aber mein Onkel, waren furchtbar entsetzt und sehr bekümmert, denn Euer Laird war sein Freund. Ich weiß auch, dass man in der Verzweiflung und im Schmerz nun mal Dinge tut, die nicht vernünftig und gerecht sind. Doch Logan hat uns belagert, Menschen in Lebensgefahr gebracht, die nichts mit der Angelegenheit zu tun hatten, und vier unserer Männer wurde dabei auch noch getötet. Findet Ihr es etwa in Ordnung, dass man dann eine Frau entführt und ...«

Rodina unterbrach Màiri: »Die Männer sagten, Ihr und Eure Bewacher habt sie mit dem Schwert angegriffen!«

»In Notwehr, ja!«

»Ihr habt mit Logan gekämpft und er hat Euch bezwungen!«

»Ach, und da hat er als Sieger das Recht mich ohne mein Einverständnis als Prämie zu nehmen?«

»Euer Onkel ist der ruchlose Mensch, nicht Logan!«

Màiri sah Rodina herausfordernd an und meinte: »Na wunderbar! Hätte ich ihn also besiegt, dann hättet Ihr mir wohl auch ein solches Recht zugestanden?«

Rodina musste ein wenig bei der Vorstellung schmunzeln. »Klärt, dass bitte selbst mit unserem Laird, Lady Màiri!«, waren Rodinas letzte Worte sehr ernst dazu.

Die zwei stillen Burschen, die die Wanne zuvor schon gebracht hatten, kamen wieder und entfernten diese, während Màiri in einem Nachtgewand, das Rodina irgendwo hergenommen hatte, an einem Tisch saß und etwas Käse und Brot verspeiste.

Nun wünschte ihr auch Rodina eine angenehme Nacht und ging.

Niemals hätte Màiri sich vorstellen können, dass ihre einmal so etwas Übles widerfahren könnte. Sie hatte gehofft für ihre Leute Nahrung besorgen zu können und auch mit Logan vielleicht über den Unfall sprechen zu können.

Sie sah sich im Schlafgemach des Lairds um. Logan bewahrte dort anscheinend keinerlei Waffen auf oder sie waren wirklich auf sein Geheiß hin alle entfernt worden. Der Raum war nur eines: Er war wirklich geschmackvoll eingerichtet. Màiri sah zum Alkoven hin. Das Bett dort war groß. Sie ging hinüber und befühlte die Federmatratze. Sie war weich, das Laken reinlich und es roch nach Lavendel. Die Bettdecke war ebenso weich. Màiri war sich sicher, dass diese sogar mit reinen Daunen gefüllt war, da Federn doch ein wenig schwerer wogen. Doch auch wenn diese Schlafstatt einladend anmutete, so hoffte sie niemals unverheiratet mit Logan an ihrer Seite auf dem Schlaflager zu landen. Nur das Problem war, dass es wohl geschehen würde, sobald der Laird in seiner Schlafkammer auftauchte.

Auf einmal hörte Màiri den Klang von Schritten auf dem Gang vor dem Gemach. Dann drangen leise Worte durch die schwere Holztür zu ihr ins Zimmer hinein. »Hat sie noch weiterhin Ärger gemacht, Rodina?« Es war Logan. Seine Stimme klang so verdammt ruhig und selbstsicher, dass sie es kaum fassen konnte, so aufgewühlt wie sie war.

»Nein, Laird. Sie ist mir sogar ein wenig schüchtern erschienen und natürlich etwas ungehalten. Ich denke Ihr wisst warum. Sie scheint mir ein ganz reizendes und bezauberndes Wesen zu sein. Sie hat ein Nachtgewand an. Ich denke, das ist gewiss in Eurem Sinn!«

»Schon gut! Doch ich denke zu ihrem Leidwesen werde ich sie davon überzeugen müssen es wieder auszuziehen.«

»Logan bedenkt, auch Ihr werdet vor dem Herrn, wenn er Euch zu sich beruft einmal Rechenschaft ablegen müssen. Es gibt verschiede Möglichkeiten sein Ziel - auch das der Vergeltung und Rache - zu erreichen.«

Du kannst gehen, Rodina, und ihr auch«, befahl er zu seinen Männern. »Ich werde Euch nicht brauchen. Gute Nacht!«

»Gute Nacht, Laird«, hörte Màiri zwei Männerstimmen und die von Rodina wünschen.

Einen Augenblick lang geriet Logan nach Rodinas Worten dann doch ins Wanken. »Verdammt!«, knurrte er. Er konnte sich doch in Anbetracht seines eingeschworenen Hasses gegenüber Wallace kein Mitgefühl leisten. Ihm wurde bewusst, er würde sich der Lächerlichkeit preisgeben und sein Gesicht verlieren, wenn er nicht auf die Einhaltung seiner Forderung und seiner eigenen Worte bestand. Màiri würde die Demütigung seines Vorgehens schon überstehen. Ein paar Komplimente und ernst gemeinte Koseworte in seinen Armen, die würden ihr die Schande einer unehelichen Vereinigung mit ihm bestimmt leichter ums Herz werden lassen.

Er drückte dir Klinke der Tür zu seinem Schlafgemach hinunter, betrat den Raum, schloss die Tür und schob den Riegel vor.

Ich will dich, meine schöne Beute!

Er sah kurz zu Màiri hin. Sie sah im Schein mehrerer entzündeten Kerzen, die ihr Licht in den Raum warfen, so unglücklich aus, dass er befürchtete, sie würde gleich in Tränen ausbrechen. Im Stillen hoffte er jedoch, dass sie sich ihres Stolzes wegen zusammennahm, denn in ihr steckte die Stärke einer Highlanderin. Sie machte keine Anstalten sich umzudrehen. Warm fiel der Schein der Flammen auf sie und umfing sie wie ein durchsichtig goldroter Schleier.

Màiri sah nach einer Weile verstohlen über ihre Schulter, bemerkte Logan war frisch gebadet und rasiert. Seine Haare waren offen, und nicht mehr wie zuvor an den Schläfen zu kleinen Zöpfen verflochten, im Nacken zusammengebunden und sie wirkten noch ein wenig feucht. Er trug leichtere Hauskleidung anstelle der Reiteruniform.

Ohne etwas zu sagen ging Logan zu einem der Sessel und setzte sich. Er zog sich mit einer Seelenruhe die weichen Hauslederstiefel aus, die er trug. Dann erhob er sich in einer geschmeidigen Bewegung und begann sein Hemd aufzuschnüren. Das flachsgrüne Hemd aus Leinen betonte seinen Brustkorb, denn man konnte darunter die Muskeln erahnen. Mit ebensolcher Gelassenheit zog er es über den Kopf und legte es sorgsam, nachdem er es glattgestrichen hatte, über die Lehne des Sessels, auf dem er zuvor gesessen hatte. Als nächstes begann er die Verschnürung seiner Leinenhose zu öffnen.

Nun geriet Màiri langsam außer Fassung, sie fuhr zu ihm herum. »Was in Gottes Namen tut Ihr da eigentlich, Laird MacRaily?«

Logan sah sie an und sein Gesichtsausdruck wirkte dabei äußerst gleichgültig. »Was denkt Ihr denn, was ich tue? Ich entkleide mich, Mylady!«

»Oh Gott, hört sofort auf damit …«, stieß sie hervor und fügte an: »Lasst Euer Beinkleid bloß an. Das ist unschicklich!«

»Wieso?«

»Weil ich gezwungen bin Euch dabei zuzusehen, wenn Ihr es abstreifen solltet.«

Màiri wirkte sichtlich nervös, was ihn sehr amüsierte. Ein Schmunzeln stahl sich auf seine Lippen. »Dies ist mein Schlafgemach, meine hübsche, engelsgleiche Lady, also sehe ich nichts Liederliches daran mich genau hier zu entkleiden, um ins Bett zu gehen.« Er grinste frech und fügte belustigt hinzu: »Natürlich mit Euch!«

Màiri schnappte wie ein Fisch, den man an Land geworfen hatte, nach Luft und stieß dann hervor: »Logan MacRaily, Ihr benehmt Euch wahrhaft ungebührlich gegenüber mir!«

»Ungebührlich? Tue ich das? Doch sagt, was erwartet Ihr denn Anderes von einem Scheusal wie mir, kleine Lady? Ich habe Euch auf dem Weg hierher mitgeteilt, was ich mit Euch zu tun gedenke. Ich beabsichtige nicht, meine gefällte Entscheidung zu ändern. Ein Mann aus dem MacRaily Clan ändert nur sehr selten einen seiner Vorsätze. Ich habe schon den einen gebrochen, der sich um das verdiente Ableben Eures Onkels dreht. Ihr wollt doch, dass er am Leben bleibt und ich ihn nicht in die Hölle schicke, wo er meiner Meinung nach seiner Tat wegen durchaus hingehören würde, oder? Ihr kennt meine Forderung zu diesem Handel!«

»Eure Forderung?«, fauchte Màiri erbost. »Ihr glaubt doch wohl nicht, dass ich es einfach so zulasse, dass Ihr mir Gewalt antut!« Nun regte sich noch mehr Wut in Màiri, die ihre Angst schwinden ließ. Sie schlug mit der Hand auf seinen Nachtisch und fuhr auf: »Ihr habt kein Recht dazu von mir etwas zu fordern!«

Logan wurde ebenfalls laut: »Oh doch, ich habe jedes Recht. Und zwar als Sieger und als geschädigter Verwandter eines Gemordeten, Mylady!«

Etwas leiser fluchte Màiri nun in ihrer Verzweiflung vor sich hin. Sie bedachte Logan auf diese Weiße mit ein paar unfreundlichen Tiernamen, die er wortlos über sich ergehen ließ. Auf einmal kam Màiri in ihrer Verzweifelt ein Gedanke: Vielleicht konnte sie ihn ja bei seiner Ehre packen und sie fragte: »Können wir vielleicht darüber wie vernünftige Menschen verhandeln? Bedenkt es geht dabei auch um Eure Ehre und nicht nur um die meine!«

Logan grinste und schüttelte verneinend den Kopf. Er entledigte sich auch seines letzten Kleidungsstückes, der Brouche*, die sein Gemächt noch bedeckt hatte, nachdem er seine Hose mittlerweile schon ausgezogen hatte.

Als Màiri bemerkte, dass nicht nur der Mann an sich erregt war, entfuhr ihr: »Um Gottes willen!« Das Herz schlug ihr bis zum Hals. Am liebsten hätte sie sich irgendwo versteckt. Doch wo? Um hinter den Wandschirm zu verschwinden, der eine Ecke des Raumes abtrennte, hätte sie an ihm vorbeigemusst. Es war wohl auch keine Option sich in seine Bettstatt zu flüchten, denn darin wollte er sie ja haben. Màiri fasste es nicht. Er hatte sich doch wirklich vollkommen und ungeniert vor ihr entblößt. Dieser Mann kannte keine Scham und hatte wohl in dieser Hinsicht auch nicht den kleinsten Hauch von Anstand. Nun stand er also vor ihr, wie Gott ihn geschaffen hatte, der durchaus gut gebaute und junge Highlander-Laird. Ein Prachtstück von Mann - mit Muskeln bepackt, wo sie hingehörten.

Màiris Blick glitt tiefer, nachdem sie versucht hatte ihm nur ins Gesicht zu sehen. Fassungslos starrte sie auf seinen Unterkörper. Dieses Prachtstück von Gemächt war wohlgeformt, gut proportioniert und durchaus beeindruckend. Wirre Gedanken schossen ihr durch den Kopf, die sie eigentlich nicht haben sollte: *Wie würde er sich anfühlen? Würde es weh tun, wenn er damit in sie hineinstieß?* Sie hatte ein wenig Halbwissen über das, was zwischen einem Mann und einer Frau bei der Vereinigung passierte, durch die Mägde im Keep ihres Onkels aufgeschnappt, wenn diese sich ungehört glaubten und hinter vorgehaltener Hand von ihrem Stelldichein mit einem strammen Burschen oder ihrer Liebschaft erzählt hatten. Sie wunderte sich über sich selbst und ihre Gedanken. Er hatte wahrscheinlich - nein, mit Sicherheit -

vor, sich ihres Körpers zu bemächtigen. Sie spürte ein unbekanntes Kribbeln in ihrem Bauch, welches sich langsam nach unten in Richtung ihrer Weiblichkeit zog. Es musste der Schock über den Anblick seines nackten Körpers sein, der ihre Gedanken und Gefühle in solch eine Richtung lenkte.

Genau in dem Moment packte Logan sie am Arm und schob sie auch schon zum Alkoven hin.

So langsam begann es ihm Spaß zu machen, zu beobachten, wie verwirrt und doch interessiert sie an seinem Körper war.

»Mylady, Schottenmänner verhandeln in so einem Fall nicht noch ein weiteres Mal. Es wäre also besser Ihr verweigert Euch mir nicht. Zieht brav dieses Nachtgewand aus, Màiri, und macht mir keinen Ärger, denn sonst kann ich für nichts garantieren.«

Sie presste die Lippen zusammen und schüttelte langsam verneinend den Kopf. »Ich werde es nicht ausziehen!«, beharrte sie. Sie versuchte es mit einem trotzigen Gesichtsausdruck und verschränkte, da er sie losgelassen hatte, damit sie sich entkleiden konnte, die Arme vor der Brust. »Ihr wollt doch bestimmt Euer Ansehen als Ehrenmann nicht gänzlich verlieren?«

Logan hätte beinahe gelacht, da ihre Äußerung ihn mehr amüsierte, als wirklich verärgerte. Doch er nahm sich zusammen und fuhr sie daraufhin dementsprechend gespielt ungehalten an: »Zieh es aus, Màiri, oder ich mache es!«

Màiri gehorchte ihm nicht und fuhr ihn an: »Eure unerlaubte Vertrautheit mir gegenüber ist ebenso unverschämt wie Euer Ton und Euer Vorhaben und es ändert an meiner Weigerung nichts, Laird MacRaily!«

»Sei dir gewiss, mein Mädchen, ich meine mein Vorhaben verteufelt ernst. Und komm mir jetzt nicht erneut damit, dass dein Oheim meine Forderung nicht gutheißen würde. Dass dem so sein wird, das ist mir bewusst, doch er ist es, der mit den Konsequenzen leben muss. Der Preis mag dir noch hoch erscheinen, aber du wirst ihn als seine Verwandte an mich bezahlen. Erinnere dich daran, dass dies auch ein Teil deiner eigenen Schuld ist. Nicht wir haben dich aus dem Castle gelockt oder entführt, du hast um die Gefahr der Entdeckung gewusst und die schützenden Mauern aus eigenen Stücken verlassen. So und nun zieh das Nachtgewand augenblicklich aus, oder ich reiße es dir vom Leib. Noch hast du die Wahl!«, beharrte er auf seine Forderung und sah sie eindringlich an. Sein Blick ruhte auf ihr, wie der eines Fuchses auf einem Kaninchen. Er sagte nichts mehr, sondern wartete einfach ab.

»Ich werde mich wehren und schreien, sobald ihr eine Hand an dieses Kleidungsstück legt!«

Er zog die rechte Augenbraue hoch und sprach gefährlich ruhig: »Was sollte dir das bringen, niemand wird kommen, um dir zu helfen, denn ich bin das Oberhaupt dieses Clans. Nun, ich könnte jedoch nach meinen Männern rufen, dann kämen sie bestimmt herauf. Natürlich nur, um dir beim Ausziehen behilflich zu sein und dich nackt zu sehen. Dann gäbe es noch eine Möglichkeit: Ich könnte dich auch in den Kerker schaffen lassen, um dort meine Forderung durchzusetzen. Überlege dir also gut, ob du auch noch solch eine Erniedrigung erfahren möchtest, denn ich bin des Spiels langsam wirklich müde! Also?«

Màiri wusste nur zu gut, dass er nicht mehr lange warten würde, so blieb ihr keine andere Wahl, als zu tun, was er forderte. Wenn sie sich ansah, wie stark seine Muskeln ausgeprägt waren, wäre ein Versuch sich weiter aufzulehnen ohnehin umsonst. Sie stieß einen Seufzer aus und zog notgedrungen das Nachtgewand aus.

Ihr Körper war nun frei seinem Blick ausgeliefert. Màiri schämte sich fürchterlich, hoffte nicht zu erröten und folgte seinem prüfenden Blick nach unten hin zu ihrer Scham.

»Sehr hübsch!«, schnurrte Logan. »Genau wie ich es in meinen Träumen sah! Du bist wahrhaft wunderschön!«

Bei Gott, sie war die Versuchung aus seinem Traum - die

fleischgewordene Sinnlichkeit und er brannte darauf sie unter sich zu spüren. Logan dachte: *Du bist so wunderschön, mein Engel, du weißt gar nicht wie sehr.* Dann hörte sie ihn flüstern: »Ich begehrte dich und wollte dich schmecken, noch bevor ich dich kennen gelernt habe!«

Màiri nahm wahr, wie bei diesen Worten seine Augen auf einmal fast schwarz wurden. Nun war es mit Màiris Fassung vorbei. Sie spürte wie ihr die Röte ins Gesicht schoss. Sie kämpfte mit ihrer Angst und darum, nicht in Hysterie auszubrechen. Sie stöhnte innerlich auf, denn während sie vor Scham im Boden versinken wollte, war Logans lüsterner Blick kaum noch zu übertreffen.

Er betrachtete ihren Körper weiterhin, sein Blick ging wieder hinauf zu ihren Brüsten und zu ihrem Gesicht.

Sie wäre am liebsten in Tränen ausgebrochen.

Logan sah sie gedankenverloren an. Er stellte sich vor, sie zu berühren, zu streicheln und in ihren Lustspalt einzudringen. Die schönen Bilder verschwanden aus seinem geistigen Auge und er schreckte aus dem Tagtraum auf. Es gab da ein Problem, denn wenn sie sich arg wehrte, würde er sie wirklich schänden müssen, so verrückt war er nun nach ihr. Doch wenn seine Träume sich als Wegweiser erweisen sollte, dann würde sie sich zwar zieren, doch letzten Endes würde es ihr gefallen von ihm genommen und geliebt zu werden.

Màiri versuchte es noch einmal: »Kann ich irgendetwas tun, dass Ihr Eure Meinung ändert?!«

»Nein! Erspar dir die Mühe, du bist nicht in der Position mit mir zu verhandeln. Es gibt nichts, dass mich noch von meinem Vorhaben abhalten könnte!«

Noch niemals hatte Logan ein solch starkes Bedürfnis einer Frau gegenüber verspürt. Er dachte bei sich: *Ich glaube wir könnten eine gemeinsame Zukunft haben, wenn ich es richtig anstelle.* »Nun, Màiri, werden wir das Lager miteinander teilen. Du wirst mir in dieser Nacht äußerst gefällig sein, mein Engel!«

Er kam ihr ganz nah und sie spürte seinen warmen Atem auf ihrer Haut.

»Legt dich ins Bett!«, befahl er.

»Bei Gott …«, begann sie, »… habt Ihr denn gar kein Herz, Logan? Bitte lasst mich in Ruhe! Tut das nicht! Was habe ich Euch getan, dass Ihr mir *DAS* und solch eine Schande antun wollt? Bitte!«, flehte sie.

Sein Blick war ernst. »Ich habe mehr Herz als du denkst, Mädchen, und wenn ich es könnte, dann würde ich es nicht tun bevor du meine Frau bist. Doch ich kann nicht! Du bist das Instrument meiner Rache an Wallace, denn dein feiger Onkel hat meine Geduld über alle Maße strapaziert. Du bist Fehdebeute.«

Logan wurde gewahr, dass sie nun doch vorhatte sich zu wehren und so stieß er sie blitzschnell rücklings ins Bett. Màiri konnte vor Schreck nicht schnell genug reagieren, denn schon kniete er über ihr und zerrte ihr die Hände über den Kopf. Seine Mimik wirkte angespannt und sie starrte ihn aus weit aufgerissenen Augen fassungslos an. Er wollte ein Bein zwischen die ihren schieben, doch in diesem Moment zog sie ihre Knie an und traf dabei fast seine Männlichkeit. Er schnappte nach Luft, als er das Déjà-vu aus einem seiner Träume erkannte. Er hatte sich nach dem Traum vor sich selbst erschrocken, doch in der Nacht darauf hatte er den weiteren Verlauf geträumt und alles hatte ein sehr gutes Ende für sie beide genommen. Auf seinem Gesicht zeichnete sich ein merkwürdiger Blick ab, als er ungehalten knurrte: »Wag es nicht noch einmal so etwas zu versuchen, denn ansonsten schwöre ich bei Gott, dass mein Lustschwert dich sehr schmerzlich durchbohren wird und der Akt selbst zu deinem größten Albtraum. Dass es passieren wird, steht längst fest. Das *Wie* hängt jedoch alleine von dir ab und besteht entweder aus Lust oder aus Schmerz.« Sein Gewicht drückte sie auf die Federmatratze nieder und fixierte sie dort, so dass keine Bewegung mehr möglich war.

Màiri bekam Angst, dass er seine Drohung sie hart und

erbarmungslos zu nehmen wahrmachen würde.

»Es tut mir leid!«, flüsterte sie.

»Das will ich dir aber auch geraten haben!«

Bei seinen Worten bemerkte sie, dass der Zorn aus seinem Blick gewichen war.

Logan wusste, dass er sich mit ihr verbinden musste, damit ihr Schicksal sich erfüllte, um dann mit ihr, der Frau aus seinen Träumen, glücklich sein zu können. Seine rechte Hand hielt ihre Handgelenke noch immer wie in einer Eisenklammer über ihren Kopf gefangen. Mit seiner linken Hand strich er sanft an ihrer Seite entlang und bewegte sich langsam streichelnd auf ihre Scham zu. Sein Blick drang in nächsten Augenblick tief in ihren Augen. »Ich werde dir sagen was ich mit dir tue, denn du sollst nicht im Ungewissen meiner Handlung bleiben. Du hast einen wunderschönen Körper und ich will dich nicht mit Gewalt nehmen.«

Hilflos streckte und krümmte Màiri ihre Finger und Zehen und versuchte ihre Hände in seinem Griff zu bewegen. Sie schluckte schwer, denn ihr Verstand sagte *nein*, aber sie brachte kein Wort über ihre Lippen, aus Angst er könne erneut wütend werden. Diese Zärtlichkeit, die er ihr jedoch angedeihen ließ, stand in extremem Gegensatz zu dem, was sie erwartet hatte. Ganz sanft strichen seine Hände über ihre Blöße. Sie gab sich Mühe, ihr Zittern zu unterdrücken, dass diese Berührungen auslösten. Irgendwie spürte sie plötzlich erneut eine starke Erregung in sich. Wie konnte das sein?

Unvermittelt wanderten seine Finger zwischen ihre Beine.

»Ich werde dir zeigen was Lust sein kann. Es wird dir nicht wehtun, denn ich werde dich erst küssen, lecken und dich mit meiner Hand verwöhnen.«

Màiri fuhr zusammen und schnappe nach Luft. Er war so zärtlich und küsste sanft ihre Brüste bis zu ihrem Bauch hinunter. Ein Schauer lief über ihre Haut als er behutsam begann mit seinem Finger zwischen ihre Schamlippen zu fahren und den Finger vor- und zurück zu bewegen. Ihre

Atmung wurde heftiger, denn er war dazu übergegangen seinen Mittelfinger in sie hinein gleiten zu lassen. Màiri begann leise zu stöhnen und hatte nicht einmal bemerkt, dass er ihre Hände freigegeben hatte.

»Bei allen Heiligen, was … was macht Ihr da, Logan? Was … tut … Ihr da … mit mir?«, stieß sie stockend hervor und mit jedem Wort drang ein weiterer Stöhnlaut aus ihrer Kehle. Das Pochen, das sie im Unterleib verspürte, schien nun an dem einen Punkt in ihrem Schoß zusammenzufließen, bis ein erregter Seufzer ihrer Kehle entfloh.

»Wie ich es mir dachte! Meine Liebkosungen lassen dich doch nicht so kalt wie du es gerne hättest. Du magst es, wie es scheint!«, hauchte er.

Sie konnte nicht mehr leugnen, dass ihr gefiel was er da gerade tat.

»Ich bringe dir nun den so genannten kleinen, lustvollen Tod, mein Engel!«, dann senkte er den Kopf, um den Finger durch seine Zunge zu ersetzen.

Als das Zittern ihres Körpers ihm anzeigte, dass sie dabei war den Höhepunkt zu erreicht, war er sehr glücklich darüber.

Màiris Unterkörper zuckte unter diesem Orgasmus und sie schrie den Gipfel ihrer Ekstase heraus.

Nur langsam kam sie in die Wirklichkeit zurück, als sie seine Stimme vernahm: »Siehst du wie gut dir meine Behandlung gefällt, Màiri? Solch einen Genuss bereitet nur ein Liebender seiner Liebsten. Du bist auch schon ganz feucht und bereit für einen Mann, der dich lieben will, denn deine Liebessäfte fließen«. Er lächelte sanftmütig. *Und nun zum schwierigeren Teil …*, dachte er, bevor er feststellte: »Dies war jedoch nur ein Vorgeschmack der Lust, die ich meiner baldigen Gemahlin heute Nacht zu schenken gedachte. Ich werde dich nun nehmen und dich zur Frau machen.«

Màiri sagte zwar noch einmal leise *nein*, aber Logan wusste: Ihr Körper sagte ganz entschieden *JA!*

Noch ein letztes Mal regte sich ihr Verstand, aber genau

in dem Moment drang er mit seiner Männlichkeit behutsam in sie ein. Màiri verkrampfte sich zuerst, doch als er sich ganz langsam vorbewegte, entspannte sie sich allmählich wieder. Logan hatte es geschafft: Nun war bei ihr sämtlicher Widerstand gegen sein Handeln gebrochen.

»So, meine Schöne, nun beiße für einen Augenblick die Zähne ein wenig zusammen, denn es tut vielleicht ein wenig weh, wenn ich dich defloriere. Danach wirst du durch mich auf jeden Fall wahre Lust erfahren, das schwöre ich dir bei allem, was mit heilig ist!«

Nur kurz spürte er den Widerstand ihres Jungfernhäutchens, als er es durchstieß. Logan hielt augenblicklich Inne, um ihr die Möglichkeit zu geben, sich an ihn zu gewöhnen und hielt dabei schweigend Augenkontakt mit ihr.

Der Schmerz der Entjungferung war äußerst kurz gewesen. Langsam senkte Logan den Kopf zu ihr und küsste sie. Er wollte nicht, dass der Schmerz des Frauwerdens sich in ihre Erinnerung als etwas Unschönes einbrannte. Der von ihr ungewollte Akt sollte ihr als sinnliche und lustvolle Erinnerung verbleiben. Er hatte vor ihr den Genuss der Liebe zu zeigen.

Màiri war wieder verwirrt. Logan wusste wirklich wie er sie aus der Fassung bringen konnte. Zuerst seine arrogante, fordernde Art und jetzt machte er auf Rücksichtsvoll.

Logan zog sich soweit aus ihr zurück, dass nur noch die Spitze seines Gliedes in ihr steckte. Als er in ihrem Gesicht glaubte Enttäuschung zu sehen, drang er langsam wieder tiefer in sie ein.

Er wiederholte das Spiel immer und immer wieder. Mittlerweile krallte sich Màiri lustvoll stöhnend an seinen Rücken.

»Logan …«, stöhnte sie flehentlich.

»Ja, Liebes?«

»Bitte, hör auf mich so zu foltern. Willst du mich damit nun auch noch in den Wahnsinn treiben?«

»Ich foltere dich nicht, ich mache Liebe mit dir!«

Liebe? Sie musste ihn gerade missverstanden haben.

»Ich vereinige unsere Körper so langsam damit auch du Gefallen daran ... oh Gott, ist das schön!«, Logan stöhnte selbst vor Genuss auf. »Ich tue es doch nur auf diese Weise, um dein Herz mit dem meinen ebenso zu verschmelzen, wie ich das schon mit unseren Körpern tat.« Bei den Worten versenkte er sich wieder ganz in sie und sah ihr dabei ins Gesicht. Er beobachtete wie sich ihre Augen vor Überraschung weiteten, bis ihr Gesicht einen Ausdruck von Entzücken preisgab. Er bewegte sich schneller und wilder.

»Wir harmonieren so gut miteinander, findest du nicht, Màiri?«

»Das ... es fühlt sich ...«, sie schnappte nach Luft, » ... gut an!«, denn sie merkte, was für schöne Gefühle er ihr bereiten konnte. *Was für ein Gefühl.*

Logan begann noch heftiger in sie zu stoßen. Màiri erlebte, wie er sie dem Höhepunkt entgegentrug.

Sie sah Logan an, sein Blick spiegelte Anstrengung wider.

Plötzlich hielt er die Luft an, warf den Kopf in den Nacken und brüllte: »Jetzt bist du meinnnnnnnnn!«, und er spritzte seinen Samen in sie, um sie damit als sein Eigentum zu brandmarken.

Nachdem sein Glied erschlafft war, lies er sich schnaufend neben sie in die Kissen fallen. Jeder der sich im Wohnturm befand, da war er sich sicher, musste seinen Triumphschrei gehört haben. Doch auf einmal fühlte er sich niedergeschlagen, denn nun konnte er wieder klar denken. *Was habe ich da nur getan?*, schoss es ihm durch den Kopf. Er hatte sie sich einfach zu Eigen gemacht und das nicht als Liebhaber, den sie bereitwillig empfangen hatte. Nein, in ihren Augen war er wohl ein gedankenloser, brünstiger Schurke.

Logan stand auf, ging zu seinem Waschtisch, um ein Leinentuch in die dort stehende Schüssel zu tauchen und kehrte damit zu Màiri zurück. Sanft schob er ihre Beine auseinander. Die Spuren ihrer Entjungferung waren deutlich auf dem weißen Leinenstoff zu erkennen, mit dem er sie säuberte.

Das Blut, das sich auf dem Tuch befand, so kam es ihn vor, schrie ihn geradezu an, dass er ein verdammter Mistkerl war. Er sah noch einmal zwischen ihre Schenkel.

»Nicht wund. Hast du Schmerzen?«

Màiri sah in an und schüttelte nur den Kopf. Sie war verwundert, dass ihr Verstand sie nicht mehr zur Flucht vor ihm ermahnte und dass sie in seiner Nähe dieses angenehme Gefühl von Geborgenheit empfand.

»Das ist gut!«, kommentierte er ihre Geste und sah sie dabei zu ihrer Verwunderung nicht einmal an. Es kam ihr fast so vor, als habe er ein schlechtes Gewissen.

Dann, nachdem er auch sich gesäubert hatte, legte er sich wieder zu ihr und deckte sie beide zu.

Jetzt erst versuchte er verstohlen die weiteren Emotionen in ihrem Gesicht zu ergründen und drehte sein Gesicht ihr zu. Angst und auch Verzweiflung waren es nicht, die er in ihren Zügen entdecken konnte. Nein! Da war ein wenig Scham und so etwas wie Verwunderung in ihren Zügen zu sehen. Sein Gesicht verzog sich zu einem liebevollen Lächeln. »Du wirst es gut bei mir haben, meine süße Lady«, beteuerte er ihr. »Natürlich gedenke ich unsere sinnlichen Freuden auch weiterhin fortzusetzen. Ich hoffe, ich habe dich mit diesem Wunsch jetzt nicht erneut aus der Fassung gebracht?«

Màiri sah ihn musternd und schweigend an, dann drehte sie sich auf die Seite und ihm den Rücken zu. Sie musste nachdenken. Hatte sie sich wirklich in Leidenschaft unter ihm gewunden und in Ekstase gestöhnt? Aye, das hatte sie! Logan, der lüsterne Schuft, hatte sie geradezu in grenzenlose Verzückung versetzt. Sie hätte nie gedacht, dass es so berauschend sein konnte von einem Mann genommen zu werden. Sie hatte davon wirklich keine Ahnung gehabt.

Logan begann gerade sanft ihren Rücken zu massieren. Bei der Zärtlichkeit, die er dabei an den Tag legte, überkam sie eine Gänsehaut.

Màiri seufzte: »Logan MacRaily, kannst du deinen Finger nicht wenigstens jetzt von mir lassen, nachdem du mich geschändet hast?«

Einen Augenblick herrschte Stille, dann schnurrte er: »Jetzt bin ich aber beleidigt!«, und er begann an ihrem Ohr zu knabbern. »Ich habe dich beschlafen, Liebes - nicht geschändet. Und nein, mein Engel, ich werde meine Finger nie wieder von dir lassen können solange ich lebe. Jeder Widerstand von dir wird vergeblich sein, denn ich habe beschlossen: Du wirst diese bittersüße Qual bis an dein Lebensende in meinen Armen ertragen müssen.« Er drückte ihr einen sanften Kuss aufs Ohr.

»*Hmmm…*«, machte sie nur.

»Ist das alles was du dazu zu sagen hast? Schmollst du jetzt, Màiri?«, hakte er nach.

Sie drehte sich ihm zu und fuhr ihn an: »Nein, ich schmolle nicht! Doch ich hätte noch einiges zu deiner indelikaten Behandlung mir gegenüber zu sagen, Logan MacRaily. *Du hast zwar meinen Körper besessen, aller nicht meine Gedanken und meine Gefühle. Dazu hattest Du kein Recht!* Einiges, was dir nicht gefallen dürfte, doch ich bin zu erschöpft dazu.«

Er schnalzte mit der Zunge. »Ich empfand das eben zwischen uns als sehr delikat.«

»Du bist wirklich verrückt!«, murmelte sie.

»Ach, wie nett! Aber du hast vollkommen Recht, und zwar verrückt nach dir, deinem Körper, deiner Lust und der Befriedigung, die du mir verschaffst! Vom ersten Augenblick an hast du mich verzaubert und jetzt brauche ich deine Liebe, denn ohne sie kann ich nicht mehr leben. Ich bin für alle Ewigkeiten dein.«

»Ich wusste es. Ein Mann, der sich eine Frau einfach so gegen ihren Willen nimmt und ihr sagt, er habe sie schon in seinen Träumen geliebt, der kann einfach nicht bei klarem Verstand sein. Logan, du bist wirklich verrückt!«

Màiris Augenlieder wurden schwer. Ihre gleichmäßigen Atemzüge zeigten Logan kurz darauf, dass sie eingeschlafen war. Er küsste sie sanft auf die Schulter. »Schlaf, Liebste, und träume einen schönen Traum von dir und mir, denn ich brauche ab heute nicht mehr nur von dir zu träumen, da du nun bei mir bist.« Er zog die Daunendecke noch ein wenig höher und gab sich ebenfalls dem Schlaf hin.

Rache kann so lustvoll sein

Als Màiri erwachte drangen fahle Lichtstrahlen durch den hölzernen Laden, mit dem die Fensterleibung von außen verschlossen war. Sie war verwirrt. Dies alles was ihr widerfahren war, musste ein Traum gewesen sein und vom Hunger herrühren, den sie gerade verspürte. Doch als sie sich umsah, erkannte sie, dass sie tatsächlich in einem ihr fremden Schlafgemach lag- und mit einem Mal setzte ihr Erinnerungsvermögen auch wieder ein. Logan, der neben ihr lag, lieferte ihr den endgültigen Beweis dafür, dass sie nicht geträumt hatte und dass zwischen ihnen geschehen war, was geschehen war. Dieser hinterhältige Wilde hatte sie also wirklich gegen ihren Willen zur Frau gemacht. Noch während sie diesen Gedanken hegte, fühlte Màiri sich im nächsten Augenblick gepackt und auf den Rücken gedreht. Mit seinen Fingerspitzen erkundete Logan sanft ihre Bauchdecke und er hauchte: »Hast du gut geschlafen, Liebes?«

Màiri war erneut erschrocken über die Erkenntnis, wie sehr ihr gefiel, was Logan mit ihr machte. Eigentlich hätte sie wenigstens erschüttert, wenn nicht sogar angewidert sein müssen. Doch sie bemerkte das Kribbeln in ihrem Bauch wieder. Schlimmer noch, die Erregung in ihr stieg so sehr an, dass sie auch Feuchtigkeit zwischen ihren Beinen spürte. Sie fühlte sich außer Stande sich diesem Mann zu verweigern. Sie überlegte kurz, ehe sie für sich entschied: Sie hatte durch ihn ihre Unschuld verloren, also warum sollte sie die Behandlung, die er ihr angedeihen lassen wollte, nicht einfach genießen? Im nächsten Augenblick fühlte sie sein pralles Glied an ihrer Pforte.

Màiri stöhnte auf und befürchtete es könnte wehtun, doch dann fühlte sie wie leicht er in sie glitt. Als mit seinen Lippen sanfte Küsse auf ihre Schulter drückte, wurde sie völlig ruhig und ihr entfuhr ein lustvolles Keuchen. Langsam schob er seinen Penis tiefer.

»Ooh …«, kam es ihr über die Lippen, als er mit seinem

Glied ihre Scheidenwände stimulierte.

Màiri wurde fast wahnsinnig unter dieser süßen Folter.

»Ich bin kein gemeiner Schänder, mein Mädchen«, sagte er.

Es klang in ihren Ohren, fast so, als wolle er sich mit seinen Worten bei ihr entschuldigen.

»Weißt du, Liebes, Schänder wollen ihre Opfer demütigen ohne Lust zu bereiten, alleine zu ihrer schnellen und eigenen Befriedigung. Doch ich will dich zur Frau!« Logan erhöhte sein Tempo leicht. »Und ich möchte dir, wenn wir beisammen liegen, immer nur Lust bereiten.«

Logan jubelte innerlich als ihr ein weiterer lustvoller Seufzer entfloh. Seine Stöße noch heftiger.

Màiri schrie vor Entzücken auf, als sich ihr Körper in einem unglaublichen Orgasmus verkrampfte.

Dann stieß Logan noch einmal zu, um selbst lustvoll in ihr zu explodieren und sie mit seinem Erguss auszufüllen.

»Das war unglaublich schön! Ich hoffe es war es auch für dich, mein Engel? Ich möchte nicht, dass du denkst, dies sei nur geschehen, damit du mein männliches Bedürfnis stillst.«

Nach einer Weile des Schweigens fragte er: »Drehst du dich zu mir und gibst mir einen Kuss?«

Màiri tat es. Dann legte sie ihren Kopf an seine Schulter.

Kurz darauf hob Logan ihren Kopf jedoch ein wenig an, nachdem er etwas Feuchtes auf seiner Haut gespürt hatte. Er sah Tränen in ihren Augen.

»Bitte jetzt nicht weinen, Liebling, das zerreißt mir sonst mein Herz.«

Sie zog die Nase hoch und meinte schniefend: »Es ist alles in Ordnung. Ich bin nicht mal traurig, Logan. Ich weine vor Glück, denn es war wunderschön. Ich spüre dich, trotz der Unverschämtheit, dass du mich einfach genommen hast, so gern in mir, mein Entführer. Aber das ist doch verrückt! Ich mache mir langsam um meinen eigenen Geisteszustand Sorgen.«

Logan küsste sie: »Dieses Mal taten wir beide es aus Liebe

… aus echter Liebe.«

»Im Unterbewusstsein habe ich es mir vielleicht schon lange gewünscht, einmal bei einem Mann zu liegen«, gestand sie ihm ein.

Er küsste sie erneut leidenschaftlich auf den Mund.

Ihre Augen glühten so wie die seinen und für beide verschwand die Welt um sie herum.

»Du liebst mich wie man seinen Mann liebt. Also lass es uns genießen was wir aneinander haben. Niemand, nicht einmal dein Onkel, kann uns verbieten, dass wir glücklich miteinander sind.«

Kurz darauf verließ Logan das Bett. Er fuhr ihr mit der Hand sanft über die Wange. »Ich muss dich für eine Weile alleine lassen, mein Engel. Ich habe sehr viel zu tun, denn ich war lange abwesend, wie du weißt. Ein Mann wird vor der Tür zu deiner Verfügung stehen, solltest du etwas brauchen wende dich an ihn.«

»Du glaubst also ich würde versuchen dir zu entfliehen?«

»Bei dem Schnee? Nein ich denke nicht, dass du es versuchen würdest, um dann da draußen zu erfrieren.«

»Wozu dann die Vorsichtsmaßnahme?«

»Nur ein Narr würde sich gänzlich in Sicherheit wiegen, bei einer Frau wie dir.« Er strich ihr mit den Fingerknöcheln über die Wange. »Wir reden später weiter über unsere gemeinsame Zukunft. Ich schicke dir gleich Rodina mit einem Morgenmahl nach oben.« *Sie ist das, wo nach ich mich immer gesehnt habe*, dachte er und verließ das Zimmer.

Rodina hatte ihr ein Morgenmahl gebracht und sich dann daran gemacht das Bett abzuziehen und ein neues Laken aufzulegen. Das von ihrer verlorenen Jungfernschaft beschmutzte Laken legte sie zusammen und verstaute es sorgsam in einer Truhe. Als Màiri Rodina daraufhin fragend ansah, lächelte diese während sie erklärte: »Der Laird gab mir den Auftrag auf das Leintuch zu schauen und es zu verwahren, damit ich bezeugen kann, dass Ihr davor noch rein und unschuldig wart und dass er Euch als erster Mann nahm. Er sagte mir, es sei keine Tändelei gewesen, als er das Beilager mit Euch teilte. Ihr wisst bestimmt, dass nicht alleine die Trauung die rechtmäßige Eheschließung, sondern erst der Beischlaf den Bund besiegelt und es ist immer noch Brauch das Leinen allen danach zu zeigen. Einen solchen Akt zur Gültigkeit einer Ehe hält auch unser Laird für nötig.«

»Dieser Schuft will also mit dem Leinen seine Macht über mich demonstrieren!«, fauchte Màiri. »Womöglich will er das blutfleckige Leintuch auch noch meinem Oheim und meinem Clan triumphierend vorzeigen, um sich über meine Demütigung durch ihn lustig zu machen. Ihr solltet es besser verbrennen!«

»Ach Kindchen, wir wissen doch, dass Ihr nicht mehr als Jungfrau vor den Altar treten könnt. Auch habt Ihr bestimmt schon von vielen Frauen gehört, die den Männern entfliehen wollten, denen sie versprochen waren, weil diese ihre Macht mit Zwang über ihre rechtmäßige Braut demonstrierten. Nur … von Zärtlichkeit dabei hört man selten. Ihr seht mir jedenfalls nicht gerade danach aus, als wäre unser Laird brutal zu Euch gewesen.«

»Ach ja, sehe ich so aus?«

Rodina nickte bejahend, bevor sie weiter sprach: »Ich bin mir sicher, er hegt mit dem Aufbewahren des Leinens keine bösen Gedanken. Er ist eher auf Euer Wohl bedacht. Es ist ebenso ein Beweis, dass Ihr nun auch einen Rechtsanspruch gegenüber ihm habt, sollte ihm etwas passieren und Ihr vielleicht schon sein Kind in Euch tragen solltet. Man kann auch nach dem ersten Mal guter Hoffnung sein.«

»Daran habe ich nicht gedacht. Glaubt Ihr er will Kinder?«

»Er mag Kinder.«

Es tat Màiri gut sich mit Rodina zu unterhalten. Màiri half ihr an diesem Tag beim Wäschestopfen und die Ältere erzählte ihr, dass Logan längst die Wache vor der Tür seines Schlafgemaches abgezogen hatte.

Nachdem Rodina gegangen war, saß Màiri schon eine Weile vor dem Kamin, dessen Flammen leise knisternd eine wollige Wärme verbreiteten. Sie blickte in die Flammen, während sie einen Becher vorzüglichen Apfelmosts genoss. Ihre Gedanken waren bei Logan und wieder bei dem was zwischen ihnen geschehen war. Sie blieb immer wieder an der Frage hängen warum Logan sie zur Frau haben wollte und sich nach der kurzen Zeit ihres Zusammenseins bereits so sicher war, dass sie zusammengehörten, wo sie sich noch nicht einmal richtig kannten. Er hatte etwas von diesen Träumen erwähnt, doch aus seinen Bemerkungen konnte sie sich noch immer keinen wirklichen Reim machen. Das Leben schrieb schon merkwürdige Geschichten.

Sie hörte das leise Knarzen der sich öffnenden und wieder schließenden Tür. Und sie wusste genau: Logan war endlich in sein Schlafgemach zurückgekehrt.

Er war frisch gebadet und trug nur einen Morgenmantel. Logan steuerte zügig den Alkoven an und schlug die Bettdecke auf. »Màiri«, sagte er, »Komm ins Bett, es ist schon spät!«

Sie jedoch wollte wissen wie er reagierte, wenn sie ihm nicht sofort gehorchte und blieb am Kamin sitzen.

Er kam zu ihr hinüber, wisperte mit ausgesprochen ruhig und sanfter Stimme: »Was ist los, mein Mädchen? Erneut zu schmollen, das ist doch dumm.« Seine Hand berührte ihren Arm zärtlich und sie spürte seine Wärme durch den dünnen Stoff ihres Nachtgewandes hindurch. Ihr Körper reagierte sofort auf ihn, denn er wurde von einem angenehmen Schauer überzogen. Sie blickte auf einmal direkt in sein Gesicht und fragte: »Sag, warum willst du mich zur Frau haben,

Logan, wo du mich doch auch so haben kannst?«

Mit einer solchen für ihn fast schon absurden Frage hatte er nicht gerechnet. Er zog eine Augenbraue in die Höhe und wusste für einen Augenblick nicht was er ihr darauf antworten sollte. »Vielleicht, weil ich einen Traum hatte und mich dein Anblick zu diesem Wunsch verführt.« Er dachte in diesem Augenblick: *Sie ist mir so vertraut und doch weiß ich, dass ich sie vorher nur im Traum gesehen habe.* »Nun zufrieden?«,

Màiri sprang auf und fuhr ihn an: »Benahmst du dich in deinem absurden Traum eigentlich auch wie ein schändender Bastard?«, fragte sie ihn aggressiv.

Er war sehr überrascht über ihren Ausbruch, denn er dachte es sei zwischen ihnen seit dem Morgen alles geklärt. Er sah sie an, als habe er sie nicht recht verstanden: »Was soll das?«

Màiri atmete tief und geräuschvoll ein. Nach allem, was zwischen ihnen geschehen war, durfte sie sich diese Gelegenheit einer kleinen Revanche nicht entgehen lassen. Er brauchte nicht zu denken, dass er mit ihr machen konnte was er wollte und sie es einfach so geschehen lassen würde. Màiri hatte nämlich einen Trumpf in der Hand, von dem Logan keine Ahnung hatte. Nachdem Rodina gegangen war, hatte sie noch ein wenig aufgeräumt und sich dabei in Logans Schlafgemach umgesehen. Meist hatte ein Lairdgemach nämlich auch eine Geheimtür. Eine solche hatte sie jedoch nicht entdeckt, dafür aber bei der Erkundung in einer Truhe Knabenkleidung gefunden und darunter hatte ein Kinder Sgian dubh gelegen. Dieser war zwar eine ziemlich kleine Variante des sowieso schon kurzen Messers gewesen, dennoch handelte es sich um ein vollwertiges schwarzes Messer mit gezähnten Schneiden. Sie hatte es an sich genommen, denn sie wusste, es würde für ihre Zwecke reichen. Sie wollte ja nur etwas klären und Logan keineswegs damit verletzen. Sie fühlten sich gerade unglaublich stark und er sich anscheinend seiner sicher. Er dachte bestimmt: *Was soll eine der Unschuld beraubte Frau, die dabei auch noch Lust empfunden hat, hier anstellen, soweit fort von jeglicher Hilfe?* Sie hatten noch keine wirkliche Ahnung was für ein Mensch er war, denn sie wusste nichts viel über seinen Charakter. Sie fühlte sich von ihm jedoch angezogen. Er war nicht sonderlich grob zu ihr gewesen und daher wollte sie das Wagnis eingehen, ihn nun herauszufordern. »Ich verzeihe dir meine Schändung nicht!«, begann sie. »Missfällt dir das etwa, Logan?«

»Màiri, bitte wo soll das hinführen? Deine Ehre ist zur Gänze wiederhergestellt sobald wir vor den Altar treten und du meinen Namen trägst.«

Logan ließ sich in den Sessel am Kamin fallen und verschränkte die Arme vor seiner Brust. »Ich dachte, dass hättest du verstanden. Ich empfinde wirklich sehr viel für dich, dass weißt du doch nun. Deine Liebe zu mir kann und wird wachsen. Innige Liebe wuchs schon bei Ehen, die so ähnlich entstanden sind wie unsere Verbindung. Ich bin mir meinen Gefühlen dir gegenüber sicher und weiß: Ich liebe dich. So und nun werde ich mich zu Bett begeben und du wirst mir dorthin folgen«, beharrte er. Somit war für ihn sein Standpunkt zur Genüge deutlich gemacht. Logan machte Anstalten sich aus dem Sessel zu erheben.

Màiri trat näher an ihn heran, ihre Hand schnellte vor.

Im nächsten Augenblick spürte Logan das kalte Metall einer Klinge an seiner Kehle. Er wollte Màiris Hand greifen.

»Das würde ich an deiner Stelle nicht einmal versuchen, Logan!« Sie lächelnd hinterhältig, lies dabei die Klinge sachte über seinen Kehlkopf gleiten.

Logan fragte sich gerade, ob er vor Stunden wirklich ernsthaft behauptet hatte, er sei kein Narr. »Anscheinend gedenkst du mich nicht gleich damit umzubringen, Màiri Ane MacRaily?«

»Vielleicht, wenn es unbedingt sein muss! Aber zuerst wäre es mir wesentlich lieber, wenn du mich bei meinem Namen nennen würdest, den ich immer noch trage. Und es wäre auch ratsam, wenn du nun ganz stillhältst, Logan!« Sie grinste wölfisch, als die Hand mit dem Dolch 9in Windeseile zu seinem Schoß hinunterfuhr, während sie den Blick dorthin senkte.

»Oh, oh! Dieser Blick von dir, der sagt mir gerade, dass ich verletzt werden könnte. Können wir verhandeln?«

Màiri lachte leise. »Du kannst es ja mal versuchen. Doch ich denke dies wird in etwa so erfolgreich sein, wie meine gestrigen Bemühungen mit dir über meinen Willen zu diskutieren.«

Mit der anderen Hand öffnete sie seinen Morgenmantel. Logans Körper versteifte sich ein wenig und er stieß hervor: »Du siehst mir ganz so aus, als genießt du dieses Spiel mich in deiner Gewalt zu haben, Liebste?«

»Ich gestehe, dass tue ich! Und ich habe es begonnen, um dich für die mir angetane Schmach zu bestrafen.«

»Was hast du vor?«, fragte er, als die Klinge seiner Männlichkeit bis zur Wurzel hinab wanderte. Er hätte beinahe über die Ironie des Schicksals gelacht, weil sein kleiner Highlander sich ihr gerade entgegenstreckte, als wolle er den Kampf mit ihrer Klinge aufnehmen. Dabei bemerkte er zu seiner Überraschung, dass ihm die Klinge aus Kindertagen wohl bekannt war.

Ein noch breiteres Lächeln umspielte Màiris Lippen. »Will sich dein Schwert mir etwa zum Kampfe stellen oder ist es freudige Erregung in Erwartung auf das Urteil?«

»Es ist wohl mehr Ausdruck seiner Bewunderung und meines Verlangens für eine etwas zu mutige Frau«, erklärte er mit gespielt finsterer Miene. »Ich gestehe gerne ein, Màiri Ane, ich verfluche gerade meinen eigenen Körper, da er meine Gefühle für dich so sehr zur Schau trägt. Herrgott noch mal, begreifst du es denn nicht, Màiri? Ich empfinde so viel für dich, dass selbst die Gefahr der Entmannung oder eines nahen Todes nichts daran ändern kann.«

»Also ist in diesem miesen Stück, welches du gestern mit mir gespielt hast, die Liebe und nicht deine Rache das Hauptargument deines schwäbischen Handels an mir? Dann wird es dich auch nicht erschüttern, wenn ich dir sage, dass ich das Linnen verbrannt habe, welches den Beweis deiner schändlichen Tat an mir trug. Nun kannst du es meinem Oheim nicht mehr höhnisch unter die Nase halten.«

Logan stöhnte gequält auf: »Herrgott warum? Wie konntest du das tun, mein Mädchen? Ich wollte es für meinen Clan als Beweis deiner Ehre aufbewahren. Und sollte mein Samen in dir aufgegangen sein, als Beweis, das es mein Kind ist, das in dir heranwächst!«

»Als Beweis meiner Ehre?« Màiri konnte nicht leugnen, dass im Zweifelsfall ein solches Laken als Beweis der Unschuld der Braut diente. Sie drückte Logan daraufhin den Sgian dubh in die Hand und sagte: »Das Linnen ist immer noch in der Truhe, in die es Rodina gelegt hat. Logan, ich nehme hiermit deinen Heiratsantrag an!«

Er starrte auf den kleinen Dolch in seiner Hand, dann sah er sie an. »Soll das heißen, du hast gerade eben von dir aus so einfach *Ja* gesagt?«, fragte er ungläubig.

»Ja, ich bin fest entschlossen deinen unzüchtigen Handlungen an mir so etwas wie Moral zu verleihen, damit ich mich nicht ganz so erniedrigt fühle! Wenn ich nicht zustimmen würde, würde ich mich einfach als Objekt deines Rachegedankens fühlen. Meine Keuschheit war mir mein höchstes Gut, den mehr Besitz hatte ich nicht, Logan. Die Ehe mit dir ist somit für mich ein notwendiges Übel. Meine Mutter sagte mir einmal: Man muss sich jeder schwierigen Situation anpassen und das Beste daraus machen! Du bist ein Laird, bist nicht verarmt und man kann sagen, dass du nicht gerade schlecht aussiehst. Darüber hinaus denke ich, dass du meiner Lust im Ehebett genügen könntest.«

Logan starrte sie mit offenem Mund an, als er begriff: Màiri hatte ihm gerade ohne Hand an ihn zu legen verbal mitten ins Gesicht geschlagen. Er ließ sich stöhnen in den Sessel zurückfallen.

»Du sagst nichts, Logan?«

»Ich fühle mich gerade von dir niedergestreckt!«, hauchte er mit rauer, belegter Stimme. »Ich habe dich die ganze Zeit für einen Engel gehalten und nun …«

Màiri fing an herzlich zu lachen. »Ich denke du musst und kannst damit zufrieden sein, was ich dir ab jetzt freiwillig gebe, Logan, nachdem was du dir einfach genommen hast!«

Logan stand auf, verstaute die Waffe aus seinen Kindertagen wieder in der Truhe, in der er diese aufbewahrt und vergessen hatte. Dann ließ er den Morgenmantel von seinen Schultern gleiten und warf ihn über den Sessel.

»Ein schönes Stück!«, scherzte Màiri auf einmal.

Logan sah sie verwirrt an und dann zum Stuhl hin.

»Nicht der!«, grinste sie und sah kurz auf sein Glied.

Logen lächelte.

Da versetzte sie ihm jedoch den nächsten Dämpfer: »Ich meine den Sgian dubh!«

Logan zog eine Augenbraue nach oben, machte eine Schnute und stieg schweigend in das Bett.

Nach einer Weile drehte er sich in ihre Richtung, stützte den Kopf mit einem Arm ab. Mit leiser, rauer Stimme fragte er: »Kommst du zu mir?«

Màiri ließ sich neben ihn ins Bett gleiten und wurde von ihm mit offenen Armen empfangen.

»Mein Engel, wenn du möchtest gebe ich dir jetzt schon alles, was dir als meine Frau nach der Trauung sowieso gehören wird!«

Es war spät geworden in dieser zweiten gemeinsamen Nacht.

»Bist du wenigstens ein wenig zufrieden mit mir als Liebhaber?«

»Nein!«

»Neinnnn?«, fragte er gedehnt.

Màiri kicherte zuerst leise, bis sie ihm eröffnete: »Ich bin sehr zufrieden was die Lust, die du mir bereitest, und was deine Sinnlichkeit angeht. Dennoch heiße ich es auch weiterhin nicht gut wie du vorgegangen bist, selbst wenn ich dich anscheinend wahrhaftig dafür auch noch liebe.«

»Das ist ebenso verständlich wie großartig. Nun lass uns etwas schlafen, denn bald wird es Tag werden!«

Logan war glücklich und wohlig ermattet zugleich - Gefühle, die auch Màiri empfand. Sie fühlte sich gut in seinen Armen. Er lächelte und war plötzlich verlegen, weil er sich vorkam, als hätte er einen Grad an Weisheit erlangt, der ihm in seinem Alter noch nicht zustand.

Entscheidung und Zufriedenheit

Ein leises, regelmäßiges Schnarchen drang an Màiris Ohr.
Sie sah nach links. Logans geschlossene Augen gaben ihrer
Vermutung recht: Er schlief noch. Vorsichtig setzte sie sich
auf und betrachtete ihn. Logans Brustkorb war entblößt, die
Decke fast bis zu seinem Bauchnabel hinab gerutscht. Sie
zog die Decke noch ein wenig tiefer. Ihr Atem bebte vor
Entzücken, sie fuhr mit ihrer Hand sanft über seine Brust.
Sie dankte Gott für seinen so tiefen Schlaf. Ganz sacht setz-
te sie die Erkundung seines Körpers fort. Vorsichtig ließ sie
ihre Fingerspitzen weiter tasten, forschend und erkundend.
Seine Haut war so herrlich weich, warm und glatt. Ihre
Hände zitterten ein wenig, als sie diese in Richtung seiner
Männlichkeit wandern ließ. Für einen kurzen Augenblick
wurde sie sich unsicher, ob sie das wirklich tun sollte. Es
war vielleicht fürchterlich dumm, dass wusste sie, aber sie
wollte die Gelegenheit einfach nicht ungenutzt lassen. Sein
Glied war wieder zu Normalgröße geschrumpft und
schlapp.

Sie fragte sich wie es sich wohl anfühlte, wenn man es an-
fasste. Sie fuhr sanft mit einem Finger darüber.

Logan war mittlerweile erwacht, tat jedoch so als schliefe
er noch. Er wollte ihr und auch sich selbst den Spaß nicht
nehmen. Natürlich regte sie so seine Erektion an. Zuerst
sagte er nichts, sondern grinste nur in sich hinein, beobachtete heimlich mit rapid steigender Erregung was sie tat.
Dann hielt er es jedoch nicht mehr aus, er stöhnte: »Grund-
gütiger, Liebste, du machst mich wahnsinnig mit deinen
Händen! Das was du da tust fährt mir direkt in die Lenden.«

Màiri erschrak. Röte schoss ihr gleich darauf ins Gesicht,
weil sein Körper sehr stark auf ihre Berührung reagierte,
denn sie hatte sein Glied sacht umfasst. Seine Männlichkeit
lag nun prall erhoben in ihrer Hand. Sie sah, dass an seiner
Spitze ein Lusttropfen hervortrat.

»Màiri«, begann Logan mit sanfter Stimme, »Du vergehst

dich gerade an mir! Hast du vor mich zu schänden?« Ein wenig Sarkasmus klang in seiner Stimme mit: »Wenn es dir eine Vergeltung sein sollte, für das, was ich an dir beging, dann mach weiter. Ich verspreche dir, ich werde dich nicht daran hindern. Wenn du möchtest kannst du dich auch auf mich setzen, mich reiten.«

Widerstreitende Empfindungen konnte Logan nun in ihre Mine lesen, als sie fragte: »Geht das denn?«

Sie erschrak dabei fast vor sich, weil der Gedanke ihr Wohlgefallen bereitete.

Logan nickte. »Es ist nicht einfach für eine Frau einen Mann zu schänden, wenn er nicht will - dennoch, es geht. Aber dies ist auch eine der Möglichkeiten wie Mann und Frau sich einvernehmlich lieben können. Versuch es, wenn du magst!«

So setzte sich Màiri rittlings über ihn. Sie mühte sich ein bisschen ab, doch nach mehreren Versuchen gelang es ihr schließlich, sein Glied langsam in sie eindringen zu lassen. Sie schnappte ebenso wie Logan nach Luft, als es in ihren Unterleib drang. Sie befürchtete ihm wehzutun, doch senkte sie ihre Hüften weiter herab. Als sie ihn völlig in sich aufgenommen hatte, zog Logan ihren Oberkörper zu sich herab, ihre Münder vereinigten sich zu einem langen, innigen Kuss.

Màiri keuchte nach Luft, als er sie aus seiner Umarmung entließ.

Logen flüsterte leise: »Ich unterwerfe mich - das habe ich noch nie getan! Ich bin wohl der erste Highlander-Laird, der von seinem Entführungsopfer geschändet wird und sich das auch noch, ohne gefesselt zu sein gefallen lässt.«

Der Gedanke so etwas zu tun kam Màiri auf einmal überhaupt nicht mehr abwegig vor. Daher begann sie sich auf ihm zu bewegen, ganz langsam zu Beginn. Je weiter sich ihre Lust steigerte, desto geringer wurde sie in ihrer Vorsicht und dann ließ schließlich ihrer Lust vollkommen freien Lauf.

Logan stöhnte, konnte sich nicht mehr zurückhalten und er wurde von einem gewaltigen Höhepunkt überrollt.

Auch Màiris Becken bebte und ihr Körper zitterte, als die Wellen des Orgasmus über sie hereinbrach.

Während sie schwer atmend auf ihm lag, strich er ihr zärtlich durch das Haar.

»Danke für diese Vergeltung, mein Engel!«, hauchte er. Er küsste sie sanft und bat: »Liebes, du wirst mir ein wenig zu schwer, könntest du vielleicht von mir runtergehen?«

Màiri rollte sich von ihm herunter, legte sich an seine Seite, schmiegte ihren Kopf an seine Brust und ihre Finger strichen sacht über seinen Bauch, so wie er es am Tag zuvor bei ihr gemacht hatte. Sie sah ihn dabei fragend an: »Was hast du nun vor, Logan? Weißt du, ich denke es ist wichtig, dass man ein Ziel hat! Oder willst du mich in deiner Bettstadt behalten und ich soll untätig hier aushaaren, bis der Schnee zu schmelzen beginnt und du meinem Onkel die Forderung überbringen kannst?«

»Untätig nennst du das? Nun, die Vorstellung diese Untätigkeit miteinander zu teilen ist zwar wirklich nicht die Schlechteste und dennoch glaube ich, dass du Recht hast. Es geziemt sich nicht, wenn der Laird und die baldige Lady dieses Keeps nicht mehr tun, als sich lüstern auf den Laken zu wälzen. Lass uns also aufstehen und uns ankleiden, damit meine Leute dich zu sehen bekommen, damit auch du sie kennen lernst. Ich will dir meinen Besitz zeigen!«

Màiri lächelte ihn an. In ihr erwachte Freude auf den bevorstehenden Tag. Sie flüsterte: »Danke!«

Màiri wurde zuvor noch mit einem Frühstück im Bett von ihm überrascht. Nachdem sie etwas von dem süßen Haferbrei, dem frischen Brot und der Marmelade mit der warmen Honigmilch genossen hatten, stand Logan endgültig auf und kleidete sich an. Als er wieder an das Bett kam, trug er zu ihrer Überraschung ein edles Leinenhemd, einen Belted Plaid* aus hochwertigen Schurwollen gefertigt in den Farben der MacRailys, dazu weiße Kniestrümpfe und Lederschuhe.

Màiri lachte, griff nach dem Saum seines Feileadh Mor, hob den Wollstoff ein wenig an und meinte frech: »Hast du darunter auch was an?« Dann drückte sie ihm zärtlich leichte Küsse auf seinen Oberschenkel.

Logan lachte herzhaft auf. »Auch wenn man darunter nicht friert, trage ich nach meinem persönlichen Geschmack das Hemd immer verknotet. Muss ich den Knoten jetzt auf Ihren Befehl hin wieder lösen, Mylady?«

»Ein verlockendes Angebot. Aber ich denke da du mir dein Heim zeigen möchtest, solltest du was laut Ehevertrag bald ganz und gar auch mir gehört vor den Widrigkeiten der Kälte schützen.«

Logan schenkte ihr ein breites Lächeln, gab ihr einen Kuss, dann flüsterte er: »Ich bin ganz und gar dein, mein Engel! Nun steh aber auch auf, kleide dich an, Liebste, damit wir gehen können und du dir alles ansehen kannst. Hinter dem Wandschirm findest du ein Kleid und den zu meinem Taran passenden Arisaid*, meine Lady! Die Sachen dürften dir passen, denn die Kleidung ist nach den Traumbildern angefertigt, die ich von dir hatte. Ich warte vor der Tür auf dich!«

Màiri sah im kopfschüttelnd nach. Sie fragte sich was er schon wieder mir dieser Andeutung auf seine Träume meinte. Sie zog das mit Fischbein verstärkte Mieder an. Es diente der Figurbetonung und der Stütze der Brust. Es war vorn geschnürt, so dass sie es selbst binden konnte und für den Winter war es mit Ärmeln versehen. Sie schlüpfte in die zu den Oberschenkeln reichenden Strümpfe, die dort mit Strumpfbändern befestigt wurden. Dann zog sie das aus edlem Leinen gefertigte Kleid an.

Der Arisaid, der zu der Gewandung gehörte, war aus Wolle, glich dem selben Stoff von Logans Clantracht. Màiri starrte die Brosche an, die ebenfalls dort lag. Sie war aus Silber und mit einem Liebesknotenmotiv* darauf versehen. In dessen Mitte war ein blauer Stein eingearbeitet, der genau zu ihrer Augenfarbe passte. Sie legte sich den Arisaid über die Schulten, steckte die Stoffränder vor ihrer Brust mit der Brosche zusammen, damit das Tuch ihr nicht von den Schultern rutschen konnte. An passendes Schuhwerk hatte Logan auch gedacht. Dabei handelte es sich um geschnürte Halbschuhe aus Hirschleder, die ebenfalls perfekt passten.

Logan wartete schon vor der Tür, als sie aus dem Schlafgemach trat. Er musterte sie kurz, dann küsste er sie stürmisch. Im nächsten Augenblick nahm er sie an der Hand, hielt diese so fest, als habe er Angst sie könnte ihm entfliehen.

In kürzester Zeit zeigte er ihr alle Räume des Wohnturms. Màiri stellte fest, dass Logan seine Leute, die den Haushalt für ihn führten, gut im Griff hatte und das diese etwas von Haushaltsführung verstanden.

Danach führte er Màiri schließlich nach draußen.

Màiri beobachte Logan ein wenig nachdenklich, als sie ihm auf die Burgwehr folgte. Er, der so viel Macht hatte, sprach mit jedem seiner Leute freundlich, erkundigte sich nach deren Befinden und deren Familien. Er hörte geduldig zu, wenn man ihm etwas zu berichten - oder eine Bitte an ihn hatte. Sie war überwältigt von seiner Wesensart und eine Ahnung beschlich sie: Logan würde, wenn es zu einer Bedrohung kam, mit seinem Leben für das Land und seinen Clan einstehen. Dies würde nicht wie bei anderen Lairds einfach nun aus Pflichtgefühl, sondern aus einer tiefen Liebe für jeden Menschen und jedes Tier seines Clans geschehen.

Wie falsch ich und die Unseren ihn doch in der Zeit der Belagerung beurteilt haben!, dachte sie bei sich. Gott sie liebte diesen Mann, der so schlau war und sich auch von Skrupeln nicht aufhalten ließ. So einen hätte sie sich auch als Gatten gewünscht, keinen Schlappschwanz, der sich über religiöse Fragen ereiferte und nicht das geringste Gespür für das

Wohl der Menschen und nur den Gedanken an Macht besaß.

»Haben alle hier für den Winter genug Nahrung, nachdem
ihr uns so lange belagert habt?«, fragte Màiri auf einmal.

Logans Blick ruhte auf ihr, dann neigte er sich vor, küsste
sie leidenschaftlich und sie erwiderte den Kuss.

Ihr Herz schlug heftig, als er seine Lippen von den ihren
löste.

Er nickte: »Ich hoffe bei euch muss auch keiner verhun-
gern?«

»Ich denke nicht. Sie müssen sich alles nur gut einteilen!
Da Ihr fort seid, können sie auch ins Dorf zurück, um ge-
fahrlos die Lebensmittel aus den geheimen Vorratslagern zu
holen.«

»Dann ist es gut!«, sagte er ernst und setzte die begonnene
Unterhaltung mit einem seiner Wachmänner fort, als wäre
nichts weiter geschehen.

»Wohin gehen wir jetzt?«, fragte Màiri, als er sie durch den
Hof führte.

»Mylady, mir hungert, lass uns also zum Mittagsmahl in
die Halle gehen. Danach setzen wir die Erkundung fort.«

In der Halle angekommen, rückte Logan Màiri am Laird-
tisch galant den Stuhl zurecht, denn man hatte schon das
Mittagsmahl für sie aufgetragen.

Màiri bemerkte, dass die Männer und Frauen an den Ti-
schen sie schweigend musterten.

Logan schnippte mit den Fingern, woraufhin ein Mädchen
mit einem Weinkrug an sie herantrat.

Die junge Hausmagd wirkte ein wenig verlegen, beim
Wein einschenken. Ihre Wangen erröteten leicht, als Logan
sich dann bei ihr bedankte. Das Mädchen wollte auch Màiri
von dem Wein kredenzen, doch sie bedeckte ihren Kelch
mit der Hand. Das junge Ding sah sie fragend an, dann
knickste sie: »Darf ich Euch einen Tee oder etwas anderes
bringen, Mylady?«

»Ein Tee, das wäre nett!«, bedankte sich Màiri und lächelte

das Mädchen freundlich an.

Logan wandte sich ihr stirnrunzelnd zu. »Magst du keinen Wein?«

»Doch, und zwar lieblichen, vorzugsweiße sogar roten, doch nicht schon zur Mittagsstunde. Außerdem habe ich gesehen was solcher im Überfluss genossen mit einem Mann machen und was daraus entstehen kann!«

Logan fühlte sich auf einmal fast von ihr getadelt. Hastig stellte er seinen Becher ab, strich sich mit den Fingern durch sein Haar und schüttelte den Kopf. »Ich halte mich beim Trinken auch zurück, doch gegen einen Becher zum Mahl ist wohl nichts einzuwenden!?«

»Das muss jeder für sich entscheiden, Logan! Frauen vertragen nun mal weniger als Männer und in meinem Körper wallt das Blut der MacMorvens, wegen dem ich hier in diesem Keep gefangen bin.«

»Du bist hier so lange Gast, bis du meine Frau bist und keine Gefangene!«, erwiderte er etwas gekränkt.

Màiri lächelte Logan nur an. Dieses Lächeln zerstreute gleich die gerade entstandene Spannung zwischen ihnen wieder, denn Logan erwiderte unwillkürlich das Lächeln und schob dann seinen Kelch zur Seite.

Rodinas Augen, glitzerten vor Belustigung über die Situation, als Logan nun selbst nach Tee verlangte.

Die Hausdame war sich sicher: Diese beiden Menschenkinder gehörten wahrlich zusammen, denn Lady Màiri tat Logan nach seiner Trauer gut. Rodina hatte ihn selbst vor dem Tod seines Onkels nicht so viel lächeln sehen.

Als das Essen beendet war, machte Logan sich mit Màiri wieder auf den Weg zur weiteren Führung durch seine Burg.

Freunde gewinnen

Am Nachmittag betraten Logan und Màiri die Burgschmiede. Während es draußen eisig kalt war, herrschte hier eine fast unerträgliche Hitze. Das Feuer war geschürt, die Esse glühte, der Blasebalg ächzte und der Schmied keuchte unter der Anstrengung der schweißtreibenden Arbeit. Der kräftige Mann stand am Amboss und schmiedete Eisen für die Brandzeichnung der Schafe.

Eine weibliche Stimme zischte zwischen den Hammerschlägen: »Was soll das heißen? Bin ich vielleicht nur eine dumme Frau in deinen Augen, du großer Tölpel?«

»Beruhige dich, mein Weib!«, wurde sie beschwichtigt. »Du bist eben manchmal nur sehr einfältig, Liebes!«

Die Frau schnappte in ihrer Empörung nach Luft. Inzwischen nahm der Schmied das gerade geschmiedete Brandeisen hoch, besah es sich und tunkte es in den Wassereimer, in dem es zischend abkühlte.

Der Schmied sah in diesem Augenblick zur Tür, erkannte seinen Laird und die Männer lächelten einander zu.

Ohne dass Logan überhaupt fragte, begann sein Schmied sich zu erklären: »Verzeiht, Laird. Meine Gemahlin will ein Kind und sie behauptet ich könne keines machen. Sie war schon bei der Heilerin, jetzt soll ich so ein komisches Zeug trinken. Darüber haben wir uns ein wenig gestritten.«

Die rothaarige Frau sah ihren Laird und Màiri mit weit aufgerissenen und entsetzten Augen an. Dann stieß sie einen empörten Schrei aus und fiel ihrem Mann in die Arme, der sein Werkzeug gerade niedergelegt hatte. Sie schluchzte sich hemmungslos an seiner Brust aus. Er hob eine Augenbraue und schickte seinem Laird einen um Verständnis bittenden Blick zu.

Màiri musste auf einmal lachen. Alle drei- der Schmied, seine Frau und Logan - sahen sie verständnislos an.

»Entschuldigt, dass ich gerade lachen musste!«, erklärte Màiri. »Aber warum soll er das Zeug dieser Heilerin denn trinken? Ich denke, dass Ihr schon längst ein Kind unter dem Herzen tragt.«

Die Blicke des Paares und die von Logan, mit denen sie Màiri bedachten, waren ziemlich ungläubig.

»Herrgott, Logan, schau mich doch nicht so an, als sei ich nicht ganz bei Verstand. Du erzählst mir etwas von Träumen, die du von mir hattest, noch bevor wir uns überhaupt kannten. Ich habe schon immer sehr früh erkannt, wenn eine Frau guter Hoffnung ist!«, erklärte sie. »Diese Frau da, sie ist es eindeutig!«

Die Frau riss sich von ihrem Manne los und stürmte auf Màiri zu. » Glaubt Ihr das wirklich?«

»Ich denke, ja!«

»Oh' verzeiht, ich bin Akira. Sagt, würdet Ihr mich zur Heilerin begleiten?«

Màiri sah Logan fragend an.

Er nickte: »Ich komme mit. Die alte Nurella hat ihre Behausung am Tor. Ich habe den Wachen dort noch etwas aufzutragen!«

Màiri sah ihn an, hob die Augenbrauen. »Ach, ich glaube zu wissen warum du wirklich mitkommen willst. Du hast Angst, dass ich dir durch das offene Tor davonlaufen könnte, Logan.«

Er ergriff ihre Hand, hauchte einen zarten Kuss darauf. »Màiri, mein schöner Engel. du dürftest dich doch an meine Worte erinnern, als ich sagte ich sei kein Narr. Die Anweisung, dich beim Versuch mein Castle zu verlassen festzuhalten, die habe ich schon längst gegeben. Wir können ja nur, weil du nun hier bist, das Tor nicht ständig auf und zu machen!«

Màiri versetzte Logan einen leichten Fausthieb gegen den Arm: »Logan, du bist ekelhaft!« Sie machte eine kurze Pause als er nach ihrer Hand griff, sagte sie spitz: »Gelegentlich bist du sogar ein ziemlich großer Narr! Dummheit ist etwas, das man entschuldigen könnte, deine Narretei jedoch nicht!«

Logan entzog ihr seine Hand wieder. Sein Gesichtsausdruck veränderte sich augenblicklich, doch er war nicht wütend, wie sie zuerst befürchtete, denn sein Grinsen wurde noch eine Spur breiter. Augenscheinlich war er über ihre Bemerkung nicht verärgert, sondern sichtlich amüsiert.

Blaan sah seinen Laird jedoch mit einer bedauernden Miene an und meinte: »Beim Herrn! Noch so ein zänkisches Weib, wie das meine, innerhalb dieser Mauern! Der Herr meint es wohl auch mit Euch nicht sonderlich gut!«

Logan grinste: »Blaan, bevor du Lady Màiri wegen deiner Bemerkung auch noch gegen dich aufbringst, und damit sogar zwei Frauen gegen dich erbost hast, so darf ich dir deine baldige Herrin vorstellen? Ich habe vor mit Lady Màiri Ane am Tag des Julfests vor den Altar zu treten und sie zu meinem Weib zu nehmen!«

»Oh!«, entkam es Blaan.

Blaan sah Màiri so verdattert an, dass sie trotz der Eröffnung des geplanten Hochzeitstages, von dem ihr Logan noch nichts gesagt hatte, erneut zu lachen begann.

Logan erstickte ihr Lachen daraufhin mit einem leidenschaftlichen Kuss, dann wandte er sich wieder dem Schmied zu: »Du weißt doch: Liebe siegt oftmals über jegliche Vernunft.«

»Was ist denn das nun wieder für eine absurde These von dir, Logan? Meine Antwort auf deine Pläne könnten auch wieder *Nein* lauten, wenn du so weitermachst.«

»Wirklich?«

Màiri nickte, was Logan jedoch nur wenig zu beeindrucken schien.

»Glaub ja nicht, dass du mich überreden oder so verärgern könntest, dass ich es mir anders überlege. Ich lasse dir, nachdem ich dir schon mehrfach beigewohnt habe, da bestimmt keine Wahl! Entweder stimmst du zu, meine ehrenwerte Gemahlin zu werden oder ..., solltest du es doch wagen, vor dem Priester *nein* zu sagen, dann bleibst du eben als meine Mätresse hier.«

Ein wenig verlegen dreinblickend, über das was er soeben

von seinem Laird hörte, rief Blaan lauthals nach Carson, seinem Lehrburschen: »Carson, komm her! Na, mach schon, mein Junge!«

Der Junge, der herbeieilte, war etwa zwölf Jahre alt.

Blaan sah seinen Lehrburschen ungehalten an, als er ihn schalt: »Bursche, wo ist denn dein Benehmen geblieben? Verneige dich zuerst einmal. Habe Respekt vor dem Laird und seiner baldigen Gemahlin, unserer zukünftigen Herrin, Lady Màiri!«

Der Junge gehorchte prompt, machte einen anständigen Diener und sah seinen Clanherrn und dessen Lady mit leicht errötenden Wangen an, als er wieder aufblickte. Er lächelte Màiri unverhohlen an und sagte leise zu seinem Lehrmeister: »Wir bekommen da aber eine sehr schöne Herrin! Unser Laird hat aber auch ein Glück!«

»Da hast du Recht!«, zischte Blaan leise zwischen seinen Zähnen hindurch und räusperte sich dann. »So und nun steh nicht weiter herum wie angewurzelt und starre die Herrin an, Carson. Ich brauche dich hier. Fach die Glut wieder an, sie muss richtig hell werden! Wir haben noch eine Menge zu tun, Junge!«

Der Junge hängte sich an den Blasebalg.

Blaan legte mit grimmigem Blick ein neues Eisen auf die Glut, da Màiri leise kicherte.

Logan lächelte ebenfalls: »Wir überlassen dich wohl besser wieder deiner Arbeit. Deine Akira kommt wieder, wenn die Heilerin sie untersucht hat. Denn nun will auch ich wissen, ob Lady Màiris Vermutung stimmt oder nicht! Ich denke Apfelmost ist dir nach der Arbeit bestimmt auch lieber, als das Gebräu, das dir deine Gattin auftischen will, um deine Manneskraft zu fördern.«

»Logan MacRaily, wenn du nicht mein Laird wärst, wir seit Jahren befreundet wären, dann würde ich dir nun eines meiner Eisen über den Schädel ziehen, weil du dich über mich leidgeprüften Mann auch noch lustig machst!«

Logan tat die Bemerkung mit einem Wink ab. Dann gingen alle Drei lachend davon.

Màiri sollte Recht behalten. Akira trug wahrhaftig ein Kind unter ihrem Herzen.

Die Frau des Schmiedes war so glücklich als sie die Hütte der Heilerin verließ, dass sie Màiri umarmte. Als ihr jedoch bewusst zu werden schien, dass sie ihre baldige Herrin in ihrer Freude bestürmt hatte, wich sie erschrocken zurück. »Verzeiht, Mylady! Das war unbedacht von mir und es gehört sich nicht«, sagte sie beschämt.

Màiri lächelte sie an: »Es gibt von meiner Seite her nichts zu verzeihen, Akira. Ich freue mich für euch. Sag nur Màiri zu mir, denn ich kann ein paar liebe Menschen, die ich Freunde nennen darf, hier sehr gut gebrauchen.«

»Hat dich unser Laird etwa verletzt?«

»Verletzt? Nein ... so kann man das wohl nicht nennen. Aber entführt und mich meinem Heim, ebenso wie dem Letzten meiner Familie beraubt hat er mich, der Schuft. Nehmen will er ihn mir auch, wenn ich seine Forderungen nicht erfülle. Doch dies wirst du bereits wissen und auch, dass ich dank ihm nicht mehr als tugendhafte Braut vor den Altar werde treten können. Aber um des Friedens willen und der an mir begangenen Schmach, gab ich ihm mein Ja-Wort.«

Akira sah zur Brustwehr hoch und seufzte: »Ich hätte unseren Laird nie für so ungerecht und gefühlskalt gehalten.«

Marie lächelte ein wenig verlegen: »Ich kann Logan wohl einiges unterstellen, Akira, doch nicht, dass er gefühlskalt ist. Er war wohl sanfter mit mir, wie so mancher Gemahl, als er mich in sein Bett zwang, um sich mit mir zu vereinen.«

»Du bist wirklich sehr beherrscht, meine liebe Màiri. Hätte mir das ein Mann angetan, ich hätte ihm etwas abgeschnitten.«

Màiri lachte leise auf.

Akira sah sie fragend an.

»Eine verführerische Idee, die ich auch schon hatte. Die Möglichkeit dazu war mir auch gegeben«, gab Màiri ihr die Erklärung zu ihrem Auflachen. »Doch ich habe dieses Vorhaben verworfen, denn die Hitze seines Körpers und seine Zärtlichkeit, haben Gefühle in mir für ihn erweckt. Es ist so ein außergewöhnliches Gefühl, das ich nicht aufgeben möchte. Im Notfall kann ich jedoch auch mit einem Schwert umgehen. So könnte ich ihn immer noch in die Hölle schicken, wenn ich genug von ihm habe.«

Akira lachte nun ebenfalls: »Blaan hat mal behauptet: *Die Fesseln der Ehe können für einen Mann auch die Hölle sein.*« Màiri grinste breit und Akira sagte leise: »Ich traue dir zu, dass du ihm, wenn es sein muss, das Leben zur Hölle machen wirst und dies dir dann Spaß bereiten wird, nicht wahr?«

Màiri nickte.

Logan beobachtete beiden Frauen von der Burgwehr herunter. Er verstand zwar nicht was sie sprachen, doch es freute ihn, dass sie sich so gut unterhielten. Wenn er gewusst hätte, dass dieses Gespräch über ihn ging, hätte dies seine Freude wohl beachtlich getrübt. Er verspürte jedoch das Bedürfnis Màiri Freude und Vergnügen zu bereiten. Sie war so liebenswert, wenn sie nicht gerade wütend auf ihn war. Außerdem war sie auch bescheiden, anspruchslos, mutig und klug. Ihre Natürlichkeit war erfrischend. Sie war der Lichtstrahl in seinem zuvor oftmals düsteren Leben, der ihm gefehlt hatte. Er spürte gerade auch wieder dieses heranwachsende Ziehen aufsteigender Begierde in seinen Lenden.

Als Màiri zu ihm hinaufsah, breitete sich ein strahlendes Lächeln auf seinem Gesicht aus. Er führte seine Finger an die Lippen, hauchte einen Kuss darauf und pustete ihn ihr hinunter. Auf einmal hörte er eine Stimme: »Ich kann mich an keine Frau erinnern, mein Junge, die dir so gutgetan hat. Sie ist die Richtige für dich, Logan!«

Als Logan sich umsah war niemand da. Er begriff, dass er gerade die Stimme seines Onkels in seinem Kopf gehört hatte. Er hatte wohl so etwas wie einen kurzen Tagtraum gehabt. Selten kam die Gabe seiner Mutter bei ihm zum Vorschein, und wenn, dann hatte sie immer etwas mit Màiri zu tun. Er dachte an die Gemälde im Turm. Würde er auch das zweite Bild, das vor über einem Jahr aus seiner Traumerinnerung entstanden war, einmal in lebendiger Form vor sich sehen?

Logan eilte die Stufen hinab und an Màiris Seite.

Akira berichtete ihm freudestrahlend, dass sie wirklich guter Hoffnung sei. Dann verabschiedete sie sich, um zu Blaan zu eilen und ihn über das freudige Ereignis zu informieren.

Logan küsste Màiri: »Mein Engel, du hast die Gabe Menschen glücklich zu machen!«

»Ich habe mit Akiras Zustand nicht das Geringste zu tun!«

Logan nahm ihre Hand in die seine. »Aber du hast ihren Zustand erkannt. Da Blaan den Trunk nicht zu sich nehmen muss, sind die Unstimmigkeiten der Beiden beigelegt und sie gewiss sehr glücklich. Du hast auch mich glücklich gemacht.«

»Wenn mir das nur bei mir selbst auch gelänge!«, flüsterte sie.

Logan zog sie noch fester an sich und flüsterte ebenso leise: »Bitte lass mich versuchen, ob ich dich glücklich machen kann!«

Nach dem Abendmahl hatte Màiri sich entschlossen mit Logan zu reden. Sie musste etwas zu tun bekommen, so fragte sie: »Logan, ich wollte dich fragen, ob es hier etwas Arbeit für mich gibt.«

Er sah sie verwundert an, dann lachte er: »Wozu das, Liebste?«

»Ich bin das Nichtstun einfach nicht gewohnt.«

Daraufhin hielt er ihr seinen Becher hin, sie verstand die Aufforderung und schenkte ihm nach. »Zum Wohlsein, Laird!«

»Danke!« Er trank, dann sah er sie ernst an. »Màiri, ich frage mich eigentlich schon die ganze Zeit warum dein Onkel dich noch nicht in die Obhut eines Ehegemahls geben hat.«

Sie sah ihn an und wusste, dass ihre ehrliche Antwort ihm nicht gefallen würde. »Logan, ich bin eine MacMorven und wir suchen uns für gewöhnlich unsere Männer selbst aus oder haben unter normalen Umständen bei der Wahl zumindest ein Mitspracherecht. Er hätte mir im Gegensatz zu dir die Wahl gelassen.«

Logan runzelte die Stirn, legte den Kopf schief: »Hattest du denn schon einen liebsamen Freier im Auge?«

»Nein, denn ich wollte einen anständigen Mann, nicht zu alt und mit Verstand. So ein Exemplar ist mir bis heute jedoch noch nicht über den Weg gelaufen.«

»Autsch! Deine Ehrlichkeit hat gerade wieder wehgetan. Auf den Mund gefallen bist du wirklich nicht. Aber ich denke, ich habe die eine oder andere verbale Ohrfeige mit Recht verdient!« Logan erhob sich von seinem Stuhl, hielt ihr seine Hand auffordernd hin: »Komm!«

Als sie sich erhob, sagte sie: »Ich hatte dich etwas gefragt und du hast mir noch keine Antwort gegeben.«

»Lass uns besser unter vier Augen darüber reden!« Logan hielt sie an der Hand, zog sie mit sich und ging die Treppe zu seinen Räumen hinauf. Er öffnete ihr die Tür zu seinem Schlafgemach und machte eine einladende Handbewegung.

»Ein Bad für meine Lady!«, und deutete auf den Zuber. »Zieh dich aus, Mädchen!«, und noch bevor sie der Aufforderung überhaupt nachkommen konnte, hatte er die Tür hinter ihnen geschlossen und begann die Schnüre ihrer Bluse zu lösen.

»Ist das eine neue Form der Unterhaltung über Aufgaben, die ich hier verrichten könnte, Logan?«

Er sah sie fragend an, dann lächelte er: »Eigentlich wollte ich nur, dass du ein warmes Bad nehmen kannst. Doch muss ich gestehen: Du verführst mich gerade mit dieser Frage. Ich denke, ich werde dir nicht nur beim Baden zusehen, sondern mich im Zuber zu dir gesellen. Du kannst mich gerne waschen.«

Kurz darauf saßen beide im Wasser und wuschen sich gegenseitig.

Nach dem Abtrocknen trug Logan Màiri zum Bett. Er setzte sie mit dem Po auf die Bettkante, sodass die Beine herunterbaumelten.

»Was soll das nun wieder werden?«, fragte sie ihn.

Er begann mit seinen Lippen über ihr Ohr zu streichen und flüsterte: »Ich will dich jetzt und jeden Tag meines Lebens glücklich machen, denn ich liebe dich.« Dann kniete er sich vors Bett, spreizte ihre Beine leicht und senkte seinen Kopf zu ihrer Scham hin.

»Nein, bitte!«, flehte sie, doch er schüttelte den Kopf.

»Schön ruhig, nicht bewegen. Ich will dich kosten und verwöhnen!« Seine Zunge umkreiste ihren Kitzler. Màiri schnappte erregt und geräuschvoll nach Luft. Es dauerte nicht lange, da wand sie sich unter seinen Zungenschlägen. Er spielte mit ihrer Lust. Màiri war längst im Strudel ihrer Ekstase gefangen und stöhnte sich dem alles erfüllenden Höhepunkt entgegen, der einfach nicht kommen wollte, weil Logan grausam seine Zunge immer wieder stoppte, wenn sie ihn fast erreicht hatte.

Sie keuchte: »Logan … ich kann nicht mehr!«, wollte sich aufsetzen, doch Logan stieß sie zurück: »Gleich!«, und plötzlich lagen sie wieder vereint zwischen den Decken und Kissen und der Augenblick der Lusterfüllung war da! Sie konnte es kaum glauben. Sie fühlte sich als ob der Blitz in ihren Körper eingeschlagen hätte. Ihr ganzer Körper war aufgewühlt durch seine Leidenschaft.

Logan beugte sich wenig später über sie. »Du willst also etwas tun?«

»Ja!«

»Dann übernimm ab morgen alle die Pflichten, die die Gemahlin eines Lairds im Keep und in seinem Clan innehat.«

»Ich werde es tun, aber nach und nach, um keinem hier das Gefühl zu geben, ich wolle ihm seinen angestammten Platz in der Bewirtschaftung deines Haushaltes streitig machen. Immerhin bin ich noch lange nicht deine Gemahlin.«

»Ich bewundere dich nicht nur für deine Schönheit, sondern auch für deine Klugheit, mein Engel!«

»Schmeichler! Erst mich zwingen was ich nicht wollte und dann alles mit hübschen Worten wieder ins rechte Licht setzen.«

»Jetzt hast du mich aber wirklich bei meiner größten List ertappt«, lachte er und küsste sie stürmisch.

Bildnisse im Turm

Zwei Schafe waren am nächsten Tag von den Männern geschlachtet worden.

Rodina, obwohl sie nicht die Köchin war, hatte vor Haggis[1] zu machen. Vor dem Füllen musste der Schafsmagen dazu gründlich gereinigt werden, so stand Rodina draußen im Schnee, an der Freiluftkochstelle, damit die derbe Duftnote dieses traditionellen Mahls nicht den ganzen Wohnturm einnahm. Auch die Innereien zur Befüllung wollte sie lieber draußen köcheln lassen, denn auch sie erzeugten einen deftigen Geruch.

Màiri hatte sich nach dem Morgenmahl kurzerhand angeboten ihr zu helfen. Sie befreite in der Küche das Lammfleisch von überschüssigem Fett und Sehnen, hackte das Fleisch fein, ebenso wie jede Menge Zwiebeln. Als sie damit fertig war, vermengte sie alles zusammen mit Gewürzen, Haferflocken, Fett und Brühe zu einer Füllmasse für die Mägen. Die Fleischmasse wurde in den auf links gedrehten Schafsmagen gestopft und die offenen Enden der Mägen zugenäht. Das Ganze kam danach auf der Herdstelle in einen großen Topf mit Wasser, wurde aufkochen gelassen und musste dann bei geringer Hitze etwa drei Stunden köcheln. So hatten die beiden Frauen nach dem aufräumen der Kochstelle draußen und der Küche, auch noch Zeit sich zu unterhalten. Irgendwann kamen sie dabei auch auf Logans Familie zu sprechen. Rodina berichtete etwas über die Gabe von Logans Mutter. »Die Mutter unseres Lairds war eine Traumdeuterin«, erzählte sie. »Sie hatte Visionen im Schlaf, welche ihre Familie und deren Schicksal betrafen. Unser Laird scheint von dieser Gabe ein wenig im Blut zu haben. Seine Träume der letzten beiden Jahre haben ihn zu Euch geführt.«

Màiri schüttelte bei den Worten der Älteren nur verneinend den Kopf: »Ich denke eher sein Zorn auf meinen Onkel tat dies, und jener alleine hat Logan mit seinen Männern vor unsere Burgmauern geführt. Ich denke nicht, dass er auch davon geträumt hat!«

»Nein, davon nicht, denn sonst hätte er den Tod seines Onkels und die Folgen, die nun daraus entstanden sind, gewiss verhindern können. Aber er hat davor schon von Euch geträumt!«

»Deshalb war wohl auch die Kleidung, die er mir gab, so passend auf mein Maß gefertigt, ebenso die Schuhe?«, lächelte Màiri ein wenig belustigt über ihre eigene Feststellung.

Rodina nickte jedoch mit ernstem Gesichtsausdruck und beharrte: »Denkt auch an die schöne Brosche.«

»Ja ich weiß! Logan behauptet fest und steif, er habe sie nach den Traumbildern fertigen lassen und meine Augen haben ihm die Farbe des Steines dafür gezeigt. Ich weiß jedoch, dass die meisten Träume einfach nur Spieglungen von Wünschen, Sehnsüchten und Dingen, sowie Menschen sind, die man schon sah. Vielleicht sehe ich ja seiner verstorbenen Mutter, einer seiner Großmütter, Tanten oder einer der Frauen, die er vor mir kannte, ähnlich?«

»Nein!«, versicherte ihr Rodina mit einer überaus beeindruckenden Überzeugung. »Seine Mutter hatte dunkles langes Haar, ebenso wir alle Frauen der Familie und die Frauen, die vor Euch hier als Gäste waren, waren allesamt schwarz-, rot- oder braunhaarig. Ich habe nie eine so hellblonde Frau vor Euch in seiner Nähe gesehen. Er wusste es, als er Euch sah, dass Ihr die Frau aus seinen Träumen seid - seine Herzensfrau. Ich glaube ich sollte Euch etwas zeigen, um es Euch zu beweisen und Euren Unglauben zu zerstreuen. Doch bitte sagt Logan nichts davon, was Ihr gleich in Augenschein nehmen könnt. Ich möchte nicht, dass er mir gram ist. Ich könnte es nicht ertragen von ihm fortgeschickt zu werden, dafür ist er mir schon als Junge zu sehr ans Herz gewachsen. Ihr müsst wissen Màiri, dass ich Logan wie einen eigenen Sohn liebe. Natürlich würde ich das dem jungen Herrn niemals sagen. Nun kommt mit!«

Rodina führte Màiri zu dem Turm, der direkt an der hinteren Burgmauer stand.

Logan hatte Màiri bei der Burgerkundung nicht dessen Inneres gezeigt. Rodina öffnete mit einem Schlüssel die Tür. Màiri stieg hinter Rodina die schmale Treppe zur Turmspitze hinauf. Da auch eine Treppe in die Tiefe führte fragte sie, während des Aufstieges: »Was befindet sich dort unten?«

»Was glaubt Ihr?«

»Ein Keller?«

»Tja, so könnte man das Kerkerverlies in freundlicheren Worten auch umschreiben. Der oben gelegene Raum ist ein Turmverlies, er wird jedoch zum Abstellen von so manchen Dingen genutzt.«

Als sie oben angekommen waren öffnete Rodina die Tür, die von außen mit mehreren Riegeln und einem Schloss versehen war und betrat den Raum.

»Was wollen wir hier?«

»Ich will Euch das da zeigen«, Rodina deutete bei diesen Worten, auf eines der beiden Gemälde, die an der Wand hingen.

Màiri stand kurz darauf schweigend und mit offenem Mund vor den Gemälden oder besser gesagt, vor einem der beiden Gemälde, die dort hingen. Das eine zeigte fünf Kinder, drei Mädchen und zwei Jungen - Zwillinge - die sie aus dem Bild heraus anzulächeln schienen. Das andere Portrait jedoch, das Màiri anstarrte, war ein Bildnis, welches ihr bis aufs Haar glich. Die Frau auf dem Bild trug die Kleidung, die ihr Logan am Tag zuvor gegeben hatte, ebenso wie die Brosche und um den Hals eine Kette mit zwei ineinander verschlungenen Herzen, die in der Mitte ebenfalls einen blauen Stein hatte.

»Wann wurde das Bild gemalt?«, fragte Màiri leise.

»Noch zu Lebzeiten von Laird Ermod. Logan ließ sie damals von einem Maler aus seiner Traumerinnerung anfertigen. Aber nun lasst uns besser gehen, Mylady, ich möchte nicht, dass der Laird uns hier findet.«

Màiri sah sich noch einmal kurz das andere Bild an. Die Kinder darauf sahen wirklich glücklich aus. Wer sie wahren wusste sie nicht, sie fragte jedoch auch nicht, dass sie noch zu sehr von ihrem Ebenbildnis erstaunt war.

So schritt sie kurze Zeit später hinter Rodina die Stufen wieder hinunter und hörte diese sagen: »Ich zeig Euch gerne auch noch die unteren Räumlichkeiten. Man legte dort schon so manchen Gefangenen in Ketten. Einige landeten sogar im Verhörraum auf der Folter. Auch einige Frauen sollen schon dort auf ihr Schicksal gewartet haben.«

»Rodina, das Bild gesehen zu haben, reicht mir für heute. Es hat mein Inneres schon genug aufgewühlt, Ihr braucht mir nicht auch noch zu versuchen die bestürzende Tragweite einer Einkerkerung dort unten vor Augen zu führen. Ich kann mir denken, was geschehen wäre, hätte Logan mich dort oder oben im Turm eingesperrt. Es ist nicht nötig mir zu beweisen, dass eurer Laird kein allzu schlechter Mensch ist. Aber eines kann ich Euch versichern: Er hat mir nicht nur einmal mit der Unterbringung im Kerker, sondern auch mit der Streckbank gedroht.«

Rodina lächelte sie nach der Äußerung milde an.

»Der Himmel mag wissen, was gerade in Eurem Köpfchen vorgeht. Eine Streckbank jagt wohl jedem einen Schauer über den Rücken, zumal so mancher Schinder wohl, wenn er in dunklen Räumen alleine mit dem Opfer war, auch vor sexuellen Übergriffen nicht zurückgeschreckt sein soll, wie man sich hinter vorgehaltener Hand erzählt. Doch jetzt beruhigt Euch wieder! Ich kann Euch sagen, dass weder Logan noch unser alter Laird je einen Menschen darauf binden ließ.«

»Rodina, da Ihr gerade von Eurem alten Herrn sprecht, möchte ich, dass Ihr versteht: Mein Onkel empfindet tiefe Reue über seine Tat. Beide Lairds - er und Laird Ermod - trugen an dem Unglück Schuld. Daher verweigert Onkel Wallace sich auch der Forderung Logans, sein Leben dafür ebenfalls hinzugeben. Er war bereit ein hohes Blutgeld zu zahlen, doch das lehnte Logan in seinem Zorn und der uns sogar verständlichen Trauer ab. Ich habe auch einen Fehler begangen, das ist mir mehr als bewusst, denn mein Wagemut und der unserer Wachen, kostete zweien von ihnen das Leben. Daran fühle ich mich schuldig. Logans Vergeltungssucht hat mich dafür in seine Bettstatt gebracht und mich meine Keuschheit gekostet. Ich bin nicht bereit noch mehr zu opfern, das wird er begreifen müssen und auch ihr!«

Rodina seufzte tief. »Ihr macht also nur gute Miene zum Spiel, Mylady, und wollt unseren Laird gar nicht zum Manne haben?«

Màiri schüttelte den Kopf. »Nein, so habe ich das nicht gemeint. Seit dieser ersten Nacht in seinem Gemach, bin ich von wirklicher Liebe zu Logan erfüllt. Ich bin selbst in großer Verwirrung darüber, dass ich die Tatsache seiner damaligen demonstrierten körperlichen Macht, gegenüber mir, nun so leicht hinnehme. Denn nach meinem Rechtsempfinden, ist Jemandem böswillig zu verletzen und seine Rechte mit Füßen zu treten, eine Unart, die mir immer schon zuwider war, seit ich denken kann und für die ich nie Verständnis aufbringen konnte. Ich bin aber auch weiterhin daran mehr als interessiert, ein Blutvergießen zwischen unseren Clans zu verhindern. Ich werde, wenn es sein muss, gegen Logan alle Trümpfe ausspielen, die mir zu Verfügung stehen, um zu verhindern, dass mein Onkel sein Leben verliert. Ebenso werde ich aber auch für Euch bei meinen Clanleuten eintreten.«

»Ich verstehe und denke, Ihr könnt jegliche Hilfe zur Befriedung dieser Sturköpfe gebrauchen. Wenn ich also helfen kann, dann sagt es mir, denn ich mag Euch!«

»Danke!«

Weg zum Glück

Eine weitere Woche verging. Alle schienen nun Vertrauen und Hoffnung in ihre baldige neue Herrin zu setzen.

Immerhin hätte es auch anders sein können. Màiri hatte wahrlich schon mit mehr Argwohn gegenüber ihrer Person gerechnet. Sie war immerhin eine MacMorven und jeder im Keep und im Dorf wusste warum Logan sie hergebracht hatte. Sie war als Logans Geisel gekommen, sollte natürlich immer noch als Druckmittel gegen ihren Onkel dienen, auch wenn sich die ganze Situation irgendwie geändert und entspannt hatte.

Logan hatte ihr ohne weiteres die gesamte Haushaltsführung übertragen und sie hatte diese Arbeit sehr gerne übernommen. Màiri war die Aufgabe mit Feingefühl dem Gesinde gegenüber angegangen. Sie half bei der Essenszubereitung mit, backte Brot, kümmerte sich um die Herstellung von Käse und Wurst und um alles andere, was man für den täglichen Nahrungsbedarf benötigte. Ebenso sorgte sie sich um die Reinlichkeit der Wäsche und des Wohnturms.

Rodina lächelte wieder einmal erfreut und meinte in einem höchst lobenden Ton: »Was könnt Ihr eigentlich nicht, Mylady?«

Màiri flüsterte ihr daraufhin etwas ins Ohr und Rodina lachte herzhaft auf.

Logan, der in der Halle saß und einen Becher des bernsteinfarbenen Kastanien-Ales kostete, das Màiri aus den im Herbst von seinen Clanfrauen gesammelten Esskastanien hergestellt hatte, sah auf. Er hatte Rodinas Bemerkung wohl vernommen und auch Màiris Flüstern mitbekommen. Rodina hatte auf die geflüsterte Antwort so herzhaft gelacht, dass ihn die Neugier packte. Er hielt Rodina sanft am Arm fest, als sie in der Halle an ihm vorbeieilen wollte. »Rodina, sag: Was hat meine Lady dir gerade ins Ohr geflüstert, das dich so erheitert hat?«

»Das möchte ich meinem Chief lieber nicht sagen!«,

gluckste Rodina immer noch vor sich hin.

Logans Gesichtsausdruck nahm einen grimmigen Zug an, als er ein wenig ungehalten meinte: »Bedenke, Rodina, du hast mir gegenüber offen und ehrlich zu sein. Ich bin der Laird, wenn sie auch bald hier die Herrin ist! Vergiss das nicht!«

Rodina beugte sich etwas zu ihm vor und flüsterte ihm leise ins Ohr: »Mylady sagte, sie könne viel, doch nicht im Stehen pinkeln und Herzen in den Schnee zeichnen mit ihrem Strahl, so wie Ihr!«

Logan entfuhr daraufhin ein empörtes Grunzen.

Rodina nutzte die Gunst der Stunde, um ihren Laird noch etwas mehr in Verlegenheit zu bringen. Ein Mann der Frauen belauschte, der hatte wohl eine kleine Strafe verdient, so sagte sie frei heraus: »Ich muss zugeben, die Herzen sind Euch beeindruckend gut gelungen, Laird! Ich hatte das Vergnügen, eines selbst in Augenschein nehmen zu können. Ich hatte jedoch keine Ahnung, dass dieses Kunstwerk von Euch stammt.«

Logans empörter Gesichtsausdruck brachte Rodina jedoch dazu, sich ein wenig zu entschuldigen, indem sie hinzufügte: »Ihr habt mir befohlen, ich solle offen und ehrlich zu Euch sein, vergesst das bitte nicht!«

Eine Weile blickte er Rodina unschlüssig an und wusste nicht wie er reagieren sollte. Dann fing er lauthals an zu lachen.

Auf einmal und unerwartet sprang Logan jedoch auf.

Rodina fuhr regelrecht zusammen, beruhigte sich aber sofort wieder, als sie entschuldigend anblickte und erklärte: »Du hast mich an was Wichtiges erinnert!«, und dann lief er eiligen Schrittes aus der Halle.

»Rodina!«, rief Màiri da auch schon.

»Mylady, ich wische die Tische noch ab, denn der Laird hat mich ein wenig aufgehalten, ich komme gleich!«

Immer noch den Kopf über Logans Ausbruch schüttelnd und mit einem Lächeln auf den Lippen, kam Rodina kurz darauf in die Küche zurück.

»War etwas? Ich habe Logan lachen hören und dann aus der Halle stürmen sehen!«

»Nein!«, meinte Rodina, fing dann jedoch an zu kichern: »Seit er Euch hierher gebracht hat, ist mir unser Laird manchmal nur äußert rätselhaft.«

Màiri grinste ebenfalls: »Dann bin ich wenigstens nicht die Einzige, der dieser Mann Rätsel aufgibt! Das Rätselhafte beläuft sich bei mir jedoch mit Sicherheit auf andere Attribute als bei Euch, denn meine Rätsel erstrecken sich von sündhaft, lüstern, schamlos, unerbittlich und unbegreiflich über atemberaubend, ausdauernd und pflichtbewusst bis hin zu waffengewandt.«

Rodina lachte: »Mylady haben noch *künstlerisch veranlagt* vergessen. Denkt nur einmal an die wunderschönen Herzen im Schnee!«

Ein hörbar schwerer Seufzer kam gerade von der hinteren Küchentür her, denn Logan stand dort und hatte wohl einiges ihres Gespräches mitbekommen. Er sah die beiden Frauen gespielt böse an, während er knurrte: »Noch ein Wort und ihr könnt *aufbrausend* und *unbeherrscht* meinen Attributen hinzufügen!«

»Zuvor aber noch *empfindlich* wie mir scheint?«, erklärte Màiri dabei, ging zu ihm hin und gab ihm einen Kuss. »Sie waren aber doch auch wirklich schön, deine Herzen!«

Er sagte daraufhin nichts, warf einen Seitenblick auf den Topf, der über der Kochstelle hing, schnupperte. »Was gibt's zum Mittag?«

»Eintopf!«

»Nur?«, kam es von ihm und er klang enttäuscht.

Rodina und Màiri nickten und Rodina erklärte: »Mylady und ich gehen nachher ins Dorf, denn das schöne Winterwetter heute bietet sich dazu an. Mylady braucht noch einiges an Stoffen für Kleidung. Ihr wolltet doch auch, dass die Dorfbewohner sie kennen lernen. Mylady hat das Dorf bis heute nur von der Ringmauer aus gesehen und ich dachte es wäre angebracht, dass sie es sich vor der Hochzeit noch ansieht. Oder habt Ihr diesbezüglich Einwände?«

»Nein! Lasst uns essen, wenn der Eintopf fertig ist, damit Màiri noch etwas zu sehen bekommt, solange die Sonne am Himmel steht, denn es ist fürchterlich kalt und wird noch kälter, wenn sie erst einmal nach der Vollen auf dem Weg zum untergehen ist.

»Eintopf?«, fragte Logan erneut und nahm sich noch einen Nachschlag aus dem Tontopf.

»Es ist immerhin ein gutes Stück Fleisch drin und ein sehr beliebter Eintopf bei meinen Clanleuten. Es ist Rindfleisch mit Zwiebeln, Knoblauch und getrockneten Pflaumen, zu dem Brühe und Bier gegeben wird. Das Ganze wird mit Pfeffer, Lorbeerblatt und Thymian gewürzt, der im Winter getrocknet hinzugegeben werden kann, da es zu dieser Jahreszeit keinen frischen mehr gibt. Ich habe auch noch Möhren und auch ein paar Kartoffeln zugegeben. Schmeckt es dir nicht?«, tat Màiri ernst fragend und wusste doch, dass die Frage eigentlich überflüssig war, so wie Logan zuschlug bei der Mahlzeit.

Mit vollem Mund und kauend, nuschelte er: »Ich denke, es ist das zweit Gescheiteste, was ein MacMorven nach dir zustande gebracht hat«, und dann schlang er den Rest der Mahlzeit in sich hinein.

»Logan, warum hackst du eigentlich immer auf meinem Namen herum? Ich würde nicht einmal MacMorven heißen, wenn mein Vater nicht den Clannamen meiner Mutter angenommen hätte, denn er war ein Mann aus dem MacWhitle-Clan. Er war ein ehrenwerter Mann, wie meine Mutter eine ehrenwerte Frau war. Mein Vater hat den Namen mit Würde getragen, also beleidige ihn nicht durch deine Abfälligkeit.« Màiri stand auf, nahm die Teller und ließ Logan einfach sitzen. Sie war wütend auf ihn, dies sollte er ruhig merken.

Logan sah ihr nach und fragte sich, was er falsch gemacht hatte.

Rodina legte ihm beruhigend die Hand auf die Schulter. »Lasst das Mädchen, sie ist unpässlich. In der Zeit sind wir Frauen eben sehr empfindlich. Ihr wisst selbst zu gut, wie man sich fühlt, wenn man unter dem Tod seiner geliebten Eltern leidet. Sagt ihr um Gotteswillen nicht auch noch, wenn sie zurückkommt, es sei besser gewesen, wenn ihre Mutter den Namen MacWhitle angenommen hätte. Ich glaube dann wird aus Eurer Hochzeit nichts werden.«

Er fuhr sich durchs Haar. »Verflucht, glaubt Ihr, ich würde so hirnlos sein?«, stieß er in einem äußerst derb klingenden Tonfall hervor.

Rodina lächelte daraufhin milde und zuckte mit den Schultern. »Ich möchte es für Euch besser nicht annehmen, Laird!«

Seine Mundwinkel zuckten leicht. »Wahrscheinlich würde mein Gesinde, wenn aus dieser Verbindung zwischen uns nun nichts würde, einen gemeinschaftlichen Aufstand gegen mich veranstalten und mich als ihren Laird aus dem eigenen Castle werfen!«

Rodina lachte. »Diese Möglichkeit besteht, denn wir alle mögen Eure Lady mittlerweile sehr, Logan.«

»Da habe ich mir vielleicht etwas eingebrockt, als ich sie mitnahm!«

»Nein, da noch nicht. Da hättet ihr sie Wallace einfach wieder schicken können. Eher, als Ihr sie in Euer Bett nahmt!«

»Ich denke, dass ich der Herausforderung sehr wohl gewachsen bin, solange meine Leute wissen, wer der Herr in diesem Clan ist.«

»Das wissen sie Laird.«

Es war wirklich kalt an diesem Dezembertag, doch die Sonne hatte sich schon am späten Vormittag durch die Wolken gekämpft und ließ den Schnee zur Mittagszeit leuchten und die Eiszapfen, die von den Mauerabsätzen der Burg hingen, wie Kristallglas schimmern.

Màiris Hände steckten, ebenso wie die von Rodina, in wollenen Fäustlingen. Beide Frauen zogen die Kapuzen ihrer Umhänge über den Kopf und die Mäntel fester um die Schultern. So in die warme Kleidung gehüllt, machten sie sich auf den Weg zum Dorf.

Màiri war immer noch durch Logans abfällige Namensnennung verstimmt. Sie besah sich die einzelnen Hütten auf dem Weg zu den Werkstätten in der Dorfmitte hin. Rodina plauderte mit ihr unterdessen wieder, als würden sie sich schon ewig kennen: »Unser Laird kennt alle gut. Er weiß, wer in welcher Hütte und wer in den entfernt liegenden Behausungen wohnt und wie die Bewohner heißen. Wie Ihr vielleicht schon bemerkt habt ist niemand traurig darüber, wie sich das Verhältnis zwischen Euch entwickelt hat, obwohl Ihr eine MacMorven seid.«

Màiri mochte Rodina sehr, dennoch spürte sie eine unbändige Wut in sich aufwallen. Sie baute sich, die Hände in die Hüfte gestemmt, vor Rodina auf: »Nun hört mir mal gut zu, Rodina. Ich bin eine MacMorven und werde dies im Herzen auch immer bleiben! Nicht ich habe Euren Laird entführt und ihn in mein Bett gezerrt, sondern er hat sich an mir vergriffen. Was bitte heißt dann immer so abfällig *auch wenn Ihr eine MacMorven seid?* Immerhin waren sich unsere Clans bis zu dem verhängnisvollen Tag nicht feindlich gesinnt. Ich bin eine Frau mit einem Herzen und einer Seele, die ihrem Clan auch weiterhin treu ergeben ist. Ich habe genug von euch MacRailys ertragen müssen, also hört auf mit diesem abfälligen Nennen meines Namens! Ihr beleidigt damit nicht nur meinen Onkel und mich, nein, Ihr entehrt damit auch alle meine verstorbenen Anverwandten.«

Màiri hatte wirklich genug, denn sie hatte den Eindruck

bekommen, nicht sie sollte sich das Dorf ansehen, sondern die Dorfbewohner sie begutachten. Sie, die Frau aus dem ehrlosen Clan, der ihnen den Leid genommen hatten und deren neuer Laird sie aus Rache zur Frau nehmen wollte. Sie sollte hier den Menschen anscheinend zur Schau gestellt werden. Sie hatte sich so sehr auf diesen kleinen Ausflug gefreut, auch über Logans Vertrauen, doch nun schien ihr diese Freude gründlich verdorben. »Wenn der Zurschaustellung meiner Person Genüge getan ist, Rodina, dann können wir ja wieder ins Castle zurückkehren«, stieß sie ärgerlich hervor.

Rodina sah Màiri entgeistert an. Sie war entsetzt, denn sie sah das erste Mal, dass Tränen Màiris Augen füllten. Sie nahm Màiris behandschuhte Hände in die ihren. »Was redet Ihr denn da, Mylady! Ich wollte Euch doch lediglich mit den Bewohnern des Dorfes ein wenig bekannt machen und auf das vorbereiten, was die Menschen hier von Euch als Frau des Lairds erwarten. Ich hatte niemals vor, Euch zu verletzen und das möchte auch kein Anderer hier.«

Màiri seufzte und schluckte ihren Zorn hinunter. »Lasst uns nicht streiten. Ich weiß selbst, ich bin in erster Linie das Pfand für Logans Rache.«

Rodina verdrehte die Augen. »Ihr glaubt doch nicht wirklich, was Ihr da gerade gesagt habt. Denn wenn Ihr das tätet, dann solltet Ihr Euch wirklich fragen, warum Ihr mit mir hier durch das Dorf marschiert und nicht eingeschlossen in seinem Schlafgemach von Logen oder im Kerker sitzt.«

Eine Frau näherte sich in diesem Augenblick. Sie blieb stehen, grüßte freundlich und bat Màiri, dass sie sich mit Rodina nach dem Rundgang durchs Dorf doch zu einem Trunk im Gasthaus einfinden solle, da man dort ein kleines Gastmahl für die zukünftige Herrin vorbereitet hatte.

Màiri wollte schon dankend ablehnen, da, wie sie erklärte, der Laird sie alsbald zurückerwartete, doch eine weitere dazu gekommene Frau, es war Isla die Frau des Dorfmüllers, mischte sich energisch ein. Sie begann entschlossen Màiri klarzumachen, dass sie als zukünftige Gemahlin des Lairds die Gastfreundschaft der Dorfbewohnen nicht einfach so ablehnen sollte, wenn sie die Menschen nicht beleidigen wollte.

Der Trick, denn ein solcher war es, funktionierte.

Als Màiri mit Rodina nach aussuchen einiger Stoffe, bei der Weberin, das Gasthaus betrat, beeilten sich die Gastleute sie mit allen möglichen Dingen zu bewirten. Auch kamen immer mehr der Dorfbewohner in den großen Gastraum und bezogen Màiri in Gespräche mit ein, so konnten diese sie so lange dort festgehalten, bis ihr Laird eintraf.

Als Logan den Vorraum des Gasthauses betrat, schmunzelte er, denn es roch nach frisch gebackenem Brot, Speck mit Zwiebeln und nach Apfel-Nusskuchen. Ihm war bewusst: Man hatte zu ihrer Ehre als baldiges Paar ein kleines Fest vorbereitet. Rodina musste davon gewusst haben, denn sie hatte ihn davon überzeugt, dass die Menschen im Dorf Màiri kennenlernen sollten. Dies, wie sie ihm erklärt hatte, noch bevor er sie in drei Tagen zu seiner Frau machen würde. Er was sich ebenso sicher, Rodina hatte auch gewusst und damit gerechnet, dass wenn sie mit Màiri zu lange ausblieb er nachsehen kommen würde was los war.

Plötzlich öffnete sich die Tür zum Gastraum erneut und ein kalter Windzug kam herein, der Màiri frösteln ließ. Im nächsten Augenblick stand auch schon Logan vor dem Tisch, an dem sie saßen, und sah sie mit zusammengekniffenen Augen an. Die Hände in die Hüften gestemmt, den Empörten spielend, stieß er hervor: »Warum bist du nicht zum Abendmahl bei mir und im Castle?«

Was sollte sie nun tun? Ihn etwa um Entschuldigung bitten? Nein, nicht nachdem er sie beim Mittagsmahl so sehr verletzt hatte, indem er von ihrem Namen wieder einmal abfällig Gebrauch gemacht hatte. Màiri entschloss sich dazu ihm erst einmal ein umwerfendes Lächeln zu schenken.

Es kam ihm vor, als sei dieses Lächeln von einem Engel gekommen. Sein Herz setzte für einen Moment aus. Dann winkte sie ihn mit dem Zeigefinger näher zu sich.

Als Logan den Kopf zu ihr beugte, flüsterte sie: »Hatte mein Entführer etwa die Befürchtung, ich könnte in den Schnee hinaus verschwunden sein und ihm sein Bett nicht mehr wärmen?«

Logan grinste daraufhin, gab ihr einen Kuss auf die Wange und flüsterte ebenso leise: »Mädchen, ich halte dich nicht für so verrückt, sondern für eine sehr kluge Frau, denn ansonsten würde ich dich nicht zu meiner Gemahlin haben wollen!«

»Du willst also wirklich eine MacMorven zur Frau, wo du ihren Namen alleine schon verachtest. Dein Rachedurst muss ja über alle Maße groß sein, dass du dir dies aufbürdest!«

»Aha! Daher weht jetzt also der Wind. Wir können die Dinge jetzt einfach regeln oder es kompliziert machen!« Er setzte sich neben Màiri auf die Bank. »Ich versuch es mal mit der einfachen Lösung. Màiri, es tut mir leid! Du weißt, ich liebe dich!«

»Du hast wirklich eine eigenartige Art mir deine Liebe zu zeigen. Deine Gefühle mögen zwar ehrbar sein, aber ansonsten solltest du deine Taktik mein Herz für dich zu gewinnen doch noch etwas überdenken, mein Lieber. Darüber hinaus wurden wir von den Dorfbewohnern eingeladen, Logan! Ich dachte es gehört zum guten Ton, die Freundlichkeit deiner Leute anzunehmen. Bei uns im Clan tut man sowas jedenfalls!«

Rodina kam ihr zu Hilfe, denn sie hatte das Ganze zuvor mit den Dorfbewohnern eingefädelt. »Bitte, Laird, seid Lady Màiri und vor allem mir nicht böse, denn ich wusste davon. Es ist ein Fest zu Euren Ehren und man bat mich auch Euch nichts davon zu verraten.« Rodina biss nervös auf ihrer Unterlippe herum, denn Logan musterte sie eine Zeitlang gestreng, begann dann aber zu lächeln, denn er hoffte selbst, dass das Fest alles ein wenig leichter machen würde. Das Schicksal hatte ihn mit Màiri zusammengeführt und er war äußerst glücklich darüber.

»Nimmst du meine Entschuldigung nun an oder nicht, Liebes?«

Màiri gab ihm einen Kuss und haucht: »Ich kann verzeihen!«

Er dachte: *Ich kann nicht leben ohne sie.*

Logan hob die Augenbrauen, seufzte und verzog das Gesicht. »Wieder ein Seitenhieb gegen mich?«

»Es als solchen zu sehen oder nicht, das überlasse ich ganz dir!«

Er lächelte daraufhin nur.

»Das letzte Fest ist schon so lange her. Ach, wie freue ich mich, dass dieses zu unseren Ehren noch vor unserer Vermählung abgehalten wird!« Damit erhob er sich noch einmal und warf einen fröhlichen Blick in die Runde. »Ich danke Euch!«

Der Dorfvorsteher hob seinen Krug mit Ale an: »Laird, Mylady, Freunde! Wir waren alle Zeugen der Trauer unseres Lairds. Viele von uns hat diese Tatsache mutlos und traurig gemacht, dass er so unter dem Tod seines geliebten Onkels, unseres Laird Ermod, gelitten hat. Wir sind sehr erfreut, dass Lady Màiri ihn wieder zu einem glücklichen Mann gemacht hat. Lady Màiri Ane, seid uns willkommen!«

Alle richteten ihre Blicke auf Màiri, die die Mienen der Menschen des MacRaily-Clans betrachtete, und sah, dass sich in diesen nichts als Hoffnung und Freude widerspiegelte. Es waren Menschen, die ihrem Laird und auch seiner Lady treu sein wollten und eine Aussicht auf eine gute Zukunft brauchten. Màiri erhob sich, nahm Logans Krug, dankte für das Fest und den Willkommensgruß, prostete den Leuten zu und leerte den Rest von Logans Bier in einem Zug. Als sie den leeren Krug vor Logan stellte, sah er hinein, schmunzelte: »Der Trank war ungemein köstlich, nicht?«

Màiri grinste. »Hast du etwa noch Durst?«, fragte sie.

Als Logan nickte, schob sie ihm lächelnd ihren Becher Tee hin. »Ein Laird der MacRailys, der sollte besser immer einen klaren Kopf bewahren, zumal wenn er ab und an ziemlich unüberlegt reagiert!«

»Du kannst deine Seitenhiebe aber wohl auch einfach nicht lassen, was?«, knurrte er ein wenig empört.

»Die meinen, die beschränken sich aber auch nur auf den, der sie wirklich verdient hat.«

Rodina sah schließlich kopfschüttelnd zwischen den beiden hin und her: »Ja ja, was sich liebt, das neckt sich. Ein tatkräftiger Knuff in die Seite, der sorgt für ein bisschen Spannung und Reibungswärme. So etwas ist eine gute Übung für die wirklichen Krisensituationen in einer Ehe!«

»Ach und du glaubst, so eine Krise zu produzieren, Rodina, dass dies etwas Hilfreiches ist.«

»Laird ich ...«

»Sag jetzt besser nichts mehr Rodina und lass uns das Fest genießen.«

Nach dem Abendmahl spielten die Spielleute zum Tanz auf. Logan saß neben Màiri, sein Fuß bewegte sich im Takt der Musik und er begann, die Melodie mit zu summen. Auf einmal nahm er Màiris Hand in die seine, küsste jeden einzelnen Finger und fragte: »Möchtest du vielleicht mit mir tanzen, Liebste?«

Màiri stimmte zu. Sie stellten sich mit drei weiteren Paaren im Kreis auf. Die Frauen standen außen, die Männer innen. Die Männer begannen mit dem linken Fuß, die Frauen mit dem rechtem. Das Bein wurde zur Seite gestreckt, dann vor das Schienbein gebracht, zur Seite gestellt und schließlich hinter die Wade gebracht. Dabei erfolgte jeweils ein Hüpfer auf dem Standbein. Nun folgten die gleichen Schritte mit dem bisherigen Standbein und so wiederholte sich die Schrittfolge mit Drehung im Uhrzeigersinn. Dabei hielten die jeweiligen Paare immer Blickkontakt.

Alle, selbst Màiri, waren an diesem Abend ausgelassen und fröhlich wie lange nicht mehr.

Es war spät, als sie das Gasthaus verließen und in die Kälte hinaustraten.

Logan bemerkte, dass Màiri fröstelte, er legte seinen Arm schützend um sie und sie machten sich gemeinsam auf den mit Fackeln beleuchteten Weg hinauf zum Castle.

Der Schnee knirschte bei jedem Schritt leise unter ihren Stiefelsohlen. Die Kapuzen hatten sie sich tief ins Gesicht gezogen, um sich vor der schneidenden Nachtkälte zu schützen.

»Wer da?«, rief eine Stimme, als sie das Tor der Burg erreichten. Ein Wachmann beugte sich mit einer Fackel in der Hand über die Mauer.

Màiri kicherte: »Sie halten dich wohl für einen Feind, Logan, weil du mit einer MacMorven bei Nacht vor dem Tor stehst und um Einlass ersuchst.«

Rodina stöhnte hörbar auf.

Logan hingegen sah Màiri nur an, zog die Kapuze seines Umhangs vom Kopf und rief nach oben: »Wir sind es, Graham! Lady Màiri, Rodina und ich - Euer Laird!«

»Oh, Laird, verzeiht!«

»Schon gut!«

»Ich eile und öffne Euch sogleich!«

Logan nickte dem Mann zu. Es dauerte noch einen kurzen Augenblick, dann öffnete sich das Nachttürchen in einer verdeckten Nische der Außenmauer und sie traten hindurch.

Logan unterhielt sich noch kurz mit dem Mann und dann wünschten sich alle eine gute Nacht.

Gemeinsame Zukunft

Das Kleid für den großen Tag - den Tag ihrer Vermählung - lag auf der Truhe und wartete nur darauf, dass Màiri es anzog, um mit Logan vor den Priester zu treten und das Treuegelöbnis zu sprechen.

Marie verließ das Schlafgemach, nachdem sie sich gewaschen und umgezogen hatte, denn es war kurz vor dem Abendmahl. Logan würde vor der Halle auf sie warten, wie er es in den letzten Tagen immer getan hatte, wenn seine Arbeit ihn davon abgehalten hatte, sie selbst nach unten zu geleiten.

Nachdem sie das Mahl gemeinsam mit ein paar von Logans Männern und deren Damen eingenommen hatten und diese gegangen waren, saßen Màiri und Logan noch zusammen. Sie tranken warmen Apfelwein und plauderten belanglos, bis Logan unerwartet anfing von seiner Jugend zu erzählen. Er wollte, dass Màiri noch ein wenig mehr über ihn wusste, bevor er sie am nächsten Tag zu seiner Gemahlin machte.

»Ich habe meine Eltern früh verloren. Ich war so verzweifelt, als es geschah«, fing er an. »Ich habe ihnen gegen diese verdammten Mistkerle von Sassunach nicht einmal helfen können. Man hat sie abgeschlachtet. Dass ich überhaupt noch lebe, das gleicht fast schon einem Wunder. Du musst wissen: Meine Mutter hatte sich noch sterbend über mich geworfen, so glaubten diese Schlächter wohl, auch ich sei tot, da ihr Blut und ihr Körper den meinen bedeckten.«

Logan schluckte den Kloß in seinem Hals herunter, den die liebevollen Berührungen von Màiris Hand bei ihm auslösten. Es war eine merkwürdige Situation, dass ausgerechnet Màiri es war, die ihm schon seit Tagen so viel Wärme und Trost schenkte. Es war ihm aber auch unangenehm, denn gerade diese Wärme weckte oft unerwünschte Emotionen in ihm, die er tief in sich vergraben glaubte. Doch gleichzeitig schien dabei sein Herz zu heilen.

Das Gefühl, als sie ihn auch noch umarmte, ließ ihn erschauern, denn er fühlte sich ihr gegenüber gerade unglaublich schlecht und schuldig. Sein Herz schlug so laut, dass er schon glaubte, es würde ihn verraten. Er hatte Rache gewollt und auf einmal war alles anders. Eine Träne verließ seinen linken Augenwinkel.

Sie musste sein aufgewühltes Gemüt bemerkt haben, denn Màiri sagte leise: »Es ist schon gut. Ich weiß es tut weh. Du hast sie sehr geliebt.«

Er fühlte sich irgendwie ertappt, wollte aber nicht zugeben, dass er gerade nicht wegen seinen Eltern die Fassung verloren hatten, sondern dass seine Gedanken in eine ganz andere Richtung gewandert waren und so versuchte er seine Reaktion so zu erklären: »Meine Eltern wären vielleicht nicht gestorben, wenn es mich nicht geben hätte.« Dann platzte sein schlechtes Gewissen ihr gegenüber aus ihm heraus: »Du, du hättest nicht noch mehr erdulden müssen, als du schon erdulden musstest. Ich denke ich werde in die Hölle fahren für das, was ich dir angetan habe, wenn meine letzte Stunde gekommen ist! Bei Gott, ich verachte mich selbst dafür! Was ist nur aus mir geworden?«

Màiri war erschüttert. Sie versuchte ihn zu beruhigen und legte ihre Finger auf seine Lippen. »Schhhht, Logan, sag so etwas nicht. Bereue vor allem nicht, dass deine Eltern dich als Kind geschützt haben. Dieser Kampf damals war ein Kampf, den nur kampferfahrene Männer hätten gewinnen können. Deine Trauer ist tief. Ich verstehe deine Gefühle, auch die, warum du so wütend auf meinen Onkel bist. Du hattest die Hoffnung nie mehr einen Menschen auf diese Art verlieren zu müssen und doch wurde dir auch Ermod durch eine Gewalttattat genommen.«

Logan schloss für einen Moment seine Augen, dann sah er sie an und sagte mit erstickter Stimme: »Ich danke dir dafür, dass du mir zugehört hast. Dennoch, Màiri, die Fehde zwischen unseren Clans ich noch nicht bereinigt. Verstehst du nicht: Ich kann es Wallace einfach nicht verzeihen und schon gar nicht auf sich beruhen lassen, was er getan hat. Ich bin es meinem Onkel und dem Clan schuldig Rache zu nehmen. Selbst, wenn wir Mann und Frau sind, wirst du es mir nie verzeihen, wenn ich mir das Recht auf Rache nehme, auch wenn sie nicht mit dem Tod deines Onkels endet.«

Er bückte sich und griff nach dem Sgian dubh, den er in der Dolchscheide an seiner Wade stecken hatte.

Màiri erschrak ein wenig, als er ihn zog. Sie erkannte das schwarze Messer an seinem Griff sofort. Es handelte sich um die Waffe, die man ihr abgenommen und die einst ihrem Vater gehört hatte. Er selbst hatte ihr die Bedeutung des Hirschkopfes auf dem Griff erklärt: *Der Hirsch verteidigt mit all seiner Kraft sein Territorium und gibt nicht auf alle Angehörigen seiner Sippe zu schützen.*

Logan hielt ihr den Dolch hin und sah sie ernst an. »Ich habe dir deine Keuschheit genommen, ich habe dich beschämt, ich bin ein Bastard! Ich gebe ihn dir! Du kannst dich dafür an mir rächen. Stoß ihn mir ins Herz! Denn ich befürchte du wirst mich hassen und verlassen, wenn ich mein Fehderecht einfordere und das würde mich umbringen.«

Màiri nahm die Waffe aus seiner Hand und warf sie auf die Tischblatte. Dann sah sie ihm tief in die Augen und strich mit der Hand über seine Wange. »Ich danke dir für diese Geste am Abend vor unserer Vermählung. Ich nehme das Erbstück von meinem Vater mit Dank auch gerne zurück.« Dann fuhr sie mit der Hand über seine Herzseite. »Aber ich will deinem Herz nicht schaden. Wir werden morgen heiraten, also sei dir gewiss: Du kannst dich nicht so aus der Verantwortung mir gegenüber ziehen, Logan MacRaily! Ich als eine MacMorven muss doch ein Exempel an dir statuieren und du sollst entsprechend für deine Tat an mir bestraft werden. Du wirst mich weiterhin in deinem

Bett wärmen, und zwar bis zum bitteren Ende deines Lebens.« Sie lächelte ihn an. »Außer dir und mir wird nie ein Außenstehender von deiner Opferbereitschaft erfahren. Ein Laird, Logan, tut so was nicht! Du bist gut genug für mich. Ich denke, es war das Schicksal, das wollte, dass wir uns treffen. Ich glaube, dass es für uns Beide gut ist, dass die Wege des Verlustes und der Einsamkeit, die für uns vor langer Zeit einmal begonnen haben, hier und mit der Liebe zueinander für uns enden.«

»Ich bin deine Zuneigung nicht wert Màiri und doch warst du schon immer der Sonnenschein in meinen Träumen. Nun bist du Sonnenschein bei mir! Ich liebe dich!«

Als Màiri am nächsten Morgen erwachte, gab Logan ihr einen Kuss. Dann griff er hastig nach seinem Sporran und reichte ihr einen kleinen Samtbeutel.

»Was ist das?«

»Die Hochzeitsgabe für meine wunderschöne und liebenswerte Braut!«

Màiri öffnete den Beutel und entnahm dessen Inhalt. Sie hob den Anhänger an der Kette hoch und der blaue Stein daran blitzte im Schein der Kerzen auf. Ein entrückter Schleier legte sich über ihre blauen Augen, als sie sich an das Bild im Turm erinnerte, doch gleich darauf kehrte sie in die Gegenwart zurück.

Logan war verwundert über ihren Blick. »Gefällt dir das Brautgeschenk nicht?«

»Wie kannst du so etwas nur fragen? Ich bin nur ein wenig beschämt, denn ich habe kein Geschenk für dich!«

Sie konnte ihm doch nicht die Wahrheit darüber sagen, dass sie den Anhänger auf dem Bild im Turm schon einmal gesehen hatte.

Logan lächelte, gab ihr einen weiteren Kuss und säuselte: »Deine Liebe ist das größte Geschenk, das du mir geben konntest. Du hast mir damit mehr gegeben, als mir jedes andere Geschenk geben könnte!«

Nun stand Màiri ebenfalls auf.

Logan war hastig verschwunden, nachdem er ihr eigenhändig noch ein leichtes Frühstück ins Zimmer gestellt hatte. Er war ein sehr aufmerksamer Mann, wenn es um ihr Wohlergehen ging.

Heute war also der Hochzeitstag. Màiri öffnete den Fensterladen und sah zu, wie der Schnee fiel. Es entlockte ihr einen sehnsüchtigen Blick. Selbst wenn ihre Clanleute von der Hochzeit gewusst hätten, hätte bei diesem Wetter kaum einer den Weg auf sich genommen, um daran teilzunehmen. Sie wusste, wenn ihr Onkel gekommen wäre, dann hätte dies auch zu Verwicklungen geführt. Sie wollte sich deren Ausgang lieber nicht ausmalen. Sie schloss den Laden wieder, um die Wärme nicht nach draußen entweichen zu lassen, denn das Schlafgemach war lange genug belüftet worden.

Es klopfte. Heißes Wasser wurde für ihr Bad von einer Magd gebracht. Màiri wusch sich ausgiebig und trocknete sich mit einem weichen Leinentuch ab. Sie zog das feine Unterkleid aus Leinen an. Dann schlüpfte sie in das blaue Brautgewand aus Samt, das mit einer silbernen Borte und Stickereien verziert war. Als sie ihr neues Kleid anzog lächelte sie mit ihrem Spiegelbild. Ihre Augen strahlten.

Rodina kam und bat sie: »Mylady, setzt Euch bitte vor den Spiegel, denn ich möchte Eure Haare richten!«

»Du kannst das mit dem *Mylady* wohl nicht lassen, Rodina?«

»Nay, denn es gehört sich nicht, die Frau des Laird so formlos anzusprechen!«

»Ich bin noch nicht Logans Frau. Du könntest somit vielleicht der Grund sein, warum ich unten in der Kapelle zu ihm *nein* sage. Willst du das, Rodina?«

»Du bist grausam, Màiri!«, empörte sich Rodina. Nahm vor sich hin plappernd, die Bürste, um Màiris Haarpracht zu bändigen. Dann flocht sie diese geschickt zu einer eleganten Zopffrisur, in die sie lauter kleine Perlen mit einarbeitete.

»So wirst du deinem Bräutigam bestimmt gefallen, Màiri. Wirklich schade, dass keiner aus deinem Clan dich so sieht. Aber nun schnell, wir sollten uns beeilen. Die Zeremonie soll bald beginnen. Wir wollen doch nicht zu spät kommen!«

»Logan wird es verkraften, wenn er etwas warten muss«, lachte Màiri.

Rodina schüttelte grinsend den Kopf: »Er tut mir jetzt schon ein bisschen leid!«

Màiri grinste nur. »Die Kette - hilf mir bitte sie anzulegen.«

»Oh, ist dies das Brautgeschenk von Logan für dich?«, fragte Rodina.

Màiri nickte und Rodina lachte: »Ob Logan Eric die Vorlage im Schnee gezeigt hat?«

Sie trug die Kette, deren Anhänger bestehend aus zwei verschlungenen Herzen in der Verschlingung mit einem blauen Edelstein besetzt war.

Logan stand wartend an der Seite des Priesters.

Auf Màiris Lippen legte sich ein Schmunzeln, als sie das angespannte Gesicht ihres zukünftigen Gatten sah, der seine Hände nervös knetete, als sie auf ihn zuschritt.

Zum bewunderten Murmeln kam es von den Gästen, als Màiri langsam zum Altar schritt und auf ihren Bräutigam zuging.

Als sie ihn erreicht hatte, entspannten sich seine Züge merklich und die Nervosität machte einem atemberaubenden Lächeln Platz. Logan nahm ihre Hand und sie bemerkte, dass er leicht zitterte. Logan hauchte: »Du bist so schön, mein Engel!«

Màiri lächelte sanft und erwiderte: »Was ich sehe, ist auch nicht zu verachten.«

Logan sah in seinem Clan-Tartan großartig aus. Er trug eine schwarze Jacke über dem Kilt und den dazu passenden

Schotten-Hut auf dem Kopf. Ein wirklich attraktiver Mann.

Es folgte ein ewig erscheinender Augenblick, bis der Priester mit dem Eröffnungsgebet anfing. Danach erfolgte die Befragung der Brautleute über die Bereitschaft zur Ehe, gefolgt vom feierlichen Trauungssegen.

Die Trauung war vollzogen. Nun war Màiri Ane die Frau von Logan MacRaily, nachdem sie beide die Urkunde unterzeichnet und der Priester und die Zeugen das Pergament beglaubigt hatten.

Die geladenen Gäste bestanden aus den Dorfbewohnern und denen der Burg. Sie gratuliertem dem jungen Paar. Beide lächelten und nahmen die Segenswünsche entgegen.

Vor dem Festmahl setzte Logan zu einem Trinkspruch an: »Ich liebe dich, Màiri Ane MacRaily. Ich will dich sehr glücklich machen. Verzeih mir!«

Das hatte sie bereits getan.

Die Feier war sehr schön. Doch vermisste Màiri vor allem eine wichtige Person dabei. Während sie ihren Gedanken nachhing, war Logan so galant und legte ihr vom Kapaun das saftigste Stück auf das Speisebrett. Sie liebte Logan so sehr, doch auch ihr Onkel Wallace hatte einen besonderen Platz in ihrem Herzen. Sie wusste, sie musste versuchen, dass die beiden Männer ihre Fehde beendeten und das noch bevor weitere Menschen und vor allem einer der Männer ihres Herzens oder gar beide, Schaden nahmen.

Ein Traum vom Glück?

Der Winter fand langsam sein Ende, doch der Boden war bei all der Kälte immer noch spiegelglatt, wenn der Regen auf den gefrorenen Untergrund traf.

»Ich denke, wir sollten uns um die schmelzenden Holzvorräte kümmern, falls der Schnee noch einmal zurückkehren sollte«, tauschte sich Màiri mit Rodina aus.

»Es ist schon ein Kreuz mit dem Holz. Der Karren, mit dem das Holz immer hergeschafft wurde, ist fünf Tage vor deiner Ankunft hier ungebremst den Hang hinab geschossen und an einem Baum zerschellt.«

»Wurde er nicht gegen einen anderen ausgetauscht?«

»Nein, Màiri. Wir dachten das Holz reicht über den Winter. Der Wagenmeister wollte erst im Frühjahr für einen neuen Karren sorgen. Er ist zwar schon in Arbeit, jedoch noch nicht ganz fertig gestellt.«

»Also werden wir mit dem Gesinde Holz im Wald zusammentragen und es herbringen müssen.«

Rodina seufzte.

Logan stand da und lächelte. Wenn Màiri sich etwas in den Kopf gesetzt hatte, wurde es auch ausgeführt. Sie war wirklich die Herrin der Burg. »Liebes, der Frühling kann nicht mehr fern sein: Die Vögel singen jeden Morgen und die Wildgänse kehren wieder zurück, also…«, Logan kam jedoch in seiner Rede nicht weiter.

»Dennoch hat nicht jeder jemanden im Bett, der ihm des Nachts die Glieder wärmen könnte, Logan. Also brauchen wir noch Holz.«

Als er sich auch noch Màiris tadelnden Blick einfing, verbeugte er sich galant. »Mylady, ich habe es ja verstanden. Wir holen morgen Holz aus dem Wald«, gab Logan schnarrend nach und verschwand dann lieber aus dem Küchentrakt.

Rodina lachte leise.

»Was gibt's da zu kichern, Rodina!«

»Mir kam da gerade der Gedanke, dass du nicht nur die Dienerschaft und mich, sondern vor allem unseren Laird im Griff hast.«

Eine hochschnellende Augenbraue und die Worte von Màiri: »Er wollte es doch nicht anders haben!«, brachten Rodina dazu, laut los zu lachen.

Alle Bewohner des MacRaily-Landes freuten sich schon drei Woche später, denn die Tage wurden deutlich länger. Die Kraft der Sonne nahm zu, das Eis und der letzte Schnee in den höheren Lagen begannen zu schmelzen und es wurde endlich wärmer.

Nun begann das große Reinemachen auf der Burg und in den Hütten. Es war die Zeit des Lüftens, wenn das Wetter schön war. Die große Halle wurde ausgeräumt und ausgefegt. Auch die Wandteppiche wurden abgenommen, um sie im Freien auszuklopfen, bevor sie wieder an ihre angestammten Plätze angebracht wurden.

Am Abend des letzten Apriltages trafen sich alle im großen Saal, um den Frühlingsbeginn gebührend zu feiern, noch bevor die Feldarbeit richtig begann. Es gab Bohnengemüse mit Speck, angeschmorte Zwiebeln und dazu gebratene Wurst.

Logan lobte Màiris Senf und griff nach einem der kleinen Tontöpfe, die auf dem Tisch standen.

»Senf ist nicht gleich Senf«, belehrte Rojen. »Deine Lady beherrscht es die verschiedensten Sorten sehr schmackhaft zu machen. Der hier ist brennend scharf.«

Màiri sah Rojen an. »Wenn er dir zu scharf ist, dann probiere doch einen der anderen.« Sie schob ihm zwei der kleinen Tiegel vor die Nase. »Versuch den hier, er ist mild und mit Kräutern oder probiere diesen süßen hier mit den getrockneten Früchten.«

Rojen lächelte und winkte ab. »Ich habe mich falsch ausgedrückt. Ich habe den scharfen Senf am liebsten. Er macht die Nase so wunderbar frei!«

Mägen, die alte Heilerin, die ebenfalls an der hohen Tafel saß, beteiligte sich nun an dem Gespräch: »Senf ist ein Heilmittel, denn er fördert die Magensaftproduktion, ebenso den Speichelfluss und damit letztendlich die Verdauung. Es macht wirklich Sinn ihn zu fetten Speisen wie einer Wurst zu reichen.«

Rojen grinste. »Es ist wirklich gut, dass du diese kleine MacMorven zu deiner Frau gemacht hast. Ach, und wo wir schon bei dem Thema MacMorven sind: Wann gedenkst du aufzubrechen und Wallace deine neue Forderung zu stellen, Logan? Du wolltest doch …«

Logan hob die Hand und unterbrach so seinen Freund in seinem unbedachten Wortschwall. »Ich werde sie ihm schon noch stellen, doch an unserer Burg sind Reparaturarbeiten von Nöten, die Aussaat ist wichtig, ebenso wie das Zählen unseres Viehs. Sind diese Arbeiten abgeschlossen, dann reiten wir zu ihm, doch nur mit ein paar Mann.« Logan dachte gerade bei sich: *Wenn das jetzt mal keinen Ärger mit Màiri gibt!,* da stand sie auch schon auf.

Logan hielt sie an der Hand fest. »Was ist, Liebste?«

»Du kannst es dir doch denken, Logan! Mir wurde gerade wieder einmal klar, was ich für dich und vor allem für einige deine Clanleute bin: Ein Wiedergutmachungsanteil der Rache an meinem Onkel und meinem Clan. Das Maß des Ertragbaren ist für mich voll. Ich denke, es ist Zeit für mich in der Küche nach dem Rechten zu sehen und mich dann in Euer Schlafgemach zurück zu ziehen, Laird, damit ich Euer Bett vorwärmen kann!« Màiri eilte sichtlich wütend davon.

»Herrschaftszeiten!«, donnerte Logan und schlug mit der Faust auf den Tisch, so dass alle in der Halle zusammenzuckten.

Selbst Màiri blieb vor Schreck an der Tür zum Küchentrakt stehen, denn das plötzlich erklungene, laute Geräusch hatte auch sie zusammengefahren lassen.

Vorsichtig sah sie über ihre Schulter zu ihrem Gemahl hin. In Logans Gesicht lag für den Bruchteil einer Sekunde ein schmerzlicher Ausdruck, dann wurde dieser jedoch von einem äußerst wütenden Blick überschattet. Màiri glaubte zuerst, dieser Zornesausbruch gelte ihr, doch Logan sah Rojen an. »Kannst du denn dein Hirn nicht einmal in Gebrauch nehmen, bevor du deinen Mund aufmachst, Rojen?«

Màiri hörte Rodina leise sagen: »Meine Güte, kann unser Laird beeindruckend finster dreinschauen. Ich möchte jetzt nicht an Rojens Stelle sein! Er hat wegen seiner unbedachten Worte nun mächtig Ärger am Hals.«

Rojen schaute kreidebleich seinen Laird an.

Einen Moment lang befürchtete Màiri sogar, dass Logan ihn niederschlagen wolle. Logan atmete jedoch lediglich tief durch, dann wies er mit der Hand zur Tür. »Geh, Rojen! Lass dich die nächsten Tage besser nur zum Mahl in dieser Halle und ansonsten nicht in meiner Nähe blicken.«

Das Fest, das bis zu diesem Zeitpunkt so schön gewesen war, war schlagartig vorbei. Man verabschiedete sich und alle verließen die Halle.

Logan stand kurz darauf im Küchentrakt. »Màiri, komm bitte her zu mir!«

»Kann das nicht waren, bis wir aufgeräumt haben?«

»Ich fürchte nein, denn wir sollten dringend miteinander reden.«

»Müssen wir nicht, denn es ist doch sowieso hoffnungslos!«

Logan sah von der Seite her, dass Màiris Kinn verdächtig zitterte und sie sich auf die Lippen biss. Also trat Logan an sie heran, fuhr ihr mit der Hand sanft durch das Haar. »Ich werde Wallace die Forderung stellen. Ich wäre froh, wenn er sie ohne Einwände annehmen würde, denn ich muss dies alleine schon für die Sicherheit meines Clans tun. Außerdem habe ich einen Eid am Grab meines Onkels geleistet, seinen Tod zu rächen. Doch glaube mir, Liebes, du bist kein einfacher Wiedergutmachungsanteil wie du sagtest. Du bist etwas ganz Besonderes für mich und das wissen alle hier.«

»Deine Worte ändern nichts an deiner Absicht. Ich habe Angst davor, was geschieht, wenn du und Wallace auf einander trefft.«

Logan atmete tief durch und zog sie in seine Arme. »Ich werde ihm kein Leid antun, wenn er mich nicht dazu zwingt. Das schwöre ich dir.«

»Logan, kannst du mir auch garantieren, dass Onkel Wallace nicht auf dich losgeht?«

Logan schwieg und gab ihr einen Kuss. Dann sah er zu Rodina hin: »Rodina, kannst du dich mit den Mädchen alleine um das Aufräumen kümmern?«

»Selbstverständlich!«

Er griff nach Màiris Arm und brachte sie in ihr Schlafgemach.

Von dem schrecklichen Ereignis noch immer verstört, konnte Logan oft nicht ruhig schlafen. So ruhig er auch nach außen wirkte, tobte es in den Tiefen seines Innersten.

In den darauffolgenden Tagen ließ sich Rojen nur selten blicken. Er fand sich immer nur kurz zum Mahl ein und setzte sich immer möglichst weit von Logan weg. Selbst Màiri ging er so gut er konnte aus dem Weg, bis es ihr reichte. Uneinigkeit in der Burg war nicht gut. Logan und Rojen waren außerdem eigentlich Freunde. Die Sorge um ihre Freundschaft, erfüllte beide Männern mit einer Traurigkeit, die für Màiri über das Erträgliche hinausging.

»Wieso müssen sich zwei Männer über Worte uneinig werden, nur weil diese nicht die gescheitesten gewesen sind?«, fragte Màiri beim Mittagsmahl und sah beide Männer fragend an. »Wollt ihr, dass ich mich auch noch wegen eures Streits schuldig fühle, da er wegen mir zwischen euch entbrannt ist? Ich habe mit eigenen Augen gesehen wo so ein Streit zwischen Männern hinführen kann. Ein Disput dieser Art hat eurem vorherigen Laird das Leben gekostet. Lernt ihr Männer eigentlich nie etwas aus solchen Dingen?«

Logan erhob sich aus seinem Stuhl, ging zu Rojen ans Tischende und reichte ihm die Hand. »Meine Unbeherrschtheit tut mir leid, Rojen.«

»Mir meine Unüberlegtheit auch, zumal ich Màiri sehr schätze.«

»Gut, dann lass uns diesen Zwist vergessen.« Seine immer wiederkehrenden Selbstzweifel drohten ihn fast in den Wahnsinn zu treiben, als er plötzlich einen Entschluss fasste. So hatte das doch alles keinen Sinn. Es muss geklärt werden.

Als Màiri am Nachmittag nach ihrem Nähzeug langte, erhob sich Logan: »Lass es bitte. Komm, Màiri, ich möchte mit dir einen Spaziergang machen!«

»Und die Flickarbeit?«

»Die kann warten. Manchmal habe ich bei deiner Pflichtbesessenheit das Gefühl, du glaubst, dass solche Arbeiten dir davonlaufen könnten.«

Màiri lachte: »Es wäre manchmal sehr schön, wenn sie es täten«, damit legte sie seine Tunika bei Seite.

»Wohin gehen wir?«, fragte Màiri neugierig, als Logan mit ihr die Burg verließ, denn sie war gespannt wohin der Spaziergang sie führen würde. Logan legte ihr seinen Arm um die Schulter, während er fast schon verschwörerisch meinte:

»Ich möchte dir etwas Geheimes zeigen.«

Von der Burg aus ging es über die Brücke, die über einen kleinen Bach führte, in das angrenzende Waldstück hinein.

»Ich bin sehr glücklich darüber, dass es uns so gut geht und wir bis - werde jetzt nicht wieder böse - auf das Problem mit deinem Clan derzeitig keine Zwistigkeiten mit einem anderen Nachbarclan haben. Doch du weißt auch, dass immer etwas Unerwartetes geschehen kann und darauf sollte man vorbereitet sein.«

Logan hielt kurz darauf auf einen Felsen zu und dann erkannte Màiri, als sie direkt davorstanden, dass ein schmaler Durchlass in die Felsen hineinführte. Logan schob sich mit Màiri durch den Spalt. Dann zog er seinen Dolch und löste damit einen Steinbrocken. Er drehte ihn in seiner Hand einfach nach links.

»Màiri, mein Mädchen, das hier ist ein Geheimgang.« Er machte eine Pause und lächelte sie an. »Er führt zum einen zur Innenseite der Burgmauer hin, zum anderen gibt es einen Weg hinauf zu unserem Schlafgemach. Von dort aus kommt man natürlich auch nach hier draußen. Ich wollte dir diesen Weg zeigen, falls es einmal nötig sein sollte von hieraus in die Burg gelangen zu müssen. Die beiden Geheimtüren, um aus dem Inneren herauszukommen, die zeige ich dir, wenn wir den Weg zurück in die Burg bewältigt haben.«

Logan entzündete eine Fackel, nahm Màiri an der Hand und führte sie durch den Gang in die Burg zurück.

Das Logan ihr den Geheimgang gezeigt hatte, war für sie in der Tat ein großer Vertrauensbeweis, den sie mehr als nur zu schätzen wusste.

Als sie Gedankenverloren zusah, wie er die Geheimtür, die man gar nicht bemerkt, weil diese genau wie die Wand aussah in ihrem Schlafgemach verschloss, sah Logen sie an: »Ich werde dich nicht fragen ob es auch einen solchen auf Crimor Castle gibt, denn ein Geheimgang ist ein geheimer Gang, weil Niemand Außenstehender weiß, wo er sich befindet. Du sollst wissen, ich respektiere deine Loyalität auch deinem Clan gegenüber, denn ich weiß die deine zu dem meinen und gegenüber mir, mehr als zu schätzen, Liebes.«

Unvernunft

Ihre Finger berührten sanft seine Hand. »Bitte, Logan, lass es! Lass uns glücklich sein. Dein Onkel Ermod - er wird leider nicht wieder lebendig. Es ist zu gefährlich. Stell Onkel Wallace deine Forderung durch einen Vermittler. Was bringt es, wenn du dich mit einer persönlichen Forderung selbst in Gefahr bringst? Oder schick ihm einfach eine Nachricht. Teile ihm darin endlich mit, dass du mich zu deiner Frau gemacht hast und dass wir bald gemeinsam kommen werden, um alles in Ruhe zu klären.«

»Er hat bewiesen, dass er keine Ehre hat. Er könnte dich enterben, hat ja nicht mal versucht dich zu finden, daher will ich schriftlich, was ich fordere, und zwar noch bevor er dich in Sicherheit weiß.«

Màiri stemmte die Hände in die Hüfte: »Logan MacRaily, weißt du was? Du bist meinem Onkel in deiner Sturheit ähnlicher als du glaubst. Ich warne dich: Auch er hat einen solchen Dickschädel wie du. Ich befürchte, ihr werdet euch beide blutige Köpfe hohlen, wenn du nicht einlenkst und ihm ein wenig entgegenkommst.«

Logan sah Màiri missmutig an: »Es reicht, Màiri. Ich bin der Mann und der Laird dieses Clans«

»Du willst also, dass ich den Mund und meine Meinung in der Sache für mich behalte?«

»Möglicherweise wäre es besser etwas beherrschter mit deiner Meinung umzugehen und auch angebrachter deine Worte ein wenig besser abzuwägen, wenn mein halber Clan zuhört.«

»Ich hätte es für mich behalten können bis wir alleine sind, ja, dennoch ist es meine Meinung. Du bist so stur wie er und auch so stur wie es dein Onkel war. Denn wäre es nicht so gewesen, wäre das Unglück nie geschehen und wir hätten niemals Grund gehabt uns darüber zu streiten.«

Màiris Worte waren wie immer deutlich. Er fühlte, dass sein Herz sich im Zwiespalt seiner Gefühle verkrampfte.

Nun wo auch er ihre ganze Lebensgeschichte kannte, war es ihm unmöglich ihr den letzten Verwandten, den sie noch hatte, zu nehmen. Es war so viel Liebe, Gefühl und Verständnis zwischen ihnen in den letzten Monaten entstanden. Natürlich verstand er so auch die Erwartung von ihr, an ihn. Aber da war immer noch der Wunsch in seinem Herzen Wallace für seine Tat leiden zu lassen. Er wollte einfach seiner Forderung Nachdruck gegenüber den MacMorvens verleihen- nicht, dass Wallace und seine Clanleute ihn am Ende noch für einen Weichling hielten! Es war seine Verpflichtung Wallace herauszufordern, denn sonst konnten auch andere Clans ihn für einen schwachen Laird halten. So etwas brachte alle in Gefahr. Seine nächsten Worte waren daher Ausflüchte, um den Streit zu beenden, denn er hatte in Wahrheit einen ganz anderen Plan: »Ich denke du hast Recht, Liebes!«, erklärte er beschwichtigend. »Ich werde darüber noch einmal nachdenken und dich über meine Entscheidung in Kenntnis setzen, wenn ich mit Jones von der Jagt heimkehre.« Er lächelte Màiri an. »Ich werde diese Jagt auch nutzen, um unser Land und die Schafherden in den etwas abgelegenen Berggebieten zu inspizieren. Somit werde ich wohl einige Tage unterwegs sein und du brauchst dir keine Sorge wegen meiner Rachegedanken an deinem Onkel machen!«

»Wie lange wirst du fort sein?«, wollte sie wissen.

»So etwa sechs bis acht Tage.« Er fuhr Màiri sanft mit dem Daumen über die Wange. »Glaubst du, du kannst es solange ohne mich aushalten, mein Engel?«

»Ich denke ich werde es müssen, denn ich mag die Jagt nicht wirklich und hier gibt es genug für die Gemahlin des Lairds zu tun.«

Jones der junge Jagdverwalter kam gerade auf Logan und Màiri zu. Er lächelte seine Ladyschaft freundlich an. »Mylady!«, sagte er und verbeugte sich galant. »Laird, ich habe soweit alles vorbereitet, damit wir am morgigen Tag früh aufbrechen können.«

Màiri lächelte: »Ich mache mich wieder an meine Arbeit. Logan, wir sehen uns beim Abendmahl.«

»Ja, Liebes, geh nur!«

Als Màiri außer Hörweite war, fragte Jones: »Was wirst du nun tun, Logan?«

»Zum Schein mit dir zur Jagt aufbrechen, mich jedoch zu Wallace begeben.«

»Du willst also wahrhaft nur mit mir, ohne weitere Männer zu Wallace? Was ist mit Lady Màiris Einwänden?«

»Ich sagte ihr, ich würde meine Forderung überdenken und sie nach der Rückkehr über das Ergebnis in Kenntnis setzen.«

Jones schüttelte leicht den Kopf und erklärte in sehr vertrautem Ton: »Ich weiß nicht ob diese Idee so gut ist, Logan. Ich habe das Gefühl dein Alleingag könnte dir mehr Ärger und Probleme einbringen, als dir lieb sein könnte. Bist du dir wirklich ihrer Liebe so sicher, dass sie bereit sein wird dir zu verzeihen, besonders, wenn du ihr Vertrauen so verletzt.«

Eine weibliche Stimme war auf einmal zu hören. »Ihr wollt morgen auf die Jagd, Laird?«,

Logan gebot mit einer Handbewegung, dass Jones schweigen sollte.

Rodina sah die Männer fragend an, als sie bei ihnen ankam. »Für wie lange?«

»In sechs bis höchstens acht Tagen sind wir wieder zurück! Màiri weiß es! Packt uns also genug Essen ein, Rodina.« Dann marschierte Logan davon.

Rodina krauste die Stirn, als sie ihm nachsah.

Als Jones dann mit ihr in die Halle ging, sah sie ihn von der Seite her lauernd an. »Eine so lange Jagt - und dann nur mit dir als Begleiter? Ich habe den Eindruck, euch mangelt es an Offenheit unserer Lady und uns gegenüber!«

Jones blieb abrupt stehen, sah sie ertappt an und trat auf einmal unruhig von einem Fuß auf den anderen. »Wie kommst du denn auf so was?«

Rodina stellte jedoch eine Gegenfrage, ohne auf die seine einzugehen: »Was hat unser Laird wirklich vor?«

Jones atmete tief durch, dann murmelte er: »Sich ein wenig auf unserem Land umsehen, sich vergewissern wie sich die Wildbestände entwickeln und jagen, natürlich.«

Sie betraten die Halle, doch Rodina ließ nicht locker. »Du warst dem Laird schon immer vorbildlich ergeben. Du würdest selbst für ihn lügen, wenn du dafür deine Seele verkaufen müsstest oder wenn die Wahrheit genau hinter dir stünde, Jones!«

Er sah Rodina an, kaute verlegen an seiner Unterlippe, als er es bemerkte nahm er den Krug mit Apfelmost, der auf dem Tisch stand, schenkte sich davon etwas in einen Becher ein und nippte daran. »Der ist gut!«, betrachtete er seinen Becher.

Rodina zog ihre Augenbrauen zusammen. Sie wusste, dass ihr Gegenüber sich ertappt fühlte. Sie griff nach Jones Arm. »Hör mal, mein Junge, egal was unser Laird vorhat, vielleicht sollte noch eine Person außer dir wissen wohin ihr geht, sollte etwas Unerwartetes eintreffen.«

Jones nickte leicht, dann sagte er: »MacMorven-Land.« Seine nächsten Worte waren eindringlich: »Sag nichts darüber! Ich will Logans Vertrauen nicht verlieren. Ich pass auf ihn auf, alleine schon unserer lieblichen und gütigen Herrin wegen!«

Rodina wurde gewaltig eng ums Herz, als Jones ging. Ihr schossen auf einmal viele Gedanken durch den Kopf und sie fragte sich: *Will er Màiri das wirklich antun? Wenn das mal nur gut geht…*

Rodina wollte sich den Ärger nicht ausmalen, wenn Màiri dahinter kam, dass Logan vorhatte sie so wider besseres Wissen zu täuschen und zu belügen. Auch nicht was geschehen würde, wenn die beiden Lairds auf dem MacMorven-Land aufeinanderträfen und sich in ihrem Zorn nicht im Zaum würden halten können.

Die Forderung

Rückblick...

Zwei weitere Männer waren während der Belagerung im Kampf mit den MacRailys getötet worden. Es hatte auch währenddessen einige Verletzte auf beiden Seiten gegeben.

Am Morgen des *sechsten* Novembertages 1263 hatte es stark zu schneien begonnen, dann waren die MacRailys plötzlich, zu aller Verwunderung, abgezogen und hatten ihre vier Monate andauernde Belagerung aufgegeben.

Wallace hatte in der Unkenntnis über das, was vor seiner Burgmauer geschehen war, noch gescherzt: »Denen wird es am Hintern wohl zu kalt geworden sein. Sie wollen den Winter über gewiss lieber vor dem heimischen Herdfeuer und im warmen Bett verbringen.«

Dann jedoch hatte man die beiden Männer gefunden. Ihre leblosen Körper waren steif gefroren und fast gänzlich eingeschneit, als man sie entdeckt hatte.

Kurze Zeit später ....

»Wo steckt meine Nichte?«

Alle, denen Wallace die Frage stellte, zuckten mit den Achseln.

Màiri war seit zwei Jahren in seiner Obhut. Das Mädchen wusste in welcher Gefahr sie schwebten. Sie würde doch nicht die Dummheit begangen haben, sich mit den beiden Männern, die nun tot waren, aus der Burg gepirscht zu haben, um im Dorf die Nahrungsmittel aus den Geheimverstecken der Dörfler zu holen?

Màiri fühlte sich den Menschen ihres Clans und auch ihm gegenüber verpflichtet. So etwas konnte sie, das wusste er als ihr Onkel nur zu gut, schon einmal in die Zwickmühle zwischen Gehorsam und Wagemut bringen. Er machte sich wirklich große Sorgen und schimpfte: »Sollte sie das versucht haben, werde ich ihr bei ihrer Rückkehr den Hintern versohlen! Irving nimm dir ein paar Männer und sucht das Dorf und die Umgebung ab. Màiri muss ja irgendwo stecken! Geht! Ich suche in der Zwischenzeit die ganze Burg noch einmal ab. Vielleicht ist Màiri ja irgendwo im Kellergewölbe oder auf einem der Speicher.«

Die Suche nach Màiri hatte man letztendlich aufgrund der anbrechenden Dunkelheit aufgeben müssen. Màiri galt seither als verschollen, denn am nächsten Morgen gab es keinerlei Spuren mehr, denen man hätte nachgehen können. Man glaubte zuerst noch, sie sei entführt worden, doch als keine Forderung nach Lösegeld bei Wallace einging, glaubten alle - bis auf ihren Onkel - sie sei tot.

Wallace litt unter der Ungewissheit an Schuldgefühlen Màiri nicht beschützt haben zu können und ihren Folgen. Er hatte die Umgebung mehrmals absuchen lassen, auch seit dem Frühjahr schon einiges unternommen, um etwas über ihren Verbleib in Erfahrung zu bringen, aber keiner der mit ihm befreundeten Clans hatte im helfen können ....

Das Selbstmitleid übermannte ihn. Erst wurde er des Falschspielens beschuldigt, dann des Mordes und letztendlich seine verschollene Nichte. Er musste etwas zur Aufklärung unternehmen. So schickte er Leute aus, um Informationen zu erlangen. Seit Wochen beschäftigte ihn darüber hinaus noch eine Frage: Wieso hat ein Stein, dem an der Spitze getrocknetes Blut anhaftete, unter dem Bett gelegen in dem Ermod während seines Aufenthaltes geschlafen hatte? Auch hierfür musste es eine Erklärung geben. Wenn er es so recht bedachte, die Wunde am Kopf seines Freundes hatte als Logen den Leichnam abholte schon merkwürdige ausgesehen und konnte so nicht von dem Unfall gewesen sein. Es war so frustrierend, dass ihm dies erst im Nachhinein aufgefallen war. Er musste das Puzzle um das Verschwinden des Franzosen und das von Màiri vielleicht nur richtig zusammensetzen, um als die ungeklärten Fragen lösen zu können.

Rückblick Ende

Der Wachposten auf der Mauer kniff verärgert die Augen zusammen, als er die beiden Reiter den Weg zur Burg heraufkommen sah. Die Reiter die Jagdkleidung trugen, waren als Angehörige des MacRaily Clans zu erkennen.

Der Wächter hielt Ausschau nach weiteren Männern, doch solche waren nicht zu sehen. Er folgte den Reitern mit seinem Blick, bis diese vor dem Tor standen.

Eine Stimme klang zu Russell empor: »Macht auf! Ich bin Logan MacRaily und will euren Laird sprechen! Wir sind nur zu zweit, also lasst uns ein!«

Eine Zeitlang herrschte Stillschweigen. Wie sollte es auch anders sein? Man ließ ihn warten, was Logen ruhig hinnahm. Auch er hätte die MacMorvens nicht so einfach in seinem Burghof gelassen. Die Torwachen leisteten Wallace gute Dienste. Logan konnte nicht erwarten, dass man ihn mit überschwänglicher Freude begrüßte, nachdem was im letzten Jahr vorgefallen war. Logan erkannte: Die Burg war gut bewacht. Er stieg vom Pferd, trat an das Tor heran und blickte abwartend zum Wächter hinauf.

Von oben herab erklang nun dessen Stimme: »Ich werde unserem Laird Bescheid geben lassen, MacRaily!«

Logan zuckte gelassen mit den Schultern. »Gut, gebt ihm Bescheid. Wir laufen schon nicht davon.« Dann sah er Jones an, in dessen Gesicht sich widerstreitenden Empfindungen abzeichneten. »Sieh mich nicht so an, Jones, du weißt selbst, dass jeder Laird das Recht und die Freiheit hat sich selbst Gerechtigkeit zu verschaffen. Wenn ich's nicht täte, könnte ich bald meinen Leuten nicht mehr in die Augen sehen.«

»Was ist?«, fragte Wallace als Irving eintrat. Wallace bemerkte sofort, dass sein erster Mann aufgeregt war.

»Wallace, Logan MacRaily steht vor dem Burgtor und fordert Einlass.«

»Mit wie vielen Männern steht der Bursche, der uns seit

mehr als einem Jahr zu schaffen macht diesmal vor unserem Tor und wieso wurde kein Alarm gegeben?«

»Mit einem Mann sagt Russell!«.

Wallace sah Irving verwundert an. »Mit einem Mann? Bist du dir da auch wirklich sicher?«

»Aye, Wallace! Ohne Zweifel. Zu wenig wohl, denke ich, um gefährlich zu werden!«, lachte Irving.«

»Dann wird man ihn wohl einlassen können, oder was meinst du?«

»Ich denke schon! Auch das Logan die Ausübung des Fehderechtes insoweit einhält und in unserer Wehre nichts gegen dich unternehmen wird.«

»Also lassen wir ihn ein und hören was er will!«

Draußen vor dem Tor ….

»Bist du dir auch wirklich sicher, dass du dieses Wagnis eingehen willst, Logan?«

Logan zog eine Augenbraue hoch. »Du erwartest doch nicht wirklich, dass ich mein Vorhaben aufgebe, oder? Ich bin mir absolut sicher!« Sein Mund verzog sich zu einem spitzbübischen Grinsen. »Wallace meine Forderung selbst unter die Nase zu reiben, ist etwas, dem ich einfach nicht widerstehen kann. Ich will sein Gesicht sehen, wenn ihm bewusst wird, was geschehen ist. Ich will, dass jeder weiß, was er durch seine Weigerung geopfert hat.«

Jones fragte sich, seit wann sein Laird einen solch waghalsigen Zug an sich hatte. Dies grenzte an Tollkühnheit. Es war nicht gut einen Mann wie Wallace über alle Maße zu reizen.

»Dann viel Glück, Logan. Sei bloß vorsichtig!«

Von oben her kam eine Stimme: »Glaubt nur nicht, dass Ihr nicht bezahlt, MacRaily, wenn Ihr versucht uns reinzulegen.« Verachtung schwang in der Stimme des Wächters mit. Dann öffneten sie ihm das Tor und die Wachen gaben den Weg frei.

Sechs Krieger postierten sich sogleich nach passieren des Tores hinter ihnen und legten demonstrativ die Hände auf die Knäufe ihrer Schwerter.

Wallace stand auf dem Burgvorhof und man kam sofort zur Sache. »Ihr seid mir nicht willkommen, Logan MacRaily«, erklärte er.

»Das kann ich mir denken, Wallace MacMorven, und dennoch bin ich hier!«

»Was wollt Ihr?«

»Mit Euch, dem Mörder meines Onkels, reden!«

Wallace machte ein empörtes Gesicht und Anstalten, Einwände gegen diese Beschuldigung zu erheben, wurde dann aber wütend: »Ich habe Euch nicht hergebeten, also warum seid Ihr gekommen? Wollt ihr vielleicht einen Waffenstillstand zwischen uns aushandeln?«, dabei umfasste er seinen Schwertknauf noch ein wenig fester.

Logan fixierte Wallace mit einem eisigen Blick. »Wenn Ihr die Sitten der Gastfreundschaft brecht, Wallace, werdet Ihr noch weitere Probleme bekommen!«, gab er ihm zu bedenken. »Hütet Euch zu überheblich mir gegenüber zu sein, Ihr könntet es bereuen. Ich will und fordere Gerechtigkeit. Wenn Ihr meiner Forderung nachgekommen seid, können wir auch über einen Waffenstillstand verhandeln!«

»Ihr vergesst wohl, Ihr seid hier auf meinem Grund und Boden, Logan MacRaily. Ihr also seid es, der sich benehmen und in Acht nehmen sollte!«

»Vornehmes Benehmen und übertriebene Höflichkeit ist mir in Eurem Fall ein Graus. Wallace, Ihr wisst, ich bin ein geradliniger Mensch, der nicht gerne um den heißen Brei redet. Ich fordere von Euch das schriftliche Eingeständnis Eurer Schuld!«

»Eine Erklärung will ich Euch geben, Logan. Das wollte ich schon bevor Ihr im letzten Jahr vor meiner Burg aufgezogen seid, in der Hoffnung, dass wir die Fehde damit bereinigen können. Also hört zu: Ermod behauptete, dass er von mir hereingelegt worden sei. Ich hätte ein falsches Spiel mit ihm gespielt. Ein wahrlich schwerer Vorwurf. Es ging um Ehre und darüber gerieten wir in Streit. Wir prügelten uns, wie wir Männer das eben tun. Dann geschah das Unglück. Er stolperte rückwärts und fiel hart gegen die Kante des Tisches. Ich wollte ihm aufhelfen, als ich bemerkte, dass er tot war. So glaube ich es wenigstens, es war ein Unfall und berechtigt nicht zur Fehde!«

»Das ist für mich absolut irrelevant. Ihr habt ihn getötet - nur das zählt! Als Wiedergutmachung für seine Ermordung will ich Eure Nichte. Darüber hinaus, nach Eurem Ableben, Euer Hab und Gut. Wenn Ihr auf den Handel eingeht, dann ist die Fehde zwischen uns und unseren Clans beendet.«

»Mein Eingeständnis könnte ich Euch beurkunden, um die Fehde zu beenden, doch nicht ohne Màiris Zustimmung, denn sie ist mein Erbe. Das Mädchen ist seit dem Tag, an dem Ihr Eure Belagerung aufgegeben habt, verschwunden. Ich befürchte das Schlimmste, da auch Ihr nichts von ihrem Verbleib zu wissen scheint! Außerdem sind zwei meiner Männer seit dem Tag nicht mehr am Leben. Vielleicht könnt ihr uns dazu ja etwas sagen?« Wallace sah Logan fast hoffnungsvoll an, doch dieser reagierte auch jetzt nicht, so sprach er weiter: »Màiri ist es, der mein Lairdstuhl zusteht. So lange wir sie oder ihre sterbliche Hülle nicht gefunden haben, so lange kann und werde ich den Lairdstuhl keinem anderen überlassen.«

Logan sah Wallace mit einem wölfischen Lächeln an. Eiskalt erwiderte er: »Macht Euch darüber keine Gedanken. Ich will nur Eure Zustimmung und diese schriftlich. Màiri ist in meinem Besitz.«

»Was?«

»Es war ein wirklich netter Fingerzeig des Schicksals, dass Eure Nichte am Tag unseres Abzuges in meine Hände fiel. Es war richtig, dass ich sie mitgenommen habe, um sie mein Bett wärmen zu lassen. Es war ein kalter Winter und sie nahm mir ein wenig den Verlustschmerz. Es war mir also eine Genugtuung ihre begehrenswerten Reize voll auszukosten, denn Eure Nichte ist nach meiner ersten Besteigung ziemlich bereitwillig gewesen sich mir hinzugeben, nur um Euch zu retten. Ich hätte mehr Widerstand von ihr, einer MacMorven, erwartet! Eure Nichte wird ihr restliches Leben an meiner Seite verbringen, um Euch immer daran zu erinnern, was Ihr getan habt.«

Wallace starrte Logan an, als habe ihn der Blitz getroffen. Er malte sich in Gedanken aus, wie dieser gewissenlose Kerl das Mädchen gezwungen und vergewaltigt hatte und was die Folgen dieser schrecklichen Tat für Màiri waren.

Gütiger Gott! Was hat der Mistkerl dir nur angetan!, dachte er.

Die Stille war bedrohlich und dann schrie Wallace los: »Was habt Ihr mit dem Mädchen gemacht?«

Man hörte aus den ohrenbetäubenden Worten Wallace ganze Angst um seine Nichte heraus.

»Ich sagte doch schon, dass ich sie mir zu Eigen gemacht habe, MacMorven. Wollt Ihr etwa noch von mir hören, was ich im Einzelnen mit ihr in meinem Bett getrieben habe? Wollt Ihr das?« Logan grinste ein wenig. »Was schaut Ihr so entsetzt, es war mein Recht! Zu lockend das Unterpfand! Euer ehrloses Handeln hat mich dazu getrieben!«

Wallace stand mit bebenden Nasenflügeln da. Was das zu Eigen machen für Màiri bedeutet hatte, darüber konnte er nur Vermutungen anstellen. Seine allerschlimmsten Befürchtungen gingen in die Richtung, dass Logan sie nicht nur geschändet, sondern dazu auch noch gequält haben könnte und sie sich ihm dann aus Angst und unter Zwang hingegeben hatte. Wie dieser MacRaily es angestellt hatte, war für ihn von nebensächlicher Natur. Was für ihn zählte war, dass Logan Hand an sie gelegt hatte. Schon im nächsten Augenblick verlor Wallace endgültig die Beherrschung. »Dafür töte ich dich, du verdammter Scheißkerl!«, schrie er, stieß einen schrillen Kampfschrei aus und riss sein Schwert aus der Schwertscheide heraus.

Logan musste erkennen: Seine Worte waren wohl nicht

besonders klug gewählt und diplomatisch gewesen. Logan wollte Jones gerade noch zu Vorsicht ermahnen, kam jedoch nicht mehr dazu, denn er musste der Klinge des MacMorven Lairds ausweichen.

Jones begriff: Er würde seinem Laird nicht helfen können. Da er bei den Pferden stand, sprang er auf den Rücken seines Wallachs. Zwei Männer stürzten auf ihn zu. Nur durch das Herumreißen des Pferdes entging er knapp dem Schwerthieb des einen, während ihn die Klinge des anderen Mannes am Bein verletzte, ehe er davon preschte, noch ehe das Burgtor geschlossen wurde.

Dass er einen weiteren fatalen Fehler begangen hatte, begriff Logan in Sekundenbruchteilen. Wallace war ein erfahrener Kämpfer, so machte dieser einen langen Ausfallschritt und tauchte tief nach vorne mit dem Oberkörper ab. Sein Schwert hatte der kampferfahrene Laird dabei schützend über seinem Rückgrat liegen, so dass Logans Schwert an dessen Waffe abprallte und er durch seinen eigenen Schwung an Wallace vorbeischoss, ohne ihn zu verletzen. Gekonnt gelang Logan eine Körperwendung, doch die Schwertschneide seines Gegners traf senkrecht seinen rechten Oberarm. Der Schmerz war heftig. Sein verletzter Arm sank in Richtung Boden, Hand und Finger wurden taub und das Schwert entglitt seiner Schwerthand. Logan war entwaffnet. Der Ärmel seines Hemdes war vom Ellbogen bis zur Schulter durchtrennt und der Stoff schon im nächsten Augenblick von seinem Blut getränkt, das nun in Strömen aus der Wunde heraussickernd auf den Burghof lief. Wallace hielt ihm die Spitze seines Schwertes an den Hals. Schnaubend forderte er: »Gebt mir einen guten Grund, MacRaily, warum ich Euch nicht gleich für Euer loses Maul und Eure Forderung töten sollte.«

Logan schüttelte benommen den Kopf, da ihm schwindlig

wurde. »Das kann ich nicht!«

Wallace Schwertspitze bohrte sich ein Stück tiefer in die Kuhle unter seinem Kehlkopf, bereit zum Tod bringenden Stoß.

Logan schluckte hart.

Wallace erkannte in Logan Augen, dass dieser sich eisern bemühte, die Angst zu verbergen, die plötzlich von ihm Besitz ergriffen zu haben schien.

»Und jetzt werdet Ihr für alles bezahlen, was Ihr meinen Leuten und meiner Nichte angetan habt.«, erklärte Wallace mit einer tödlichen Ruhe in der Stimme, sie so gar nicht zu seinem vorherigen Zornesausbruch zu passen schien.

»Wartet! Vielleicht gibt es da doch einen Grund ... Màiri ...«

Als Wallace daraufhin sein Schwert senkte, presste Logan die linke Hand auf den Schnitt an seinem Schwertarm, um die fürchterliche Blutung ein wenig zu stoppen. Der Schlag, der augenblicklich folgte, war hart- so hart, dass Logan der Länge nach zu Boden stürzte, im Staub des Burghofs liegen blieb und die Besinnung verlor.

Wallace stand über ihm und starrte ihn an.

Irving trat an ihn heran. »Willst du ihn töten oder ihn einfach hier liegen lassen, bis sein ganzes Blut sich im Staub unseres Burghofes verteilt hat?«

»Er wird sterben, doch ich weiß noch nicht wie!«

»Soll ich dir dazu ein paar Vorschläge machen oder nach dem Heiler für ihn schicken lassen?«

Wallace ging nicht auf Irvings Frage ein. »Meinst du Màiri wurde von ihm gequält oder gar gefoltert?”

Irving fröstelte alleine schon als sein Laird ihm diese Frage so ausdruckslos stellte. »Ich weiß es nicht, Wallace. Logan hat uns viel Ärger mit seiner Belagerung im letzten Jahr bereitet und auch damit geprahlt, sich Màiri genommen zu haben. Aber ich denke, auch das hätte er dir unter die Nase gerieben, hätte er es getan, um dich seines Verlustes wegen zu verletzten.« Er sah auf Logan herab und schüttelte den

Kopf. »Also ich denke eher nicht. Eines wissen wir nun: Màiri ist am Leben und auf seiner Burg!«

Walles bückte sich und zog Logans Sgian dubh aus dessen Strumpfhalterung, dann hob er dessen Schwert auf. »Das Clanzeichen der MacRailys ist der Fuchs. Logan hielt sich wohl für so listenreich wie einer! Nun liegt er mit der Schnauze im Dreck!«, sagten Wallace und lachte. »Los, bringt ihn weg! In den Kerker mit ihm! Lasst den Heiler nach seinem Arm sehen, damit er nicht so schnell verreckt. Ich muss mir überlegen was ich mit ihm mache.« Dann wandte Wallace sich ab, drehte sich aber noch einmal um: »Ich will wissen was er meiner Nichte zugefügt hat! Ach, und noch etwas: Jones wird sich noch in der Nähe herumtreiben. Also schreit über die Burgmauer, dass sich die MacRailys die Überreste ihres Laird in acht Tagen, direkt nach dessen Hinrichtung, abholen können, … aber nur, wenn sie mir meine Nichte zurückbringen. Ansonsten wird es keine Leiche von Logan MacRaily geben, die sein Clan beisetzen kann. Denn dann werde ich seinen Kadaver in Stücke zerteilen und den Wildhunden zum Fraß vorwerfen.«

Logan bekam nicht einmal mit das man ihn in den Kerker schaffte, und dass der Heiler sich dort um ihn kümmerte. Er zeigte keine Regung, so brauchte er auch kein Schmerzmittel. Aidan stach die Nadel in seinen Arm und nähte die Wunde und verband sie.

Aidan der Heiler sah Irving an: »Er hat wohl Glück gehabt, dass der Knochen dabei nichts abbekommen hat. Unser Laird hat ihm die Schwertklinge nur durch Haut und Fleisch gezogen. Eine unschöne Wunde, stark blutend, durch den Blutverlust auch schwächend - aber sauber, daher auch restlos heilbar, bis auf eine Narbe, die bleiben wird.«

»Es wird ihm nur nicht viel nützen«, sagte Irving zu Aidan, als dieser seine Heilutensilien zusammenpackte. »Eigentlich schade um Logan und dass alles nur, weil zwei alte Dummköpfe sich gestritten haben und auch er keine Vernunft annehmen wollte! Wie heißt es so schön? Hochmut kommt vor dem Fall. Doch meine größte Sorge und auch die unseres Lairds, gilt Màiri. Somit hätte er ihm auch sagen können, was wir inzwischen alles über diesen verhängnisvollen Tag herausgefunden haben.«

Wallace durchmaß mit ungehaltenem Gesichtsausdruck seine Halle.

Irving sah ihn abwartend an.

Ruckartig blieb sein Laird stehen und begann: »Logan ist ein Mann, der mir mit seiner Forderung bewiesen hat, dass er sich nicht im Geringsten von moralischen Bedenken aufhalten lässt. Er hat sich an Màiri vergangen, dieses Schwein!«

»Aber ... sein Onkel kam durch dich indirekt zu Tode!«, gab Irving ihm zu bedenken, wenn gleich er selbst auch Logans Vorgehen über die Maßes verachtete.

Wallace nahm einen kräftigen Schluck aus seinem Alekrug und knallte diesen auf die Tischplatte, dann sah er Irving warnend an und knurrte: »Daran brauchst du mich nicht zu erinnern. Hast du etwa Mitleid mit ihm? Logan hat sich an meiner kleinen, süßen Nichte vergangen! Auch das Fehderechtes ist an gewisse Formen gebunden. Er aber hat meine Nichte missbraucht!«

Irving wollte etwas sagen, doch Walles polterte: »Ich weiß was du sagen willst! Auch, dass es meine Pflicht war, dafür zu sorgen, dass Màiri in Sicherheit ist ...« Wallace senkte den Kopf und sagte leise: »Aus purer Rache hat er sie beschlafen. Das Mädchen hat nichts, aber auch rein gar nichts mit meinem Fehler zu tun. Er hat ja nicht mal Bereitschaft gezeigt, eine Lösung zu finden. Beim Herrn, gibt es überhaupt einen Beweggrund, der sinnloser und zerstörerischer wäre, als einer jungen Frau aus einem so niedrigen Grund die Unschuld zu rauben und sie zu entehren? Dieser verdammte Teufel! Wieso musste er das Mädchen mit in eine Fehde von uns Männern hineinziehen?«

»Es geht dir also nur um Màiri, Wallace?«

»Ja! Du weißt, mein größter Wunsch war es einen ehrlichen und liebevollen Mann für Màiri zu finden. Einen mit Verlässlichkeit und Loyalität, der ihr helfen sollte, sich um unsere Clanangehörigen zu kümmern, wenn ich einmal nicht mehr bin. Einen, der bereit wäre ihr treu zu sein und ihr das Glück einer Familie zu schenken. Und was habe ich geschafft? Mein leichtfertiges Handeln bei einem Streit und den Rachegedanken dieses jungen MacRailys musste das arme Kind teuer bezahlen. Eines sag ich dir: Dafür wird Logan leiden!«

»Willst du ihn foltern?«

»Nein! Oder doch!«

»Also was wirst du dann tun?«

»Oh, ich denke ich weiß, was ich zu tun habe!«

»Gut. Sehr gut! Doch was soll das sein?«

»Ihn entmannen lassen, damit er so etwas nie mehr einem Mädchen antun kann. Sollte er dabei draufgehen, wird das keinen großen Verlust für Schottlands Frauen bedeuten. Ich habe da auch schon eine Idee, wie diese Bestrafung von statten gehen soll.«

»Was? Das kann doch nicht dein Ernst sein, ich dachte du wolltest ihn aufhäng…?«

Wallace wischte den Einwand seines ersten Mannes noch bevor zu Ende ausgesprochen war mit einer Handbewegung weg. Er atmete tief durch, bevor er hervorstieß: »Ich habe mich entschieden. Ich lass ihm sein Leben und damit ist meine Schuld an ihm wegen des Todes seines Onkels beglichen. Ich kann dies, denn ich bin der Laird. Die Entmannung ist keine Folter, sondern ein von mir festgelegtes Leibesstrafmaß für eine Schändung meiner Nichte. Mit der Entmannung muss er auch auf alles verzichten, was seine

Herrschaftsansprüche auf Màiris Erbe anbelangt. Ich bestimme den Vormittag in acht Tagen als Zeitpunkt dafür. Wer Zeuge sein will, soll sich um die Mittagszeit im Burghof einfinden. Ihn lasst im Glauben, er würde aufgeknüpft.«

Erst in den frühen Morgenstunden des nächsten Tages kam Logan in der schummrigen Kerkerzelle zu sich. Fäulnisgeruch erfüllte den Raum. Er schüttelte sich nicht nur vor Kälte, sondern auch vor Ekel. Es gab hier viele Ratten. Ein zäher Morast, der aus Ausscheidungen von Mensch und Tier bestanden bedeckte den Boden.

Auf dem Gang vor dem Kerker war alles still.

Logan fühlte sich ziemlich schwach. Ihm tat alles weh, vor allem aber sein Kinn und sein Arm brannten und pochten unangenehm.

Er sah sich kurz in dem Raum um, legte sich dann wieder seufzend auf die Pritsche. Er war so ein Dummkopf gewesen! Was hatte er sich nur dabei gedacht Wallace zu reizen und vor allem, ihm nur mit einem Mann im Rücken eine solche Forderung zu stellen?

Er war noch einmal eingeschlafen. Als er wieder erwachte, war eine Fackel im Raum entzündet worden. Auf dem kleinen Tisch, der an der anderen Wand stand, standen ein Krug, ein Becher und ein Teller, auf dem sich Brot und ein Stück Käse befanden. Scheinbar hatte man ihm etwas zu essen und zu trinken gebracht. Wallace hatte somit nicht vor, ihn hungern und dursten zu lassen.

Mühsam warf Logan die dünne Decke beiseite, die man über seinen Körper gelegt hatte. Dann erhob er sich von dem mit Heu bedeckten Holzgestell, das ihm als Ruheleger diente. Er hatte unheimlichen Durst. Er setzte sich an den Tisch und besah sich die Wände. Die eingelassenen Eisenringe zeigten ihm, dass man es fast gut mit ihm meinte, denn ansonsten würde er dort an der Wand in Ketten geschmiedet hängen. Eine aufgestöberte Ratte versuchte ihn zu beißen, da sie versuchte an ein Essen zu kommen. Er versetzte ihr einen wütenden Tritt, um den Nager zu vertreiben.

Logan sah ruckartig auf, als er am Abend ein Geräusch hörte, jemanden öffnete das Sichtfenster. Kurz darauf hörte er, wie der Riegel zurückgezogen wurde und ein Mann den Kerker betrat. Es war Aidan, der Heiler.

»Ich bin gekommen, um nach Eurem Arm zu sehen, Logan MacRaily.«

Nachdem Aidan die Wunde begutachtet und neu verbunden hatte, beauftragte er den Wächter, er sollte für Logan eine heiße Suppe besorgen, dann reichte er Logan einen Holzbecher. »Trinkt das, MacRaily! Es ist gegen Schmerzen und Entzündungen.«

»Scheinbar hat Euer Laird doch nicht vor, mich sterben zu lassen?«

Die Frage, die eher einer Feststellung gleichkam, wurde von Irving beantwortet, der gerade den Raum betrat.

»Macht Euch keine Hoffnung, Logan. Aufgeschoben ist nicht aufgehoben. Wallace will Euer Ableben ordnungsgemäß abwickeln, damit man es vor Euren Leuten und dem König als anständige Verurteilung und Hinrichtung vertreten kann. Er schlachtet keinen verletzten und entwaffneten Mann einfach so ab. Er fühlt sich vielleicht auch ein wenig an Euch schuldig, weil ihm das mit Eurem Onkel noch in den Knochen sitzt.«

»Ach ja? Aber er schlägt einem Mann einfach den Schädel ein.«

»Er wollte Ermod gewiss nicht umbringen, denn sie waren lange genug Nachbarn und sogar Kampfgefährten in so mancher Schlacht - fast Freunde. Ihr Zank wurde zu einem Unglück. Doch Ihr wolltet ja nicht begreifen, dass es ein solches war. Es hat unschuldigen Clansleuten das Leben gekostet und die Sache mit Màiri, seiner Nichte, es ist noch so manches zu klären.« Irving sah Logan lauernd an: »Was habt Ihr mit dem armen Mädchen gemacht, MacRaily? Habt Ihr sie gequält?«

»Wehrlose Gefangene und schon gar Frauen zu foltern und zu misshandeln, verstößt gegen das Ehrgefühl meines Clans!«

»Aber nicht sie zu schänden. Das ist wohl nicht gegen Eure Ehre, hemmungsloser Hund?«

»Ich gedenke mich nicht vor Euch zu verteidigen, Irving. Die Sache ist keine, die Euch etwas angeht. Sie betrifft Euren Laird und seine engste Verwandte. Geht Euer Laird auf meine Forderung ein, dann werde ich ihm alles sagen.«

»Sich an einem unschuldigen Mädchen zu vergehen, das ist wohl der ausgeprägte Sinn für Gerechtigkeit eines MacRaily? Seht Euch doch an, Logan! Was hat es Euch gebracht uns im letzten Jahr zu belagern? Nichts! Euer Onkel, Gott hab ihn selig, ist tot und Ihr, Ihr werdet ihm bald folgen!«

»Euer Laird und auch Ihr wollt die ganze Sache unter den Tisch kehren! Wallace hat einen Mord an einem Laird begangen und dieser Mann war mein Onkel! Immerhin hat er mich somit erst in diese Situation gebracht, gegen ihn vorzugehen zu müssen. Ihr Morvens seid doch alle gleich! Ein überhebliches Pack, das zu seinen Taten nicht stehen kann«, schnaubte Logan angewidert.

»Da Ihr im Gegensatz zu uns so ein ehrenhafter Kerl seid, so dürfte es Euch ja nicht schwerfallen, für Eure eigenen Taten zu zahlen. Nun werde ich Euch wieder verlassen und Euch Zeit geben, damit Ihr darüber nachdenken könnt, wie blöd man sein muss, zu glauben, mit unserem Laird solche Spielchen treiben zu können. Ich scheine Euch wohl ein wenig überschätzt zu haben, Logan!«

Irving ging, doch bevor er die Tür verriegelte, lästerte er: »Ich hoffe Ihr habt noch ein wenig Spaß hier drinnen. Ich bin mir nämlich ziemlich sicher, dass ihr in sieben Tagen erschüttert sein werdet, zu erfahren, was das Ganze Euch kosten wird. Was dann mit Euch geschieht, das habt Ihr Euch selbst zuzuschreiben. Seinen Stolz aufrecht zu erhalten, wenn man eine Demütigung und dann den Tod vor Augen hat, das ist selbst für den Hartgesottensten von uns Highlandern nicht einfach zu ertragen.«

Logen schnappte wie ein Karpfen nach Luft und zog die Decke fester um sich. »Was soll das heißen?«

»Wallace hat sich etwas Besonderes ausgedacht. Ihr könnt Euch auf eine qualvolle Strafe gefasst machen. Es wird kein schneller, unspektakulärer Tod, das ist was ich dazu sagen kann! Ich denke für die Zuschauer dürfte es ganz amüsant werden«, mit diesen Worten ging er.

Was haben die mit mir vor?, dachte Logan. Gott verdammt! Er war verloren. Das durfte einfach nicht sein! *Was bin ich für ein Narr! Ein dummer, einfältiger Narr!*, dachte er wütend. Er wollte nicht sterben, nur weil er mit so wenig Vernunft an diese Sache herangegangen war. *Hätte ich doch nur auf Màiri gehört, ich sturschädliger Depp!*

Er grübelte noch weiter vor sich hin, bis ihm die Augen zu fielen.

Erschrocken riss er die Augen nach einiger Zeit wieder auf, als er den Kerker erkannte. Er hatte gerade noch so schön geträumt, von ihr - seiner Màiri. Sie hatte ihn angelächelt und dabei ihre Hand sanft um seine Männlichkeit geschlossen. Was für ein seltsamer Traum. So real, so wirklich und so schön. Sie hatte ihn verwöhnt und dabei geflüstert: »Liebster, du wirst wieder Vater - wir bekommen ein weiteres Kind!«

Ein weiteres Kind? Sie hatten es ja noch nicht einmal zu einem gebracht und er würde mit Gewissheit sterben, bevor er sie überhaupt noch einmal sah. Ohne ihr Lächeln war der Tag so traurig. Wenn er sie doch wenigstens noch einmal sehen könnte. *Ohne sie will ich sowieso nicht mehr leben.*

Eine Lairdfrau muss stark sein

Ein lauer Frühsommerwind zerrte an Màiris Haar und ihrer Kleidung, als sie auf der Brustwehr stand und wartete.

Mit einer Hand schirmte sie die Augen gegen die Sonne ab, um einmal mehr den Horizont abzusuchen. Sie entdeckte auch heute nicht die beiden Reiter, nach denen sie seit dem Nachmittag zuvor schon immer wieder Ausschau gehalten hatte. Sie waren spät dran. Laut Logan hätten sie am Tag zuvor bereits eingetroffen sein sollen.

Ein Räuspern hinter ihr riss sie aus ihren Gedanken. Màiri drehte sich um und sah Ralph MacBans vor sich stehen.

»Soll ich Männer losschicken, damit sie nach ihnen suchen?«

Màiri schüttelte den Kopf. »Nein. Logan hat gesagt er denkt nach, kommt zurück und wird dann erst zu meinem Onkel aufbrechen. Er wird mich nicht enttäuschen.«

Ralph nickte, verzog jedoch das Gesicht. Nun stand der Mann schweigend und mit verschränkten Armen neben seiner Ladyschaft und beobachtete ebenfalls den Horizont. Insgeheim verfluchte er seine Dummheit. Er hätte Logan begleiten sollen. Er wusste: Ein MacRaily würde jede Gelegenheit nutzen, um zu fordern, was er von Wallace haben wollte. Hier ging es um Ehre, Rache und Wiedergutmachung. Sein Laird konnte gar nicht anders, als auf seine abgeschwächte Forderung den MacMorvens gegenüber zu bestehen. Jedoch hatte er Màiri zugesagt Wallace Leben zu verschonen. Sollte er es allerdings falsch anfangen und keine Gelegenheit haben, den Sachverhalt, um Màiri aufzuklären, dann konnte dies zu einer Katastrophe führen.

Ralph verlagerte sein Gewicht, streckte sich, beugte sich über den Rand der Brustwehr, um zu beobachten wie ein einzelner Reiter sich von weither näherte.

In diesem Moment hatte auch Màiri den Reiter entdeckt, beugte sich auch ein wenig über die Brustwehr, um dann zurückzutreten und die Schultern sinken zu lassen. »Ein

Reiter!«, stieß sie enttäuscht klingend hervor.

Beide blinzelten angestrengt in den Sonnenschein hinein und versuchten, auf die große Entfernung zu erkennen, wer es war.

Dann erkannte Ralph ihn und stieß hervor: »Das ist Jones!« Er eilte, noch vor Màiri, die schmalstufige Treppe hinunter.

Ralph bemerkte gleich, als Jones Pferd durch das Tor lief und dieser wie ein Sandsack in seinem Sattel hing, dass er Hilfe brauchte. Ralph streckte die Arme aus, um Jones vom Pferd zu helfen und musste feststellen, dass dieser vollkommen erschöpft und dazu verletzt war.

Màiri erreichte den Burghof, erkannte Jones, der musste einen unglaublichen Gewaltritt hinter sich haben. Beide, Wallach und Reiter, waren am Rande der Erschöpfung. Jones hatte dem Tier wohl alles abverlangt. Wenn er seinen Wallach noch mehr geschunden hätte, wäre dieser wohl unter seinen Beinen tot zusammengebrochen. Jones selbst war verschwitzt und verdreckt. Sein Gesicht war bleich, er blutete immer noch aus der notdürftig verbundenen Wunde am Bein und sein Atem raste.

Eine Erklärung war vonnöten, und zwar auf der Stelle. »Jones?«, rief Màiri in dem Moment laut genug aus, um die Leute zu übertönen, die schon im Hof standen. Alle verstummten. »Wo ist Logan? Und bei Gott, wie siehst du aus?«

In dem Augenblick kam auch Rojen auf sie zugeeilt. »Verdammt, rede schon!«, forderte auch er.

»Unser Laird ist von den MacMorvens gefangen genommen worden. Wallace wird ihn hinrichten - in fünf Tagen. Ich habe drei Tage bis hierher gebraucht. Wir bekommen die Überreste unseres Lairds nur, wenn wir ihm Lady Màiri zurückbringen.«

Die Umstehenden schnappten in Anbetracht seiner Worte erschrocken nach Luft.

Màiri konnte und wollte es nicht glauben. *Nein, Logan war*

doch nicht etwa... Logan hatte ihr doch gesagt, dass er und Jones auf die Jagt reiten würden. Also hatte man sie wohl überfallen, Logan mit sich geschleppt, um Vergeltung wegen dem Tod der Männer im letzten Jahr und ihrem Verschwinden an ihm zu üben.

Als Jones jedoch eingestand, was Logan angestellt hatte, zog sich ihr Herz schmerzlich zusammen. Er hatte sie also belogen! Diese Gewissheit versetzte ihr einen Stich ins Herz, so schmerzhaft, als würde sich ein scharfes Messer dort hineinbohren und eine tiefe Verzweiflung drohte sie zu überwältigen. Doch sie kämpfte energisch dagegen an. Dann kam die Wut. Dieser Dummkopf war doch tatsächlich auf die hirnrissige Idee gekommen ihren Onkel Wallace mit nur einem Mann an seiner Seite herauszufordern. Sie fühlte, wie sich ihr der Magen bei dem Gedanken daran, ihn erst als Leichnam wieder zu sehen umdrehte. Sie hatte Mühe, sich unter Kontrolle zu halten, um sich nicht zu erbrechen. Sie wurde allerdings schon seit vier Tagen von einer Übelkeit attackiert, die sie meist am Morgen erbrechen ließ. Màiri wusste, dass sie schwanger war. Sie wollte nicht weinen, doch eine Träne lief dennoch über ihre Wange. Sie wischte sich in einer fahrigen Bewegung mit dem Ärmel ihrer Leinenbluse über die Augen. Ein lauter Fluch kam über ihre Lippen: »Dieser verdammte, verlogene Thor! Ich bring in eigenhändig um, wenn ich ihn in die Finger bekomme.«

Rojen sah sie erstaunt fragend an. »Mylady, was sollen wir jetzt tun?«

Mit einem tiefen Atemzug bezwang Màiri ihre erneut aufsteigende Panik. Sie musste einen klaren Kopf behalten und Stärke beweisen. Sie hatte nicht vor nur Befehle zu geben und das Handeln den Männern zu überlassen, während sie tatenlos herumsaß und auf einen Erfolg oder Misserfolg wartete, sondern sie hatte vor das Schicksal selbst in die Hand zu nehmen. So straffte sie die Schultern. Sagte mit fordernder Stimme, zu Rodina, die nun ebenfalls im Hof stand: »Rodina, kümmere dich um Proviant! Iran, sattle auch ein Pferd für mich, und zwar einen guten Läufer!«

Jones wollte etwas sagen, doch Màiri kam ihm zuvor: »Jones, du bleibst hier, denn so zerschunden wie du bist, würdest du uns nur aufhalten. Lass dir von einem der Mädchen beim Waschen helfen, lass nach deiner Beinwunde sehen, iss was und begebe dich ins Bett. Wir reden über die Sache, wenn ich deinen Laird - hoffentlich noch lebend - wieder nach Hause bringe. Du hast bis dahin Zeit dir eine gute und ebenso solide Erklärung zurechtzulegen, warum ich dich nicht aus dem Clan verbannen sollte.«

Rojen sah Màiri zerknirscht an, nachdem Jones wie ein geprügelter Hund, von zwei Männern gestützt, von dannen geschlichen war. »Du solltest das wirklich uns Männer erledigen lassen.«

Màiri zog eine Augenbraue nach oben: »Ach ja, du willst also mit dem halben Clan zu meinem Onkel reiten, mein Freund, um den Leichnam deines Laird abzuholen?«

Nun wurde auch Rojen blass und empört klingend stotterte er: »Nein! Wir wer…«

Er brach mitten im Satz ab, als Màiri die Hand hob und ihn mit dieser gebieterischen Geste zum Schweigen brachte, um dann zu äußern: »Bist auch du so ein Narr und ebenso verblendet wie Logan? Glaubst auch du jetzt noch, dass meinen Oheim zum Scherzen zu Mute ist?«

Rojen wusste: Das war keine Frage, denn wenn jemand Wallace in solchen Dingen einschätzen konnte, dann wohl niemand besser als dessen nächste Verwandte, die Màiri nun einmal war.

»Rojen, selbst du müsstest alleine schon vom Hörensagen wissen: Ein MacMorven klopft in solch einem Fall nicht nur Sprüche. Hat man ihn erst einmal gereizt, kennt er selbst mit einem jungen Esel, wie dein Laird nun einmal ist, keine

Gnade. Onkel Wallace wird euch nicht in unsere Burg lassen, wenn ihr davor ohne mich auftaucht. Sondern er wird euch davor ausharren lassen, bis Logan hingerichtet wurde, wenn es nicht schon zu spät sein sollte bis wir dort ankommen. Er wird euch dann auch nur seinen Leichnam übergeben, wenn ihr dazu im Stande seid, zu beweisen, dass es mir gut geht.«

»Aber so ein Ritt ist anstrengend und gefährlich!«

»Das war er auch, als ihr mich im Winter hierher gebracht habt. Ihr Männer, ihr glaubt wohl nur ihr könntet verwegen sein und nur ihr habt das Recht euch wie Narren zu benehmen? Ich gedenke jedoch keine Närrin zu sein und mir die Chance durch einen Alleingang von euch nehmen zu lassen, mir den gottverdammten größten Narren eures Clans zurückzuholen. Wenn ich ihn noch lebend in die Finger bekommen, dann Gnade ihm Gott! In der Hölle soll er schmoren, und zwar in einer, die ich diesem Esel selbst bereiten werde.«

Rojen sah sie an und musste grinsen. Ja, Màiri würde seinem Freund die Hölle heißmachen. »Du hast Recht. Logan ist ein Esel! Eigentlich verdient er es auch nicht, dass du dich seinetwegen grämst. Die Stallburschen werden sich um einen Wallach für dich kümmern, damit du ihm vor den Augen der MacMorvens die Hölle heiß machen kannst.«

»Rojen, suche du bitte noch zwei äußerst beherrschte Männer aus. Ralph und auch du, ihr kommt natürlich mit mir.«

»Wirklich nur vier Männer, du, Ralph und ich? Glaubst du, das ist ausreichend?«

»Ich will nicht die Burg meines Clans stürmen, sondern meinen Gatten von meinem letzten Verwandten zurückholen. Dazu brauche ich nicht ein ganzes MacRaily Heer!« Dann verschwand Maria einfach im Wohnturm, eilte hinauf in ihr Schlafgemach und zog sich um. Sie trug einiges an Kleidung zusammen und legte diese auf ihr Bett, dann holte sie ihr Schwert, das Logan ihr nach der Hochzeit wiedergegeben hatte, aus der Truhe, in der sie es aufbewahrte.

Màiri versuchte Ruhe zu bewahren, doch sie spürte durch die Aufregung ein starkes Zittern in ihrem Leib. Sie hielt sich krampfhaft an einem der Bettpfosten fest. Das Blut wich ihr aus dem Gesicht. Sie fürchtete, sie würde ohnmächtig werden, so übel war ihr. Sie schickte ein Stoßgebet zum Himmel: *Bitte, lieber Gott, beschütze die beiden Männer, die ich liebe, vor ihrer eigenen Torheit und beschütze auch mein ungeborenes Kind. Was auch immer du für Pläne mit mir hast, ich werde sie annehmen, aber nimm mir nicht alles was ich auf dieser Welt noch liebe!«* Dann atmete sie noch mehrere Male tief durch. Endlich lies die Übelkeit wieder nach. Sachte rieb sie sich über ihren Bauch und flüsterte: »Wir müssen deinen Vater vor dem Zorn deines Großonkels retten. Also sei schön brav, mein Kleines, denn es wird anstrengend für uns werden.« Dann straffte sie ihre Schultern erneut. Sie war also diejenige, von der ihr Onkel erfahren musste, dass sie Logans Frau war, sofern Logan es ihm nicht mittlerweile gesagt hatte. Sie glaubte es jedoch nicht, denn sonst hätte Wallace die Androhung gegen die MacRailys in dieser Form nicht ausgesprochen. Sie hoffte nur, sie musste Onkel Wallace nicht bald auch noch erklären, dass er sie zur Witwe gemacht hatte. Ein wenig beruhigte sie jedoch, dass sich ihr Onkel bei Drohungen stets an sein Wort hielt. Somit musste Logan noch unter den Lebenden weilen.

Preisgegeben

Rodina kam in den Raum und bemerkte Màiris bleiches Gesicht. Ihre Herrin und Freundin hatte gerötete Augen und sah sie fragend an. »Alles bereit?«, stieß Màiri hervor und ärgerte sich, dass ihre Stimme gerade so kläglich klang.

Rodinas nickte. Ihr Gesicht sprach Bände, als sie anmerkte: »Màiri, es geht dir wohl gerade nicht gut.«

»Es ist nichts … mir geht es bestens. Ich habe nur eine unbeschreibliche Wut auf meinen Gemahl im Bauch.«

»Na gut, wenn du das sagst. Aber ich denke du hegst gerade die gleiche Befürchtung wie wir. Nämlich die, dass ihr zu spät bei deinem Onkel eintreffen könntet und unser Laird schon tot sein - oder noch vor eurem Eintreffen für seine eigene Dummheit sterben könnte, denn als solche sah ich sein Vorgehen auch an. Euer Kind müsste dann ohne Vater aufwachsen, wenn es in sieben Monaten zur Welt kommt.«

»Oh Himmel, Rodina, man kann wohl kaum etwas vor dir verbergen?!«, fuhr Màiri sie an. »Du wirst darüber das gleiche Stillschweigen bewahren, so wie du auch vor mir in Bezug auf Logans Wahnwitz den Mund gehalten hast, haben wir uns da verstanden?«

»Selbstverständlich, Mylady!«, versicherte Rodina auf Màiris befehlenden Tonfall hin, lächelte jedoch mild. »Ich weiß jetzt, ich hätte es dir sagen sollen. Bitte versteh´ Logan …«

Màiri fiel ihr ins Wort: »Vergiss es. Ich weiß, dass du wegen der Liebe zu Logan und der Freundschaft zu mir, öfter zwischen zwei Stühlen sitzt.«

»Glaubst du mir, wenn ich dir sage, dass es mir leidtut?«

Màiri nickte und wühlte im nächsten Augenblick schon in einer Truhe. »Meine Tasche, bitte.«

»Hast du genug warme Kleidung eingepackt? Die Nächte sind nicht wirklich warm und es könnte regnen!«

Màiri nickte erneut. »Ich muss los, denn jede Sekunde, die

wir bleiben bedeutet kostbare Zeit zu vergeuden«, erklärte sie.

Rodina umarmte sie.

Màiri ließ sich den kurzen Aufenthalt in den Armen ihrer älteren Freundin gefallen. Es half ihr ein wenig und gab ihr Kraft, denn es lag so viel mütterliche Herzenswärme in dieser Geste.

»Ich mache mich mit den Männern auf den Weg. Lebt wohl und bis bald! Du kommst doch klar hier?«

»Ja, mach´ dir darüber mal keine Sorgen, ich werde den Haushalt schon in Ordnung und die Mädchen in trapp halten, bis ihr wieder da seid.«

Als Màiri im Hof zu den Männern trat, die schon auf sie warteten, musterte sie diese nacheinander. Ihr Zorn auf Wallace und die Ihren, sie war ihnen unübersehbar anzumerken.

»Bevor wir aufbrechen muss ich mit euch reden, Männer. Wir müssen schnell und mit wenigen Pausen reiten. Es wird kein Gerangel zwischen euch und meinen Clanleuten geben, jedenfalls keines, dass ihr von eurer Seite her anzettelt. Haben wir uns da verstanden?! Ihr werdet auf meine Befehle hören, denn ich dulde als Frau eures Lairds keine Eigenmächtigkeiten. Seid euch auch darüber im Klaren, ich werde jeden einzelnen von euch zur Rechenschaft ziehen, der meinen Befehlen zuwiderhandelt.«

»Aye, Mylady!«, pressten Logans Männer heraus.

Rojen sah Màiri ernst an. »Wir wissen alle, wie du darüber denkst. Dennoch, wenn sie uns angreifen, dann werden wir uns zu Wehr setzen. Du bist unsere Lady und so lange Logan es nicht kann, ist dein Wort unser Befehl. Aber keiner ist bereit sich deswegen von MacMorvens Clan abschlachten zu lassen. Bitte verstehe das auch!«

Nachdem sie das Burgtor passiert hatten, ließen sie ihre Pferde in einem stetigen Tempo laufen.

Da sie erst am Nachmittag aufgebrochen waren, kamen sie nicht so weit wie erhofft. So machten sie, als die Sonne unterging, in einem Wald Rast. Die Luft duftet nach Kiefern.

Màiri lauschte kurz dem Echo eines klopfenden Spechts, der auf Nahrungssuche nach Insekten oder Larven gegen den Stamm eines Baumes hackte. Sie wusste, mit etwas Glück, konnten man im Wald einige der wundervollen Lebewesen wie Eichhörnchen, Füchse, Rehe-, Dam- und Rothirsche antreffen. Doch sie hatte keinen Sinn dafür sich weiter von der Besinnlichkeit der Natur verzaubern zu lassen. Nicht jetzt! Es würde, wenn sie am nächsten Tag gut vorankamen, vielleicht nur zwei Tage dauern bis sie die Burg ihres Clans erreichten. Màiri sah zum Himmel hinauf. Die Wolken jenseits kündigten den Sonnenuntergang mit einer blutroten Färbung an. Sie hoffte nur, dass es ein gutes Zeichen und kein schlechtes Omen war.

Am nächsten Morgen, es war ein regnerischer und nebliger Tag, setzten sie ihren Ritt bei Sonnenaufgang im schnellen Galopp fort. Der Wind wehte an diesem Tag etwas stärker. Er riss an den Haaren der Reiter, sodass sich Màiris Haare aus dem Band lösten, mit dem sie es zusammengebunden hatte. Ihre goldenen Locken wehen frei, da sie nicht einmal anhalten wollte, um das Band wieder darumzulegen. In den Mittagsstunden begann es zu nieseln. Als der Regen stärker wurde erreichten sie die verwaisten Köhlerhütten am Rande des MacRaily Landes, in denen sie kurz nach ihrer Gefangennahme genächtigt hatten.

Am Abend, als Màiri sich auf dem hölzernen Bettgestell zur Ruhe niederließ, kamen ihr die Erinnerungen an damals zurück und Tränen stiegen ihr in die Augen. Sie vermisste Logan so sehr!

Am Morgen schaffte es Màiri gerade noch aus der Hütte. Sie erbrach sich wieder einmal.

Als die Pein nachließ spürte sie eine Hand auf ihrem Rücken. Eine Stimme fragte: »Weiß er es?«

Es war Ralph.

»Nein Ralph, denn ich war mir bis vor drei Tagen selbst nicht sicher.« Sie sah auf und blickte in die grauen Augen des Highlanders, der vom Alter her ihr oder Logans Vater hätte sein können. Ihr Herz wurde bei Ihren nächsten Worten schwer: »Vielleicht wird er es auch nie erfahren!«

Ralph sah sie beruhigend an: »Wir haben genügend Zeit. Wenn sich Wallace an seine eigenen Worte hält. Schließlich missfällt mir auch, was der Junge da in seiner Dummheit und vor allem im Alleingang angestellt hat.« Ralph lächelte sie bedauernd an. »Ach Màiri, wir Männer sind oftmals einfach zu verblendet, wenn es um die Familien- und die Clanehre geht. Einem Mann ist es dann völlig egal, ob er leben oder sterben wird, wenn er bei einem anderen einfordert was er für rechtens hält. Logan glaubte eben, dass es einfach getan werden musste. Vor Jahre dachte ich noch genauso. Selbst dann noch, als Logan aufbrach, um sein Blutrecht von deinem Oheim Wallace einzufordern. Dann brachte er dich mit, Màiri, und ich erkannte zu ersten Mal, dass es nicht recht war eine Frau für das Vergehen eines Verwandten büßen zu lassen. Aber was sollte ich tun? Ich bin ein alter Mann und nicht einmal ein MacRaily. Ich bat Logan nur um eines: Dir nicht weh zu tun. Dann wart ihr beide so glücklich, also war ich beruhigt. Bis vor einigen Tagen dachte ich auch, dass eure Liebe Logan wahrhaftig zur Vernunft gebracht hätte. Bei Gott, ich verfluche mich selbst, dass ich ihn nicht auf diese angebliche Jagd begleitet habe. Jetzt hoffe ich nur, dass Logans Stolz nicht zu groß ist und er

Wallace mittlerweile weiß, dass er nicht mehr vorhat ihm ein Haar zu krümmen.« Er machte eine kurze Pause, holte tief Luft: »Vor allen aber hoffe ich auch, dass er vor Wallace nicht mit seiner Rache an dir geprahlt hat.«

»Das ist es auch, was ich befürchte. Logans Stolz!«

Sanft strich Ralph MacBans Màiri ein paar verwirrte Strähnen ihres Haars aus dem Gesicht, berührte ihre Wange sanft mit der Rückseite seiner Hand und streichelte darüber. »Ihr werdet noch ein langes und glückliches Leben haben.« Er klang so sicher, dass er Màiri fast überzeugte. Er küsste ihr väterlich auf die Stirn und trat einen Schritt nach hinten. Mit seiner Bemerkung hatte er sie aufheitern wollen doch die Unsicherheit und die Angst um Logan kam so schnell wieder zurück, dass sie sagte: »Ach … Ralph, mein herzensguter Freund, jeder kennt das aufbrausende und eigenwillige Temperament meines Onkels. Das ist es, was mir wirklich Kummer bereitet.«

Kurz darauf brachen sie auf.

Ralph ritt einer Weile neben Rojen und sie unterhielten sich.

Màiri hing ihren Gedanken nach und achtete nicht auf deren Worte.

Am späten Vormittag hielten sie zur Rast an.

Dankbar sah Màiri Rojen an, als er ihr vom Pferd half, während er versuchte sie zu beruhigen: »Keine Sorge, wir schaffen das schon!« Er klopfte ihr dabei freundschaftlich auf die Schulter, ganz so als sei sie einer seiner Kameraden und nicht die Lady seines Lairds.

Màiri entfuhr es, als sie sich den Rücken rieb: »Himmel, wenn wir nur schon da wären!«

»Pausen sind nicht nur von Nöten für die Pferde, für uns und vor allem für dich, in deinem Zustand, sind sie es auch, Màiri!«

»Ach ja, hat Ralph wohl doch seinen Mund nicht halten können?«, stieß sie verärgert hervor und ließ Rojen erst gar keine Möglichkeit zu einer Antwort, sondern rief den anderen Männern stattdessen in befehlenden Ton zu: »Versorgt die Pferde, esst etwas, denn in Kürze reiten wir weiter!«

Einer der Männer rieb die Pferde ab, gab ihnen Wasser und etwas Hafer.

An den besorgten Blicken der Männer wurde Màiri bewusst, dass wohl nun alle Männer über ihren Zustand informiert worden waren. Sie beäugte missmutig das Essen, welches Rojen ihr kurz darauf in einer Holzschale mit Löffel hinhielt. Bohneneintopf mit Speck. *Na, ob diese schwere Kost in mir bleibt?*, fragte sie sich. Doch das Essen duftete appetitlich, sodass sie es annahm, um ihren Hunger zu stillen. Als Màiri mit dem Essen fertig war lehnte sie sich gedankenverloren mit dem Rücken an den Stamm des Baumes, unter dem sie saß und schloss für einen Augenblick die Augen.

Rojen nahm ihr die leere Schüssel aus der Hand, gab sie einem der Männer zum Säubern, dann ließ er sich neben ihr nieder. Er legte ihr seinen Arm um die Schulter und so unangemessen diese Vertrautheit war, auch wenn sie mittlerweile Freunde waren, verharrte sie einen Augenblick in seiner freundschaftlichen Umarmung und nahm seine Wärme in sich auf.

Rojen zog seinen Arm wieder zurück und er sah sie an. Er hatte gesehen, dass ihr Gesicht nass von den Tränen war. Sie hatte sie nicht länger zurückhalten können. »Ich habe so gehofft, dass Logan auf mich hört, Rojen. Aber er …«, sie brach den Satz ab.

»Es wird ihm nichts geschehen!«, versuchte Rojen sie zu beruhigen. Doch vermochten auch seine Worte, so wie die von Ralph am Morgen, ihre Ängste nicht zu lindern.

Sie ritten auf einer unbefestigten Straße weiter, die sich durch ein enges Tal schlängelte. Stechginster erhob sich an einer Seite am Grunde eines bedrohlich steil abfallenden Felshangs. Die Luft war witterungsbedingt feucht und Màiri blinzelte angestrengt zu jener dünnen grünen Waldlinie, die immer näherkam, hinüber. Sie wusste, dass sie sich bereits auf MacMorven Clanland befanden.

Als die Mittagssonne sich langsam neigte. Der Wald, den sie vor einer Stunde erreicht und fast gänzlich durchritten hatten, lichtete sich.

»Zum Glück sind wir bald da, denn in absehbarer Zeit erreichen wir das Dorf unterhalb des Castles«, erklärte Màiri den Männern.

In diesem Augenblick stellte sich ihnen ein großer, breitschultriger, etwas älterer Mann in den Weg.

Es handelte sich um Aros, den Wallace mit einigen Männern entstand hatte. Er hatte Màiri sofort erkannt und darum seine Deckung mit dem Schwert in der Hand aufgegeben, es jedoch nicht zurück in die Schwertscheide gesteckt.

Màiri sah seinen abwartenden Blick und erklärte: »Die Männer an meiner Seite kommen in friedlicher Absicht, Aros!«

»Màiri, bist du dir da sicher?«

»Aber ja doch, die Männer sind mein Geleit. Sie sind alleine zu meinem Schutz bei mir!«

»Es wäre gut und auch besser für sie, wenn sie keinen Ärger machen.«

»Wir können uns schon denken, dass du nicht alleine hier bist, Aros!«, meinte Ralph ruhig.

Aros grinste: »Natürlich, hätte mir ja denken können, dass auch du alter Schnösel dich wieder in die Angelegenheiten der MacRailys und MacMorvens einmischen musst!«

»Meine Ladyschaft wollte mich dabeihaben und du weißt: Logan steht mir nah. Außerdem war ich dabei, als das Unglück mit Ermod passierte. Doch nun sag uns, was ist mit Logan?«

»Wallace hat vor ihn zu bestrafen und ihn dann hinzurichten. Ich bin mir auch sicher, dass ihr gewiss wissen werdet, warum. Der Schweinehund hat die Ehre von Lady Màiri beschmutzt. Damit auch noch lauthals vor Wallace geprahlt, mal abgesehen davon, dass ihr auch einige unserer Leute auf dem Gewissen habt, ihr verdammten Bastarde!«

Als Màiri bemerkte wie grimmig ihre Männer Aros auf dessen Worte hin anblickten, legte sie ihre Hand auf die von Aros, der den Hals ihres Hengstes gerade tätschelte. »Bitte Aros, höre auf damit hier einen Streit vom Zaun zu brechen! Wie du siehst bin ich zwar vom Ritt ein wenig müde, aber ich bin frei und mir geht es gut. Reite also bitte voraus und bereite meinen Onkel auf unser Kommen vor. Sag´ ihm von mir, dass er in Gottesnamen Logan in Frieden lassen soll.«

»Ich will es versuchen!«

»Beil dich!«

Aros nickte gehorsam, holte sein Pferd und ritt im schnellen Galopp voraus.

Màiri wandte sich kurz ihren Begleitern zu. »Bitte haltet euch zurück. Ich schätze es sind mindestens ein Dutzend Männer hier im Wäldchen verborgen. Wir folgen Aros - langsam, auch wenn mir das selbst gerade nicht schmeckt.«

»Mylady«, flüsterte einer der Männer kurz darauf, nachdem er sein Pferd kurz angehalten und gelauscht hatte. »Ich schätze in den Bäumen hier gibt es riesige Fledermäuse, die die Farben des Clans Eures Onkels tragen.«

»Ah ja!«, meinte Màiri. »Doch ich sage euch, sämtliche Erwägungen bezüglich ihres Abschusses werdet ihr verwerfen, haben wir uns da verstanden? Das ist ein Befehl!« Dann sah sie zu dem Baum hinauf und rief: »Finch, du kannst herunterkommen und dich auf den Heimweg zu deiner Frau machen! Auch das ist ein Befehl!«

Ein Knacken erklang über ihren Köpfen und eine Stimme lachte: »Dessen bin ich mir gewiss, Mylady Màiri.«

Ein paar der Dörfler arbeiteten auf dem Feld zwischen dem Wäldchen und dem Dorf, das mit Getreide bestellt worden war. Einige Frauen und Kinder wuschen ihre Wäsche am schmalen Flussufer, dessen Lauf das Weideland durchzog. Alle sahen zuerst erschrocken aus, als sie die MacRailys herankommen sahen. Màiri jedoch ritt an deren Spitze und hob grüßend die Hand, um die Leute zu beruhigen. Als diese sie erkannten, tuschelte sie erst miteinander um dann den Gruß zu erwiderten, indem sie ihr freundlich zuwinkten.

Ganz spontan und unerwartet wurde Wallace aus seinen Gedanken über den Ablauf von Logans Entmannung gerissen, die in zwei Tagen von statten gehen sollte, denn Aros stürmte, ohne anzuklopfen in dessen Arbeitszimmer hinein.

»Dein Benehmen war auch schon einmal besser, Aros!«, knurrte Wallace ungehalten und legte die Feder zur Seite, die er gedankenverloren in der Hand gehalten hatte, da er vor seinen Überlegungen etwas auf das Pergament, das vor ihm lag, hatte schreiben wollen. Wallace sah auf seine Finger, die sich ein wenig schwarz eingefärbt hatten und knurrte: »Verdammte Tinte!«

»Verzeiht, Laird!«, sagte Aros förmlich, konnte sich jedoch ein Grinsen nicht verkneifen.

Wallace zog eine Augenbraue nach oben. Aros war ein sehr weitläufiger Verwandter, ein Cousin 4. Grades. Doch Förmlichkeiten zwischen ihnen gab es nur selten. Erst recht nicht, wenn die beiden sich alleine in einem Raum befanden. Nun frotzelte Wallace: »Meine Vorfahren haben in diesem Wohnturm Türen anbringen lassen. Dies auch um die Privatsphäre seiner Bewohner zu wahren und vor allem damit man an diese anklopfen kann, denn ansonsten hätte man keine gebraucht! Also was gibt's so unglaublich wichtiges, du ungehobelter Tölpel, dass selbst du deinen Anstand vergisst, auf den du ansonsten immer so viel Wert legst?«

Noch etwas außer Atem, da Aros immer gleich drei Stufen nehmend die schmale Treppe hinaufgekommen war, als er Wallace nicht in der Halle vorgefunden hatte, stieß er schwer atmend hervor: »Màiri und sechs der MacRaily Männer sind auf dem Weg hierher! Jedenfalls hat unsere kleine Lady mich vorausgeschickt. Sie werden bald hier sein!«

»Herrje, warum sagst du das denn nicht gleich?«

Aros zuckte mit den Schultern und grinste Wallace ein wenig dämlich an: »Ich musste immerhin erst die Tür öffnen, wenn ich mir auch das Dagegen hämmern, schon wissentlich gespart habe. Kam dann irgendwie aber nicht so recht zu Wort bei dir!«

»Oh verzeih, dass ich als Herr dieser Festung mir erlaubte dein Benehmen in Frage zu stellen und dich auf dein ungebührliches Benehmen hinweise!«

»Willst du nun wissen, was vor sich geht oder nicht? Wenn du mich fragst, alter Haudegen, dann möchte unsere Lady nicht, dass du dem MacRaily Bürschlein den Garaus machst, noch bevor sie eingetroffen ist. Du solltest, denke ich, die angeblich so schön vorgesehene Hinrichtung von Logan MacRaily mehr als nur in Frage stellen!«

»Ich denke, auf jeden Fall sollte die Bestrafung an Logan erfolgen. Das Gestell steht doch schon?«, wollte Wallace wissen und sah sein Gegenüber ernst an.

»Was?« Aros sah Wallace verdattert an.

»Du hast mich schon verstanden, denke ich! Wo sind sie wohl jetzt?«

»Sie müssten in etwa das Dorf erreicht haben, denn sie sind mir nur langsam nachgeritten.«

»Das ist gut! Also hole mir Logan gleich aus dem Kerker. Besorg´ auf die Schnelle ein paar Leute, die sich das Spektakel mit ansehen können und lass´ vor allem unseren Heiler kommen. Beile dich, ich warte im Hof auf euch!«

So holte man Logan, nur mit einer Leinenhose bekleidet, aus dem Verließ und brachte ihn in den Innenhof der Burg.

Irving der ebenfalls wieder anwesend war, sah seinen Laird fragend an.

»Was ist?«, spottete er belustigt grinsend.

»Du willst das wirklich tun, nachdem du weißt, dass Màiri mit einigen Männern des MacRaily Clans auf dem Weg hierher ist?«

»Ja, ich will ihn vorbereiten lassen. Seine Bestrafung wird jedoch erst erfolgen, wenn Màiri damit einverstanden ist, denn ich denke sie sollte entscheiden was mit ihrem Schänder passiert.«

»Das ist vernünftig. Aber warum lässt du ihn dann nicht im Kerker? Ich verstehe da …«

Wallace brachte ihn zum Schweigen, indem er ihm ins Wort fuhr: »Weil, wenn sie es nicht will, dass ich ihn ihretwegen zu Verantwortung ziehe - und ich habe so das Gefühl, dass sie das nicht will, da sie Aros vorausgeschickt hat - wenigstens ich die Genugtuung habe, diesem MacRaily Bürschlein gezeigt zu haben, was ich mit ihm gemacht hätte! Sagt Màiri jedoch *ja* zu der Bestrafung, dann wird er vor aller Augen und vor denen seiner Leute entmannt.« Wallace grinste breit. »Dann kann er lange darüber nachdenken, was er getan hat, wenn er die Kastration überleben sollte. Doch jetzt soll der Mistkerl mir erst einmal vor Angst um seine Juwelen schlottern!«

Wallace stand mit spöttisch zuckendem Mundwinkel im Hof und forderte ungehalten: »Bringt´ ihn schon her!«,

Die beiden Männer führten Logan zu dem Holzgestell, das man für seine Bestrafung errichtet hatte.

»Wo ist das Galgengestell? Oder wollt ihr mich an Eurer

Wehrmauer zu Tode bringen, Wallace?«, fragte Logen.

Wallace baute sich neben dem Gestell auf und erklärte: »Logan, da ich mich nach reichlicher Überlegung meiner Schuld wegen, moralisch an Euch verpflichtet fühlten, sehe ich davon ab Euren Tod am Strang herbeizuführen. Dennoch werdet Ihr wegen der von Euch vor Zeugen eingestandenen Tat an meiner Nichte von mir abgestraft. Dafür habe ich dies nette Gestell extra für Euch errichten lassen. Ihr sollt es doch bei uns während des Strafvollzugs recht bequem haben.« Dann sah er seine Männer an. »Also lasst uns beginnen! Bindet den aufgeblasenen Bastard auf das Gestell, damit wir ihm ein wenig Respekt vor unserem Clan und Demut vor meiner Familie lehren können.«

Die Männer banden Logan auf dem Gestell fest.

Seine Arme wurden ihm über dem Kopf gezogen.

Er quittierte den Männern diese Behandlung mit einem Zischen durch die Zähne, da sein Arm noch höllisch schmerzte, wenn dieser bewegt wurde.

Seine Beine wurden gespreizt und die Fußgelenke am Holz des Gestells befestigt. So gestreckt, wurde sein entblößter Oberkörper zusätzlich mit Gurten an der leicht aufgestellten Vorrichtung festgeschnallt.

»Was soll das denn werden, Wallace? fragte Logan. »Hört zu, Wallace, wenn das meine Hinrichtung werden soll, würde ich, wenn es Euch nichts ausmacht, alleine schon Eurer Nichte wegen, lieber noch ein paar Jahre mit meinem Ableben warten, ehe ich vor den Schöpfer trete!«

»Ich denke, Logan, gerade bei dem was Ihr meiner Nichte angetan habt, da liegt unser derzeitiges Hauptproblem, Ihr hättet Eure dreckigen Hände besser von meiner Màiri lassen sollen. Genau genommen ist das, was nun mit Euch geschieht, eine verdiente Bestrafung, da Ihr nicht von ihr lassen konntet. Die Gurte sollen Euch halten, wenn es an der Zeit ist, dass mein Heiler ans Werk geht. Ich hoffe ihr versteht… der Mann soll natürlich nicht heilen …, sondern etwas entfernen. Etwas, was Ihr in meine unschuldige Nichte hineingesteckt habt und durch das Ihr meinem unschuldigen Mädchen die Ehre geraubt hat, wie ihr ja wie ich noch einmal betonen darf, es selbst zugegeben habt, gottloser, lustgesteuerter Hundesohn!«

In diesem Augenblick begriff Logan: Er sollte entmannt werden. Das war ihm eine zu harte Lektion für sein beharrliches Schweigen über Màiris wahres Schicksal und es war den Schmerz, den er Wallace hatten bereiten wollen, nicht wehrt, denn er hatte es zuvor schon fast mit dem Leben bezahlt, so versuchte er sich dem alten Laird zu erklären. »Wallace, verdammt, das könnt Ihr nicht tun, lasst es mich erklär ...«

Doch Wallace fiel ihm ins Wort: »Macht es doch nicht noch peinlicher für Euch, Logan, indem Ihr anfangt wie ein Feigling zu betteln. Ich weiß ja, eine solche Bestrafung muss einem jungen Kerl wie Euch, sehr nahegehen. Ihr habt es selbst jedoch verschuldet und ich gedenke Euch dafür zur Verantwortung zu ziehen. Natürlich ist es schwer zu ertragen, sich die Qual vorzustellen, die eine solche bevorstehende Prozedur Euch bereiten wird. Aber mein Heiler ist in seiner Arbeit kundig und nach ein paar Atemzügen ist es dann auch schon vorbei. Ich denke so etwas in der Art habt Ihr meiner Nichte auch erzählt, als Ihr sie geschändet habt!«

Logan schnappte empört Luft: »Wallace, verdammt, lasst mich doch einfach ausreden, damit ...«

»Ganz sicher nicht! Ich werde Euch für Eure Unverschämtheit und die Schande, die Ihr über mein Mündel gebracht habt, bezahlen lassen. Ich bestehe auf diese winzige Befriedigung.« Wallace verzog dabei sein Gesicht und sah voller Hohn auf Logans Schritt hinab. »Wie es aussieht verliert Ihr sowieso kaum etwas, das überhaupt der Rede wert wäre. Eure Entmannung dient als Genugtuung und als Gutmachung für meine Familienehre.«

»Beim Herrn, so könnt Ihr doch keine Rache an mir nehmen wollen?!«

»Nein? Glaubt Ihr wirklich, MacRaily, dass ich dies nicht

kann? Ich sag Euch eins: Ich kann, und ich werde es tun!«

Logan setzte erneut zu einer Erwiderung an, doch Wallace winkte ab, denn es schien ihn überhaupt nicht zu interessieren, was er ihm mitteilen wollte. Wallace Gesichtszüge blieben äußerlich ernst, obgleich er sich innerlich köstlich amüsierte.

Es kam soweit, dass Logan jegliche Kontrolle über seine Worte verlor. Verzweifelt versuchte er, Wallace von seinem Vorhaben abzubringen, doch dieser sah in kalt an und knurrte: »Ich habe meinen Chieftain zu dir in den Kerker geschickt, Junge. Du hast es jedoch vorgezogen dich auch ihm nicht zu erklären. Nun ist es für Ausflüchte zu spät. Ich habe eine Entscheidung gefällt und wenn ich meine Nichte wiederhabe, werde ich ihr als Entschädigung für ihre Unschuld die Essenz deiner Männlichkeit in einer Schüssel präsentieren!«

»Aber seid doch wenigstens für vernünftige Argumente zugänglich! Ich … liebe …«

»Bei Gott, ist dieses Gejammer erbärmlich für einen gestandenen Mann, der mich selbst nicht anhören wollte! Aros, ich habe genug davon, kneble ihn!«, befahl Wallace

Logan bekam einen Knebel in den Mund gestopft.

Ein dumpfes *Hmpfm…*, entkam seiner Kehle. Er hatte das Gefühl keine Luft mehr zu bekommen. Schweiß trat kurz darauf auf seine Stirn.

Einige Schaulustige hatten sich mittlerweile in Sichtweite des Gestells eingefunden.

Wallace verschränkte seine Arme vor der Brust und schaute seinen Heiler entschlossen an. »Aidan, du kannst mit der Entmannung des MacRailys beginnen. Die wird auf alle Fälle eine erneute Notzucht durch ihn an Frauen ausschließt.«

Die Worte des alten Lairds wurden durch laute Begeisterungsrufe der umstehenden Clanleute quittiert.

Wallace war überaus zufrieden. *Aros hat seine Sache sehr gut gemacht. Seine Leute waren mit Eifer dabei seinem*

Schauspiel einen höchst realistischen Rahmen zu bieten.

Màiri kam in diesem Augenblick gerade in den äußeren Burgvorhof eingeritten, gefolgt von den MacRaily Männern. Alle stiegen aus ihren Sätteln. Màiri winkte einen Stallburschen heran. »Aren, kümmer´ dich um die Pferde«, wies sie ihn an. »Sag, weist du wo mein Onkel sich aufhält?«

Der junge Mann nickte: »Ja Mylady, er ist im Burginnenhof bei einer Bestrafung zu finden.«

Als Màiri gefolgt von ihren Männern den Durchgang zum Innenhof durchschritten hatte, entdeckte sie einige Männer und Frauen ihres Clans, die dicht gedrängt in einer Ecke des Burghofs standen. Sie fragte sie sich noch was dort gerade vor sich ging. Das erwartungsvolle Funkeln in den Augen zweier Dorfhuren, die auf den Stufen, die zum Brunnen führten standen, verrieten Màiri, dass dort etwas Besonderes und für sie aufregendes vor sich gehen musste.

Màiri trat näher, nachdem sie ihre Männer mit einem Handzeichen zu verstehen gegeben hatte, hinter ihr zu bleiben.

Der Anblick von dem, was Màiri nun zu sehen bekam, ließ sie schaudern. *Um Himmels willen, was soll denn das werden?!,* dachte sie. Ihr Gemahl war, mit einem Knebel im Mund, auf ein seltsam anmutendes, halb aufgerichtetes Gestell gebunden. Er trug lediglich eine Leinenhose. Sein dunkles Haar hing ihm zerzaust über die Schultern seines nackten Oberkörpers. Er war verschwitzt und unrasiert. Sie blickte kurz in sein verschrecktes Gesicht. Auch wenn sie wütend auf ihn war, die hilflose Verzweiflung in seinen Augen erschreckt sie sehr.

Logan nahm anscheinend nichts wahr, denn er starrte mit weit aufgerissenen Augen Wallace an. Im nächsten Moment hörte Màiri ihren Onkel mit einem verschwörerischen Lächeln sagen: »Aidan, fang schon an!«

Aidan der Heiler stand an der Seite ihres Onkels und hatte vor sich auf einem Holztisch sein Amputationsbesteck liegen. Es bestand aus mehreren Scheren, einer Zange, einem Messer und weiteren verschieden großen Sägen.

Diese Werkzeuge waren vom Waffenschmied der Burg eigens für Aidan angefertigt worden, um nicht mehr zu rettende Gliedmaße entfernen zu können.

Dann hörte Màiri ihren Onkel Logan drohen: »Logan MacRaily, nun wirst du entmannt! Dies ist die Strafe für die mir gegenüber eingestandene Schandtat an meiner Nichte, mit der du so geprahlt hast. Von wegen: Ich habe sie mir genommen. Dafür alleine schon wirst du mir geschlechtslos in die Hölle fahren! Los, Aidan, mache dich ans Werk. Ich habe keine Lust mehr noch länger zu warten.«

»Aber Eure Nichte …!«

»Màiri wird es als richtig empfinden, nachdem was er ihr angetan hat. Immerhin hat er ihre Schändung freimütig zugegeben und dass er ihr damit furchtbares Unrecht antat.«

Aidan nahm eine Zange, trat dann direkt an das Gestell. »Habt keine Sorge, ich verstehe mich auf das Handwerk, bis Euer Hirn den Schmerz realisiert, Lord MacRaily, ist Eure Männlichkeit schon weg.«

»Herrgott! Aidan, rede nicht so viel, lege seinen Schritt endlich frei!«, brummet Wallace ungehalten. »Du, MacRaily, schau dir deinen Schwengel noch einmal genau an, denn es wird das letzte Mal sein, dass du elender Bastard ihn an dir siehst!«, spottete er.

Logans Gesichtsausdruck sagte Màiri und den Umstehenden, dass der junge Laird wirklich Angst hatte, man könnte ihm dies antun.

Wallace dauerte es dem Anschein nach zu lange, denn er griff selbst nach der Verschnürung von Logans Leinenhose. »Ach Aidan, ich habe es mir überlegt …«

In Logans Augen trat so etwas wie ein Hoffnungsschimmer, der aber schlagartig wieder verblasste. Denn schon legte Wallace sein bestes Stück frei. Während Logan einen roten Kopf bekam und vor Panik am ganzen Körper zitterte, lächelten die Liebesdienerinnen und musterten seine Männlichkeit.

Man hätte in diesem Moment eine Stecknadel fallen hören können, dann wurde getuschelt: »Der hat im Ruhezustand schon eine beachtliche Größe. Mit dem hätte ich gerne meinen Spaß gehabt.«

»Zu spät!«, meinte eine andere Frauenstimme.

Jetzt sah es schlecht für Logan aus .... Sein Stöhnen unter dem Knebel wurde immer lauter.

Wallace befahl mit einem fiesen Grinsen: »Mach es doch besser schön langsam, er soll Höllenqualen leiden!«

Es kostete Wallace Überwindung nicht lauthals loszulachen, den Logan stand da, pure Entsetzen ins Gesicht geschrieben. Es kostete den alten Laird viel, auch nicht in die Richtung seiner so vermissten Nichte zu sehen. »Pass dabei bloß auf, dass er nicht zuvor schon das Bewusstsein verliert«, sagte er stattdessen.

»Aber Laird, ich dachte …«

Wallace fiel dem Medicus ins Wort: »Ein Mann wie ich muss sich mancher Dinge wohl selbst annehmen, damit sie richtig erledigt werden!« Wallace tat so, als sei er im Begriff zuzugreifen.

Màiri hörte die Männer hinter sich erschrocken nach Luft schnappen. Genau in dem Augenblick rief sie: »Onkel Wallace, verdammt lass es! Tu es nicht, du gehst zu weit!«

Sie hörte Ralph fluchen: »Logan ist verletzt. Das wird Wallace büs…«

Màiri wandte sich zu den Männern um, da ihr Onkel von Logan abgelassen hatte. Sie fuhr diese erst einmal leise an: »Ihr werdet euch an den Teil unsere Vereinbarung halten, haben wir uns verstanden, Männer?«

Ihre Entschlossenheit und dass Wallace sich zu ihnen umgewandt hatte, hielt die Männer davon ab, nach den Waffen zu greifen. »Wie Ihr wollt, Mylady«, antwortete Rangol zerknirscht. »Aber wir lassen nicht zu, dass man unserem Laird etwas antut, solltet Ihr es nicht selbst verhindern können!«

»Ich bin es, die mit eurem Laird verehelicht ist. Ich werde dies meinem Onkel schon zu erklären wissen. Nicht nur sein Leben, sondern auch dass eure. Vergesst nicht wo ihr seid, es hängt viel von eurem Verhalten ab!«

Aller Augen waren auf einmal auf Màiri gerichtet. Die Überraschung und Freude, sie wohlbehalten wieder zu sehen, stand den meisten der Anwesenden deutlich ins Gesicht geschrieben.

Ihr Onkel hingegen sah sie nicht im Mindesten verwundert an. Natürlich war ihre Ankunft von ihm erwartet worden. Es hätte sie eigentlich nicht einmal verwundern sollen, dass er sich zu ihrer Heimkehr mit Logan etwas Besonderes erdacht hatte, denn niemand hatte die MacRaily Männer aufgehalten oder ihre Waffen gefordert. Zwar beäugten die Wachen diese wachsam denn zwei der Männer standen mit gespannten Bögen oben auf der Wehr, aber das war wohl nach dem, was im letzten Jahr geschehen war, selbst für die MacRailys zu verstehen.

Màiri wusste, als sie in das Gesicht ihr Onkel sah, dass er Logan selbst vor ihren und den Augen seiner sechs Männer entmannen würde, hätte sie keinen Einwand erhoben. Doch das hatte sie gerade getan.

Logan hatte sich durch den Wortwechsel zwischen seiner Gemahlin und ihrem Onkel wieder etwas beruhigt.

Spöttisch lächelnd sah Aros auf ihn herab und setzte das Spiel seines Lairds noch ein wenig fort. »Das war verdammt knapp für Euch und Euer bestes Stück, meint Ihr nicht auch, Logan MacRaily? Aber ob ihr Euren Bigealas* behaltet, das steht noch immer in Frage.«

Wallace fragte gerade: »Wieso willst du das nicht?«

»ICH würde zu viel verlieren, als das was ich durch einen solchen Akt der Rache gewinnen könnte!«, erklärte Màiri und legte dabei eine besondere Betonung auf das Wort ICH. »Weißt du, Onkel, Logan wärmt nämlich schon seit

Wochen mein Bett und dies vorzüglich. Das, was du da mit ihm vorhast, das kannst du nicht tun!«

»Ach Kind, ich weiß, du bist einfach ein zu gutherziges Mädchen. Das macht mich noch zorniger auf ihn. Du zögerst mit deinen Worten das Unvermeidliche für ihn einfach nur heraus. Ich werde und will für dich an diesem Schänder Rache nehmen!«

Màiri jedoch sah ihren Onkel missbilligenden an und forderte: »Ich will ihn wiederhaben, Onkel, und zwar lebend und vor allem an dieser Stelle heil!«

Wallace zog die Augenbrauen zusammen und brummte: »Du glaubst wohl, dass mich dein Einwand, dass er dein Bett nicht mehr so wärmen kann, wenn er kastriert wird, interessiert, nachdem was er getan hat? Mein Mädchen, er sagte mir offen und mit Hohn ins Gesicht, dass er dich aus Rache heraus beschlafen und zu Eigen gemacht hat. Darüber hinaus forderte der elende Hundsfotz mein Land - also dein Erbe, wenn ich einmal nicht mehr hier auf Erden weile, als weitere Entschädigung ein. Er sagte, er hält dies nur für allzu gerecht für den unglücklichen Unfalltod seines Onkels, den ich zu meinem Leidwesen verschuldet habe.«

Màiri holte tief Luft. »Beschlafen und zu Eigen gemacht, hat er also gesagt?«, fragte sie.

Ihr Onkel nickte und schüttelte gleichzeitig den Kopf als er brummte: »Genotzüchtigt, um seinen Rachehunger zu stillen, habe er dich, also geschändet!«

»Das hat er dir so gestanden?«

»So ist es!«

»Seine Offenheit, so wie seine Verrücktheit dahinter, sie sind wahrhaft unfassbar! Hat er dir etwa auch noch erzählt, wie er es gemacht hat, wie oft er an mir Intimität vollzogen hat und ob und wie gut er dabei war?«

»Lass den Unsinn, sonst kastriere ich ihn nicht nur, sondern brate das Ding dieses unehrenhaften Bastards an einem Spieß vor seinen Augen und stopfe es ihm in den Mund!«

»Großer Gott, Onkel, hör´ sofort damit auf! Logan mag zwar in seinem Zorn auf dich zu großspurig geprahlt haben. Wie oft sind große Worte aus Zorn gesprochen in Wahrheit nichts als Lügen. Also glaube mir, er ist nicht so unehrenhaft wie er sich dir dargestellt hat. Um dir einen Beweis dafür zu geben habe ich dir das hier mitgebracht.« Màiri machte ein paar Schritte auf ihren Onkel zu und hielt ihm die Eheurkunde unter die Nase.

Wallace starrte das Pergament an. »Was soll der Wisch denn beweisen?«

»Das er in dieser Sache ein ebenso dummer wie ehrenhafter Mann ist!«

Wallace´ Nasenflügel blähten sich auf, als er hervor spie: »Du benimmst dich so, als wärst du mit ihm verheiratet und das zwischen euch alles im reinen ist?«

Màiri funkelte ihren Onkel böse an. Sie versuchte sich jedoch zusammenzureißen, um etwas freundlicher zu klingen, als ihr gerade zumute war: »Du hast den Inhalt dieses Pergaments, ohne es zu lesen, richtig gedeutet, Onkel. Logan hat mich zu seiner Gemahlin gemacht. Das ist die Eheurkunde, denn ich bin schon seit einer Weile Màiri Ane MacRaily.«

»Warum hat er das getan?«, fragte Wallace und die Furche zwischen seinen Augenbrauen wurde noch tiefer.

»Frag ihn, nicht mich!«

»Bevor ich das tue, will ich wissen: Machte er dich zu seiner Gemahlin, bevor er dich beschlief oder danach?«, fragte Wallace lauernd.

Màiri wusste, dass sie besser ehrlich sein sollte. »Danach! Aber das tut nichts mehr zur Sache. Ich möchte, dass du den geschlossenen Bund zwischen uns respektierst.«

»Du solltest ihn dafür hassen und nicht respektieren!«, knurrte Wallace.

»Ja, vielleicht sollte ich das, doch er ist jetzt mein Gemahl!«

Wallace sah Logan wütend an und verzog sein Gesicht zu

einem zynischen Lächeln. »Ich weiß nicht, ob ich das nicht für eine große Täuschung halten soll. Ich meine, dass du ihm beistehst. Deine Worte sind vielleicht das Resultat eines von ihm erzwungenen Gehorsams zu ihm! Also Mädchen fürchte dich nicht vor ihm und seinem Clan, du bist wieder hier. Keiner von ihnen kann dir noch ein Leid antun.«

»Herrje Onkel, was soll das?«, rief Màiri aus. »Der Eine ist ebenso verrückt wie der Andere von euch!«

Wallace wandte sich seiner Nichte wieder zu und zuckte die Achseln: »Na gut, da du an meine Vernunft appellierst, wenn du ihn eben haben willst, dann nimm ihn dir. Ich hoffe jedenfalls, dass dies hier, ihn ein wenig von seinen Rachegedanken geläutert hat. Komm Kind, wir reden in der Halle weiter darüber. An Logan gewandt sagte er: »Da hast du aber noch mal verdammtes Glück gehabt, MacRaily! Du hast bis auf ein bisschen Blut und Ehre nichts eingebüßt!«

»Ich denke doch, Onkel, denn abgesehen von seiner hochgeschätzten Ehre hat er auch das Vertrauen, dass er sich in letzter Zeit bei mir erworben hat mehr als verspielt. Doch das ist etwas, dass ich selbst mit ihm zu klären gedenke, da mein Gemahl ja angeblich auf der Jagd ist. Aber alles schön der Reihe nach.«

Logan hob ein wenig den Kopf an, als Màiri an ihm vorbeiging. Sie sah in seinem Blick noch immer äußerste Verzweiflung.

Logan dachte, *Ich würde mich lieber mit einer Bande bewaffneter Banditen auseinandersetzen, als mit meiner Frau.*

Logan war sich bewusst, dass er gerade mehr als außerordentliches Glück gehabt hatte. Es war ein schönes Gefühl zu wissen, dass Màiri selbst nach der Dummheit und obwohl er sie angelogen hatte, für ihn kämpfte. Doch ihre Worte hatten ihm auch deutlich klargemacht, dass er ihr nicht ungeschoren davonkommen würde.

Marie war schon fast an dem Gestell vorbei, als sie äußerte: »Oh, das hätte ich fast vergessen: Onkel Wallace, würdest du so freundlich sein und den Befehl erteilen, meinen verlogenen Jägersmann losbinden zu lassen?«

Wallace sah zu Logan hin und schnaubte: »Muss das sein? Es würde mir eine gewisse Genugtuung bereiten, ihn bis zu seiner Abreise dort zur Pön* hängen zu lassen. Ich denke, dass dies diesem Unhold eine Lehre sein wird und ihn von weiterem überheblichem Gehabe, ebenso wie dem dich anlügen, abbringen könnte.«

Màiri sah Logan an: »Du könntest damit zwar Recht haben und verdient hätte er es auch - alleine schon seiner Lüge wegen. Aber bitte, habe dennoch die außerordentliche Güte, dies hier und jetzt zu beenden. Seine Vergehen mir gegenüber, die werde ich doch lieber unter vier Augen an ihm ahnden.«

»Màiri, mach ihn selbst los, denn du willst ihn. Ich kann dir nur sagen: Nichte, du hast uns gerade den ganzen Spaß verdorben!«

Màiri trat an das Gestell, beugte sich zu Logen, flüsterte leise: »Ich gebe dir die Möglichkeit mir das alles zu erklären. Vielleicht ist es eine Möglichkeit eine gute Ehe zu führen, doch sei bloß vorsichtig, mein Lieber, dass ich es mir nicht anders überlege. Vor allem überlege dir deine Worte sehr gut, bevor ich dir den Knebel aus dem Mund nehme. Onkel Wallace ist weiterhin wütend und ich bin es gerade auch. Von wegen: »*Ich gehe auf die Jagd!*«

»Du findest das alles wohl sehr lustig?!«, krächzte Logan mit ausgetrockneter Kehle, als er das Tuch aus dem Mund los war.

»Oh ja, Logan, ich habe mich fast nicht mehr vor Lachen halten können als Jones mit der Nachricht bei uns eintraf. Rodina und deine Clanleute fanden deine Narretei ebenso lustig, wie wir alle den Zustand in dem Jones bei uns eintraf fanden. Dass er mit seinem Wallach überhaupt nach Hause kam, es war fast ein Wunder. Das ist an Komik fast nicht mehr zu überbieten! Da wir jedoch gleich aufgebrochen sind, kann ich noch nicht einmal sagen, wie es den Beiden geht.«

Aidan reichte Màiri einen Becher mit Wasser.

»Danke, Aidan!«, sie hob Logans Kopf etwas an und gab ihm erst einmal etwas zu trinken, sah ihn jedoch weiterhin böse an, wobei ihre Lippen zitterten.

Logan bemerkte es und dachte es sei Wut.

Ziemlich kleinlaut sagte er: »Danke, Liebes! Machst du mich auch los?«

Aidan und einer der Wachmänner halfen ihr, Logan von dem Gestell loszubinden.

Alle Kraft zusammennehmend und mit einem Ächzen erhob sich Logan, um dann, sie eine halbe Kopflänge überragend, vor ihr zu stehen. »Màiri, mein Engel...«, begann er. Als sie sich einfach abwandte fasste er nach ihrer Hand.

Sie ließ es zwar zu, aber mit einem tiefen Gefühl von Unmut und Wut im Bauch. Eine Zeitlang schwieg sie, sah ihn nur an und dann brachte sie ungehalten hervor: »Du hast wirklich Nerven, mein Lieber. Was dachtest du dir eigentlich dabei, dich auf den Weg hierher zu machen und Jones und dich durch deine so unbedacht vorgetragene Forderung einem solchen irrwitzigen Risiko auszusetzen? Wolltest du mich etwa zur Witwe machen?« Sie entzog ihm ihre Hand. »Hülle du deine Männlichkeit erst einmal ein. Ich gehe derweilen zu meinem Oheim, um ihm zu erklären, dass mein Gemahl aus meiner Sicht heraus ein ausgemachter, hirnloser Bock ist, den ich jedoch beabsichtige als Gatten behalten zu wollen, wenn er es schafft mir für sein Verhalten eine einigermaßen akzeptable Erklärung abzugeben. Nicht, dass Onkel Wallace die Auflösung unserer Ehe fordert, bevor ich selbst dazu bereit bin diesen vor Gott geschworenen Bund auch wirklich zu lösen.«

»Ach, du willst eine Auflösung unserer Ehe nicht?«, entkam ihm die Frage, die in Màiris Ohren gerade wirklich absurd und unpassend klang.

»Zum Donnerwetter, Logan, was soll das? Möchtest du, dass ich hier vor allen MacMorvens gänzlich aus der Haut fahre? Du verdammter Narr, hättest als Preis für deine Toll-

kühnheit fast dein Gemächt verloren! Begreif das endlich.«
Sie schluckte augenblicklich den schmerzerfüllten Seufzer,
der sich in ihrer Kehle bei dem Gedanken an den Verlust,
den nicht nur er, sondern auch sie ereilt hätte, hinunter.

Logan stand da wie ein kleiner, gescholtener Junge und
sah betreten zu Boden. »Die Angelegenheit ist mir eben ein
wenig aus dem Ruder gelaufen, Liebes,« erklärte er sich.

»Ach … ein wenig nennst du das? Ich würde sagen: Gänzlich!«

Die Umstehenden betrachteten die beiden amüsiert, während einer seiner Männer Logan half die Leinenhose zuzu-
binden.

Màiri sah die Menschen, die sie alle nur zu gut kannte,
ebenso wütend an wie Logan gerade noch. Da ihr deren
kichern zu weit ging, fauchte sie diese ungehalten an: »Lustig was? Haltet ihr das hier und die Auseinandersetzung
zwischen mir und meinem Gemahl für eine Volksbelusti-
gung? Ihr alle habt gar keinen Grund euch zu amüsieren,
denn euer Laird wollte den Laird der MacRailys entmannen.
Den Mann, dessen Onkel euer Laird im Streit hier in unserer Halle das Leben nahm. Hat einer von euch überhaupt
einmal an die weiteren Konsequenzen gedacht, die daraus
für euch alle hätten, noch entstehen können? Hat ein einzi-
ger von euch überhaupt versucht meinem Onkel diesen
Wahnsinn auszureden? War denn, nicht schon genug Leid
über uns alle gekommen?«

Einige der Umstehenden trollten sich augenblicklich, um
sich wieder an ihr Tagwerk zu begeben - jedoch nicht alle.

Logan wusste, dass er selbst einen großen Teil Schuld an
der Angelegenheit trug und dass die Menschen nichts für
die Dummheit ihrer Lairds konnten. Er versuchte Màiris
Zorn zu dämpfen, indem er zu beschwichtigen versuchte:
»Deine Clanleute können am wenigsten für diese Sache.

Nun beruhige dich, mein Engel. Es war eine knappe Angelegenheit, doch mir ist nichts geschehen!«

»Ja, weil wir noch rechtzeitig kamen! Ich will mir aber nicht ausmalen was geschehen wäre, wenn Jones uns mit seiner Verwundung nicht so schnell oder überhaupt nicht erreicht hätte. Auch er war deinetwegen in großer Gefahr und hätte den Tod finden können. Wie ich schon erwähnte, wissen wir nicht einmal, ob er vielleicht schon seiner Wunde erlegen ist. Es ging ihm nämlich noch sehr schlecht, als wir aufbrachen.«

»Irving, das Gestell hat zu verschwinden, und zwar schleunigst!«, gebot Màiri.

Irving seufzte leise *schade*, sagte dann laut: »Wie Mylady wünschen!«

Màiri verschränkte die Arme vor der Brust und sah ungehalten Irving an. »Erstens bin ich nicht schwerhörig, mein lieber alter Freund. Zum Zweiten: Ist dir vielleicht aufgefallen, dass ich in einer Stimmung bin, in der man mich besser nicht noch weiter provoziert? Oder begreifst auch du nicht, dass mich ein MacMorven mit seinem Verhalten erst dazu verdammt hat unfreiwillig eine MacRaily zu werden?! Wenn ich eins nicht leiden kann, ist es das, wenn man meinen alten oder den neuen Clannamen in einer solch abfälligen Form mir gegenüber äußert. Dir als meinem väterlichen Freund möchte ich jedoch die Möglichkeit geben, nicht auch in den Strudel des in mir sich aufbauschenden Gewittersturms zu geraten.«

»Ich verstehe, meine liebe Màiri Ane und bitte untertänig um Verzeihung. Auch bei dir entschuldige ich mich dann wohl besser, Logan. Du bist ein feiner Junge!« Er grinste: »Immerhin dienten die Worte deiner Gemahlin uns als Warnung, nicht wahr? Und wenn du es nun auch noch klug anstellst, wirst du es an der Seite deiner Ehefrau noch weit bringen - solltest du auf sie hören und dir wohl bei ihr eine gute Entschuldigung ausdenken.«

»Es scheint mir, deine Nichte und Logan empfinden wirklich viel füreinander«, äußerte Irving, als er zu seinem Laird trat. »Màiri hat sich innerhalb der letzten Monate sehr verändert, denn aus deinem ruhigen Mädchen ist eine ziemlich starke und auch kämpferische Frau geworden. Hast du gesehen wie ihre Augen funkeln, wenn sie wütend ist? Ich denke sie könnte selbst die bösartigsten Kreaturen aus unseren Highlandlochs mit ihrem Blick in die Flucht schlagen. Sie hat selbst mir fast Angst gemacht.«

Wallace lachte leise: »Fast? Ich denke du hast gerade eben, als ihr Blick auf unsere Dirnen fiel und sie ihnen noch eine Weile nachsah, diese Zeit genutzt, um dein Heil in der Flucht zu suchen. Mein Mädchen ist eine MacMorven, die sogar einen MacRaily unter ihre Knute zu zwingen vermag.«

»Logan hat verdammt hochgespielt und hätte fast sein Leben verloren oder jedenfalls etwas anderes, wenn das Mädchen nicht rechtzeitig gekommen wäre.«

»Du hast eine verdammt schlechte Meinung von mir, was?«

»Wie meinst du das?«

Wallace schmunzelte und sah ihn blinzelnd an. »Natürlich hätte ich ihn nicht entmannt. Ich wollte ihn blamieren und ihm eine Lektion erteilen.«

»Hmm.«

»Was soll das *Hmm*?«

»Ich denke sie spricht über die Sachen letzten Endes nicht nur Logan einen Tadel aus. Ich habe die Vermutung du bekommst dein Fett auch noch weg, wenn ihr Zorn auf Logan erst mal verraucht ist. Sieh´ dir sein Gesicht an: Ich denke er weiß sehr wohl zu schätzen was sie für ihn getan hat, aber auch, dass ihm der größte Ärger noch bevorsteht.«

Wallace kicherte: »Oh, jetzt tut er mir wirklich fast leid! Ich werde es vorziehen heute sehr spät meine Bettstatt aufzusuchen - wenn überhaupt. Màiris Räume liegen ja neben den meinen. Ich hoffe nur unsere Kleine bringt den Wohn-turm mit ihrem Donnergrollen nicht zum Einsturz. Komm, lass uns hineingehen, sie kümmert sich schon um ihn.«

Irving dachte bei sich: *Warte, wenn sie damit fertig ist sich um ihn zu kümmern. Ich glaube, Wallace, dann wird auch dir das La-chen sehr schnell vergehen. Der große Sturm steht euch beiden erst noch bevor. Màiri wird dir die Hölle ebenso heiß machen wie ihm.*

Einigung

Lässig ließ sich Wallace in seinem breiten, reich verzierten Lairdstuhl niedersinken. Er fokussierte den Eingang seiner Halle mit starrem Blick und wartete auf seine Nichte. Er rechnete wahrlich nicht mehr damit, dass auch ihn der Unmut seiner Nichte noch hart treffen sollte. Doch dieses Ereignis geschah schneller, als er sich versah.

Màiri stürmte geradezu die Halle, und begann unverblümt: »Onkel, hast du dich auch gut auf Logans und auch auf meine Kosten amüsiert? Ihr habt beide eine sehr merkwürdige Art der Ansicht von Ehre und Verantwortung, das muss man euch verdammten närrischen Mannsbildern schon lassen!«

Marie stand mit in die Hüften gestemmten Händen vor der Lairdstafel, während sie ihn mit ihrem ungehaltenen Blick durchbohrte. Sie glich in ihrer Haltung einer sehr erzürnten Rachegöttin.

Im ersten Augenblick war Wallace sprachlos, doch dann fing er sich: »Einen Augenblick mal, Mädchen. Was soll denn das heißen?«

»Onkel Wallace, ich habe Aros zu dir geschickt, also wusstest du, dass wir auf dem Weg sind und was er dir ausrichten sollte. Ich bin mir sicher, dass er getan hat, worum ich ihn bat, denn wir beide wissen, dass auf ihn Verlass ist. Aber du hast nichts Besseres zu tun als Logan in den Hof schleppen zu lassen, ihn auf dieses Gestell zu schnallen und ihm vorzumachen, ihn entmannen zu lassen.«

»Ich konnte ja nicht wissen, dass er mittlerweile dein Gemahl ist, Mädchen! Woher denn auch? Aros wusste es auch nicht und dieser Mistkerl Logan MacRaily hat sich bei seiner Forderung auch nicht danach angehört.«

»Was für eine fadenscheinige Entschuldigung ist das denn? Also, Onkel, was sollte das?«

Wallace zuckte mit den Achseln und brummte ungehalten: »Jedenfalls hat keine Frau das Recht, so wie du jetzt mit

deinem Oheim und schon gar nicht mit ihrem Laird umzu-
springen! Deine Eltern haben dich immerhin gut erzogen!
Wenn dir was nicht gefällt, dann teile es mir höflich mit,
wenn ich es respektieren soll.«

»Aber sie hat das Recht wütend auf uns zu sein, Wallace!«,
rief Logan, der die Halle betreten hatte.

Wallace sah an seiner Nichte vorbei, sah dann jedoch wieder Màiri an, während er auffuhr: »Was will dieser erbärmli-
che Wüstling in meiner Halle? Mit ihm, einem MacRaily,
und seinen Clanangehörigen habe ich nichts zu bereden.
Hinaus, ihr MacRailys! Verschwindet augenblicklich aus
meiner Keep und am besten gleich von meinem Land. Du,
MacRaily, wartest draußen bis ich über dich entschieden
habe, denn du bist immerhin noch mein Gefangener. Solltest du das jedoch nicht tun, dann jage ich dich wie einen
Hund!«

Màiris Kehle entfloh ein empörter Laut, bevor sie aus-
stieß: »Verdammt! Onkel Wallace, ich bin auch eine MacRaily! Die Männer und Logan bleiben hier! Wir klären das jetzt
oder ich gehe ebenfalls und du siehst mich nie wieder!«,
dabei schlug sie mit der Faust krachend auf den Tisch.

Aus Wallace Kehle kam ein bedrohlich tiefes Knurren
und dann polterte er: »Maighdeann*! Was ist das für ein Benehmen? Ich bin empört!«

»So, du bist empört? Oh, dann haben wir ja etwas gemeinsam, Onkel Wallace, denn ich bin es ebenso!« Ein leichtes
belustigtes Zucken umspielte ihre Mundwinkel. »Begreife es
endlich: Ich bin kein Maighdeann mehr, dafür haben Logan
und auch du schon gesorgt!«

»I-i-i…ich?«, stieß Wallace hervor, sah dann zu Logan
hinüber und zeigte mit dem Zeigefinger auf ihn. »Er hat
dich …«

»Onkel Wallace, ich weiß sehr gut was er hat, schon vergessen? ich war dabei. Aber ich war auch dabei, als der
Grund zu dieser Fehde überhaupt entstand, nämlich als das
schreckliche Unglück mit Laird Ermod passiert ist. Ich habe

von dem Unfug wirklich genug gehört, gesehen und am eigenen Leib erfahren müssen. Vier unserer Männer haben den Tod gefunden und ich habe ebenfalls ein Opfer gebracht. Eines zu dem ich gezwungen wurde und dass ich so nicht erbringen wollte.«

»Was schlägst du also vor, Mädchen?«, sprach Walles ziemlich ruhig.

Màiri warf einen Blick über die Schulter. »Ich würde es sehr schätzen, wenn mein Gemahl erst einmal etwas zum Anziehen bekäme und wenn für sein Wohl gesorgt würde. Ich finde nämlich, dass er sich in einem äußerst erbärmlichen körperlichen Zustand befindet.«

Logan legte Màiri seine Hand auf die Schulter: »Ich glaube; du hast jetzt alles gesagt, was für dich zu dem Thema zu sagen war. Wärst du so freundlich mir das Reden zu überlassen, Màiri?«

Màiri fuhr zu Logan herum und die Schärfe in ihren Worten erstaunten nicht nur Logan. »Nein Logan, das werde ich nicht! Ich denke nämlich, du hast mit deinen naiven Vergeltungsplänen schon genug Unfug angestellt. Setz dich da hin, denn du siehst aus wie ein Leichentuch.«

»Wallace will mich aber nicht ...«

»Setz dich, verdammt! Ich habe von eurem Verhalten genug! Es reicht!«, sie zog dabei einen Stuhl für ihn zurecht.

Ein kurzes Schweigen folgte.

Logans Männer, die vor der Empore standen, tauschten flüchtige Blicke miteinander aus und grinsten in sich hinein. Logan seufzte gedehnt, setzte sich aber.

Màiri hingegen fixierte die MacRaily Männer mit einem finsteren Blick und grollte: »Was steht ihr eigentlich noch so nutzlos hier herum? Man könnte glauben, ihr habt nichts zu tun! Na los, besorgt eurem Laird etwas zum Anziehen und grinst nicht so blöde, nur weil ich den Herrn Lairds gerade die Hölle heiß mache. Oder wollt ihr auch noch meinen Unmut zu spüren bekommen, Männer? Ich bin gerade sehr übellaunig. Während mein Onkel hierbleiben kann, müsst ihr und euer Laird wieder mit mir heim.«

Die Männer eilten, bis auf einen, augenblicklich davon.

Ralph MacBans setzte sich selbst jedoch nur langsam in Bewegung. Er brabbelte dabei etwas wie: »Beim Herrn hab' ich ein Glück, dass ich weder ein MacRaily noch ein MacMorven bin. Ich kann immer noch verschwinden.«

»Ralph, du solltest dich schämen!«

Sein Kopf fuhr zu Màiri herum, während er weiterlief. »Wieso? Nichts von alldem war meine Schuld!« An der Hallentür angekommen blieb er stehen, sah noch einmal über seine Schulter und lächelte - was nicht oft geschah. »Lady Màiri Ane, seid bitte etwas geduldiger mit ihnen, auch wenn sie nicht das nötige Urteilsvermögen haben, um den Schwachsinn ihrer Handlungen zu begreifen, wenn ich diese beiden Narren Eurer alleinigen Obhut überlasse! Oder glaubt Mylady, ich solle besser den Heiler kommen lassen, falls Mylady beabsichtigt ihnen beiden Verstand in die Köpfe zu schlagen? Das könnte nämlich eine blutige Angelegenheit werden, bis da in ihrem Hirn überhaupt etwas ankommt.«

»Keine Angst, Ralph, ich vergreife mich nicht an unbewaffneten Männern!«

Beide übergingen Logans leises Aufstöhnen.

»Ich denke, ich kümmere mich um unsere Pferde und warte den Sturm doch besser im Stall ab, Màiri«, rief er ihr noch zu und verschwand nun doch ziemlich schnell.

Wallace sah Logan missmutig an. »Mir scheint uns bleibt keine andere Wahl, als uns anzuhören, was meine Nichte uns noch so alles zu sagen hat!«

»Tja, manchen Umständen muss man sich eben fügen und das Beste daraus machen. Das hat Màiri mir vor einigen Monaten selbst einmal gesagt.«

Màiri verdrehte die Augen, denn das Gehabe der Männer nervte sie und sie hatte gerade andere Probleme.

»Logan, was ist mit deinem Arm?«

»Hm naja, er tut noch etwas weh, doch der Schnitt wurde

von Aidan behandelt und genäht!«

»Das beantwortet mir meine Frage nicht im Geringsten. Wie kam es dazu?«

»Dein Onkel und ich haben miteinander gekämpft!«

Jetzt mischte sich Wallace ein: »Keine Angst, Màiri, der Schnitt ist kaum der Rede wert, so etwas bringt einen gestandenen Highlander nicht gleich um!«

»Ich habe auch schon gehört, dass Heilkundige so etwas sagten und Männer starben dann später doch an Wundbrand.«

»Mein Schwert war sauber, Mädchen. Es wird zwar eine Narbe bleiben, sagte mir Aidan, aber sie wird Logan nicht daran hindern wieder ein Schwert in die Hand nehmen zu können. Es sei denn, ich hänge ihn doch noch auf.«

Màiri sah von Logan zu Wallace und wieder zurück. »Das mit dem Hängen meines Gemahls, das wirst du schön bleiben lassen! Sag mir: Wieso glaube ich dir was Logans Verwundung betrifft kein Wort? Aber gut, darum kümmere ich mich später in meinem Schlafgemach. Ich denke doch, ich habe das meine noch?«, fragte sie und sah ihren Onkel dabei prüfend an.

»Aye! Wieso fragst du mich das?«

Màiri winkte ab, da einer ihrer Männer mit Kleidung für Logan kam.

Màiri half Logan erst einmal beim Anziehen. Dann rief sie eines der Mädchen, die im Haushalt ihres Onkels halfen, zu sich. »Kümmere dich bitte um die MacRaily Männer. Das heißt sorge für Essen, Trinken und für anständige Räume und Betten für sie.«

Das Mädchen schaute ihren Laird fragend an.

»Was ist?«

»Laird?«

»Chloe, verstehst du die Anweisungen meiner Nichte nicht mehr, oder was ist los mit dir? Ach, und lass auch uns etwas zu essen und zu trinken bringen. Ich denke wir können es gebrauchen, denn diese Unterhaltung hier wird bestimmt langwierig.«

Das Mädchen machte einen Knicks und eilte aus der Halle.

»So, Màiri, nun setz auch du dich hin. Berichte mir was geschehen ist und warum ich es zulassen sollte, dass diese unsägliche Ehe zwischen euch bestehen bleiben sollte.«

»Diese Ehe begann zwar unter unglücklichen Umständen, ist aber alles andere als unsäglich. Aber ich denke, ich erzähle dir zuerst was passiert ist.«

So berichtete Màiri und setzte ihren Onkel über alles, was ihr seit dem Wintereinfall widerfahren war, in Kenntnis.

Logan schwieg, denn sie beschönigte dabei die ersten Tage in seinen Händen wirklich nicht.

Als Màiri geendet hatte, verdrehte Wallace die Augen. »Ich sollte dich Schuft sofort wieder auf das Gestell binden lassen und damit fortfahren, was ich mit dir vorhatte!«

Zwischen den Männern kam es erneut zu einem ungehaltenen, aber kurzen Wortwechsel.

»Das ist ja wohl ein schlechter Witz!«, schrie Wallace. »Da redet der Kerl von Liebe und dass er vor dem Vorfall schon von dir geträumt hat und dann so etwas! Hältst du mich für einen Narren, MacRaily?«

Logan blickte Wallace gequält an und atmete tief durch.

Màiri hingegen verzog ungehalten ihre Mine und wetterte: »Ihr hört mir nun gut zu, und zwar alle Beide! Onkel, du weißt: Recht muss Recht bleiben. Logan hatte ein Recht auf Wiedergutmachung für den Tod seines Onkels. Du kennst die Clangesetze: Zahlt der Schuldige seine Schuld nicht, hat der Geschädigte Anspruch auf das Fehderecht.«

»Es war kein Mord, Mädchen! Also warum sollte ich dann mein Leben dafür lassen?«

»Nein, Onkel, Mord war es nicht, aber ein Totschlag im Streit. Auch ein solcher an einem Laird führt unumgänglich zu einem Friedensbruch.« Sie sah zu Logan. »Das, was geschehen ist, war sehr tragisch, doch mein Onkel hat Ermod nicht feige und hinterlistig totgeschlagen. Ihr habt euch also beide in eurem Verhalten nicht gerade mit Ruhm und Ehre bedeckt. Dein Verhalten, Logan, war aus meinem Blickwinkel gesehen verwerflich!« Logan wollte etwas sagen, doch Màiri legte ihre Hand auf die seine. »Lass mich ausreden!« Er nickte nur.

»Auf meinem Onkel lastet der Vorwurf der Feigheit und dir kann er wegen meiner Entführung Ehrlosigkeit und meinen Missbrauch vorwerfen. Du, Logan, hast mit deinem Rachetrieb an mir eine Missetat begangen. Ich fordere daher, dass du meine Entführung mit der Hingabe meiner Jungfräulichkeit, zumal mit Gewalt genommen, als Wiedergutmachung für den Tot deines Onkels annimmst. Ihr beide verpflichtet euch die Fehde noch in dieser Stunde zu beenden, einen Vertrag zu unterzeichnen, der diesen Frieden beurkundet und darüber hinaus die Familien der getöteten Männer zu entschädigt. Bedenkt dabei euren Stand und eure Verpflichtungen den Clans gegenüber. Seid ihr dazu nicht bereit, werde ich mich an den König wenden, mit der Bitte ein Thing einberufen zu lassen. Dort werde ich über einen Unterhändler fordern euch beide als friedlos zu erklären, denn ich habe die Nase gestrichen voll von eurem ach so männlichen Gehabe!«

Aus den schockierten Gesichtsausdrücken der Männer über die Heftigkeit ihrer Worte wurde jedoch allmählich Erheiterung.

»Was hältst du davon, Logan?« Wallace grinste.

»Ich traue ihr das zu, Wallace!«

Wallace schüttelte den Kopf und sah Màiri an. »Tz, tz, tz! Ich bin empört wie du dich uns Männern gegenüber aufführst, Nichte!«

Logan sah Wallace an. »Seltsamerweise bin ich da mal ganz deiner Meinung, Wallace!«

»Du bist ihr Mann, Logan. Ist dir über den Winter nicht mal in den Sinn gekommen, das Mädchen ein wenig zu erziehen?«

»Bei mir war sie nicht so rebellisch!«, verteidigte er sich.

»Doch nun möchte ich mir nicht ausdenken, was sie mir an den Kopf wirft, wenn wir erst einmal alleine sind. Womöglich sollte ich dich um einen sicheren Platz in deinem Kerker bitten, denn ich befürchte sie könnte mir in ihrem Zorn etwas antun. Immerhin bin ich verletzt und dadurch wehrlos. Willst du das verantworten müssen, Wallace?«

»Pass auf, Logan, so machen wir's: Wir stimmen ihrer Forderung zu, um unser Gesicht nicht zu verlieren und um Ärger mit dem König zu vermeiden. Seine Hoheit würde nur seinen Nutzen aus unserer Fehdeführung ziehen.«

Logen nickte zustimmend, währen Màiri die beiden mit einem äußerst grimmigen Blick bedachte.

»Geht hinauf«, bestimmte Wallace. »Ruht euch aus und morgen beurkunden wir das Ganze. Sollte Màiri dir doch noch etwas antun wollen, dann rufe einfach um Hilfe und ich sehe was sich machen lässt. Ist das nicht ein fairer Vorschlag?«

»Was du so fair nennst .... Ich habe bereits einen Vertrag unterschrieben und muss, wenn er nicht aufgehoben wird, mit Màiri bis ans Ende meines Lebens auskommen.«

Wallace setzte eine gespielt bedauernde Miene auf. »Vielleicht dauert das ja nicht so lange. Wenn doch, dann werde ich jeden Tag meines restlichen Lebens bedauernd an dich denken. Doch lass lieber dieses Wehklagen, denn diesen Zustand hast du dir selbst eingebrockt, mein Junge!«

Màiri bemaß beide mit einer Mine, die zwischen Empörung und Wut lag, und stieß dann einen unwilligen Laut aus.

Wallace zog eine Augenbraue hoch und fragte im unschuldig klingenden Ton: »Màiri, mein liebes Kind, stimmt etwas nicht?« Als sie ihn nur weiterhin mit diesem bösen Blick bedachte, fuhr er fort: »Hast du nicht gesagt, dass wir uns einig werden sollen? Nun sind wir es und du scheinst nicht wirklich zufrieden damit.«

»Morgen?«, fragte Màiri.

Ihr Onkel nickte.

»Gut! Mir reicht es nämlich, denn für eure Spielchen fehlt

mir einfach im Augenblick die Geduld. Ihr führt euch nämlich schon wieder wie Idioten auf und diese blöden Scherze gehen erneut auf meine Kosten.« Màiri schob energisch den Stuhl zurück, auf dem sie saß. »Logan, wir werden uns in mein Gemach zurückziehen. Du siehst immer noch so blass aus und du brauchst ein Bad und dann Ruhe. Gute Nacht, Onkel!«

»Dir auch eine gute Nacht, mein Kind.«

Wallace wusste: Logan würde Màiris Zorn noch zu spüren bekommen. *Welch eine Genugtuung für ihn!* In seine Augen schlich sich ein gerissener Ausdruck. »Logan, ich würde dir ja auch gerne eine angenehme Ruhe wünschen, aber … du wirst dir wohl etwas Raffiniertes ausdenken müssen, um Màiris Verstimmung besänftigen zu können. MacMorven Frauen sind über solche Äußerungen wie *Ich muss mit ihr auskommen,* meist sehr aufgebracht.«

»Sehr nett, Wallace, dass du das Messer auch noch tiefer in mein Fleisch bohrst, als ich es schon selbst zustande gebracht habe. Ach, und noch etwas: Màiri ist überhaupt keine MacMorven mehr. Gute Nacht!«

»Viel Vergnügen beim Feststellen, dass sie dennoch immer eine MacMorven in ihrem Inneren bleiben wird!« Wallace lehnte sich gemütlich in seinem Stuhl zurück.

Màiri zog Logan mit sich. Er schenkte ihr ein skeptisches Lächeln, als sie ihn fragte: »Ist das etwa schon wieder eine deiner Vorstellungen von Spaß gewesen?«

Taktik einer Frau

Irving und Aros waren äußerst amüsiert, als sie an ihren Laird herantraten, nachdem Màiri und Logan die Halle verlassen hatten. »Dein braves Mädchen hat über den Winter hinweg zu ihrer Stärke auch ein ziemlich loses Mundwerk bekommen. Sie hat euch Beiden ganz schön den Kopf gewaschen. Dass sie nun so ist, wie sie eben ist, liegt wohl nicht alleine an dir, sondern auch an Logan.«

»Das findest du wohl gut, Irving?«, stieß Wallace trocken hervor.

»Ja! Ich denke Logan tut ihr verdammt gut - du hast sie nämlich immer zu sehr verhätschelt, Wallace.«

»Setzt euch zu mir!«

»Du hast also wirklich vor, heute sehr spät deine Bettstatt aufzusuchen?«, wollte Aros wissen.

»Ja und davor werde ich mich sinnlos besaufen, damit ich auch ja nichts mitbekomme, was in Màiris Kemenate vorgeht. Ich schätze nämlich dort oben wird es für einen gewissen MacRaily noch sehr unangenehm werden.«

»Wolltest du ihm nicht helfen?« Aros kicherte frech.

Irving lachte: »Wenn er das täte, dann müsste unser Laird wohl lebensmüde sein!«

Logan lief neben Màiri her und ließ die Schultern hängen. Er wusste, sie würde in ihrem Schlafgemach bestimmt kein Blatt vor den Mund nehmen. Warum sollte sie auch, sie hatte es ja noch nicht mal vor seinen Männern und Wallace Clansleuten getan. Sie war enttäuscht von ihm, fühlte sich von ihm hintergangen und es wurde höchste Zeit zwischen ihnen alles wieder einzurenken. Wie sollte ein Mann der aktiv handelnd und dem man immer erzählt hatte, dass eine Ehefrau die Entscheidungen ihres Mannes schweigend hinnehmen sollte, mit einem dermaßen zornigen, weiblichen

Wesen aber umgehen? Hatte Wallace in diesem vor kurzem erwähnten Punkt vielleicht Recht: Hatte er ihr vielleicht aus mangelhafter Erfahrung wirklich zu viel persönliche Freiheiten gewährten? Er sah sie mit gerunzelter Stirn an. Seine eigene Ehelosigkeit, sich ihr gegenüber eingestehend, brachte ihn dazu, als er hinter Màiri ihr Schlafgemach betrat, zu sagen: »Sollte ich hier im Castle deines Oheims einem Priester begegnen, werde ich ihm meine Sünde dir gegenüber beichten und auf eine Buße bestehen!«

»Du wirst keinen Priester brauchen, denn nur eine höhere Instanz könnte dir jetzt noch helfen, so wütend wie ich auf dich bin!«, gab sie ihm zur Antwort.

Das Fenster ihrer Kemenate war mit dicken Vorhängen verhängt, um den Raum vor Zugluft zu schützen. Der Raum besaß einen offenen Kamin, vor diesem standen zwei Lehnsessel und ein aus feinem Holz gedrechselter, kleiner Tisch. Zwei Truhen mit wundervoller Schnitzarbeit befanden sich ebenfalls im Raum.

Das Bett wirkte einfach. Es hatte nur ein Kopfbrett und ruhte auf vier plumpen Füßen, war auch kleiner als das seine, dennoch ebenso für zwei Personen geeignet, wenn man ein wenig zusammenrückte.

Màiri packte Logan am unverletzten Arm, als er sich an ihr vorbeischieben wollte und hielt ihn fest, sodass er sie ansehen musste. Da sie nichts sagte, sondern ihn nur wütend mit ihren blauen Augen anfunkelte, wagte er einen erneuten Vorstoß. »Wir sind nun alleine, nur du und ich«, hauche er und strich mit einem Finger seiner linken Hand über ihre Wange.

»Warum?«, war alles was sie fragte.

»Die Frage ist doch sinnlos, Liebes. Du weißt, was ich damit bezwecken wollte. Willst du jetzt, da wir alleine sind, wirklichen einen so unschönen Streit mit mir anfangen?«

Nur mühsam konnte Màiri sich zurückhalten; am liebsten hätte sie ihm einen Schlag mitten ins Gesicht verpasst. »Könnte schon sein, mein Herr Gemahl, dass es zwischen uns einen solchen geben wird! Nun beantworte mir eine Frage: Hattest du vor Selbstmord zu begehen?«

Er knurrte nur unwillig, äußerte sich jedoch nicht.

»Ah, ich verstehe!«, bemerkte Màiri daraufhin an. »Du hast so bei dir gedacht: Wallace wird mir schon dabei helfen, wenn ich ihm nur ausreichenden Grund dafür gebe?«

»Das ist doch Unsinn, Màiri.«

»Was du versucht und getan hast, Logan, das war mehr als nur Unsinn! Du hättest dir doch denken können, dass wenn du meinem Onkel sagst: Ich habe mich an deiner Nichte vergangen, dass so etwas - selbst, wenn er mich nicht so gern hätte - an seiner Familienehre kratzt.«

Logan musste über ihren Zorn unweigerlich schmunzeln. Er strich ihr eine Strähne ihres blonden Haars aus der Stirn. »Glaubst du wirklich es ist eine gute Idee, mir, deinem Gemahl und Laird, eine solche Strafpredigt zu erteilen? Wenn du schon von Ehre sprichst: Dein Onkel hat mich zuvor nicht einmal um Verzeihung gebeten.«

»Hörst du dir eigentlich ab und an mal selbst zu? Würdest du das nämlich tun, dann wüsstest du, was du da gerade für einen Schwachsinn von dir gibst, Logan!«

Er hob die Augen und blickte zur Decke, als hoffe er auf Beistand von oben, dann sah er sie wieder an. »Ich glaube du bist noch nicht müde mir meinen Fehler vorzuhalten, der unter Wallace und mir so gut wie geklärt ist. Sieh´ mich bitte mit deinen funkelnden Augensternen nicht so wütend an.«

Màiri polterte heraus: »Solltest du versuchen mich mit deinen schmeichelnden Worten zu beschwichtigen, Logan, glaube mir, das wird dir diesmal nicht gelingen, denn ich bin sehr wütend. Treibst du dieses Spiel noch weiter, werden die Folgen, die daraus entstehen, nicht nach deinem Geschmack sein, denn ich hätte gerade Lust dir ganz andere

Sterne vor die Augen zu zaubern, indem ich dir etwas über deine dummen Schädel ziehe!«

»Du bist ja sooo süß, wenn du wütend bist, meine Lady!«, schnurrte Logan.

»Logan ... ich warne dich!«, ein drohender Unterton schwang in ihrer Stimme.

Er lächelte ein wenig schief: »Du liebst mich mit Leib und Seele, das weiß ich! Doch als meine Frau steht es dir wirklich nicht zu mir vorzuhalten was ich tat. Solche Dinge zu regeln ist nämlich eindeutig Männersache.«

Er versuchte sie mit seiner Linken an sich zu ziehen, doch Màiri stemmte ihre Hände gegen seinen Brustkorb und drohte: »Ach ja, Logan? Glaube mir, ich habe jedes Recht, denn du hast mir gegenüber dein Wort gebrochen. Ich sag´ dir noch was: Dies ist das Heim des Clans, in den ich hineingeboren wurde und du bist immer noch deren Gefangener, denn mein Onkel hat kein Wort darüber verloren, dass er dich schon freigegeben hat. Und noch etwas: Wage es ja nie wieder, mich einer solche Angst, um dich auszusetzen. Haben wir uns verstanden? Denn solltest du so etwas noch einmal tun, dann ...«

»Oh um Gottes Willen, Frau, bitte tut mir nichts!«, flehte Logan gespielt theatralisch.

Màiri wollte etwas erwidern, lies es jedoch, denn es klopfte. Nach einem *Ja* von ihr, traten ein junger, kräftiger Mann und eine Frau in den Raum ein. Sie brachten einen Zuber und bereiteten ein Bad vor.

Nachdem alles bereitgestellt worden war, schickte Màiri die Beiden fort.

Logan sah fragend zum Zuber.

»Für dich!«, mehr sagte Màiri nicht.

Einen tiefen Seufzer ausstoßend versuchte Logan das Hemd anzuziehen, in das sie ihn in der Halle hineingeholfen hatte. »Verdammt und zugenäht!«, fluchte er leise und versuchte es wieder.

Màiri drehte sich mit einem verdrießlichen Stirnrunzeln

um. Sie ging zu ihm, packte seinen verbundenen Arm sachte und zog den Ärmel des Hemdes darüber, dann half sie ihm auch aus den Schuhen und der Hose heraus.

»Danke, Ehefrau!« Logen stieg etwas schwerfällig in den Zuber und ließ den verbundenen Arm über den Rand hinaushängen.

Er stöhnte erneut, als er versuchte sich zu waschen.

Màiri sah in fragend an. »Erwartest du etwa von mir, dass ich dich auch noch wasche, Logan?«

»Wenn du nicht möchtest, dass ich wie ein nasser Iltis muffle und weiterhin wie ein verwilderter Igel aussehe, dann sollte meine Gemahlin mir vielleicht wirklich etwas dabei behilflich sein!«

Auf dem Hocker neben dem Zuber lag ein Rasiermesser und stand ein Holzgefäß mit zähflüssiger Seife. Màiri griff nach den Utensilien, verteilte die Seife ziemlich unsanft in seinem Gesicht und setzte das Rasiermesser unterhalb des Kinns an.

Logan schluckte, was Màiri grinsen ließ.

Er räusperte sich. »Ich dachte du wolltest noch keine Witwe werden?«

»Führe mich nicht in Versuchung, Gemahl!« Dann jedoch schabte sie mit ruhiger Hand konzentriert Streifen für Streifen seines Bartwuchses von seinem Kinn, seinen Wangen und der Oberlippe fort.

Màiri reinigte das Rasiermesser im Wasser und legte es zur Seite. Sie entfernte mit einem Lappen die letzten Seifenreste von seinem Gesicht. Sie wusch ihm danach auch die Haare und begann seinen Körper zu reinigen. Als sie damit fertig war, sah sie ihn fragend an: »Haben der Herr Narr noch einen Wunsch?«

Logan lachte leise und versuchte ein wenig seinen Charme spielen zu lassen: »Nicht schlecht, mein Engel. Kommst du auch in die Wanne?«

»Logan, mein Dienst ist beendet, was dieses Bad angeht! Raus da, damit ich dich abtrocknen und du dir etwas anziehen kannst.«

Auch dabei half sie ihm, denn man hatte eine weiche, wollene Hose für ihn hingelegt.

Màiri drehte sich um und zog mit einem Ruck den Überwurf von ihrer Bettstatt. Logan sah, dass die Matratze mit weißen Laken umwickelt war. Kopfkissen lagen darauf und eine Decke aus Hermelin, deren Unterseite aus einem feinen Leinenstoff bestand, ergänzte ihre Bettwäsche. Während Màiri die Kissen aufschüttelte, stellte sie fest: »Du hältst dich wohl immer noch für einen unglaublich listenreichen Fuchs!«

»Nein! Ich verstehe deine Wut über das Ungemach, welches ich dir bereitet haben muss. Ich gestehe dir auch gerne ein, dass ich auf dem Gestell wirklich Angst hatte, bis du mit unseren Männern kamst und dich bei deinem Onkel so heldenhaft für mich eingesetzt hast.« Er verzog das Gesicht, als er seinen Arm bewegte.

»Lass sehen!« Màiri betrachtete seinen Arm.

»Das kann der Heiler morgen machen, es ist ein Kratzer, der schon behandelt wurde. Amüsierst´ du dich drüber, wie dumm ich war? In ein paar Tagen wird diese Verletzung so gut wie vergessen sein.«

»Du hast aber Schmerzen, dass sehe ich doch. Ich will mir die Verletzung ansehen. Ich bestehe darauf, also setz dich auf das Bett.«

Logan stöhnte, tat ihr den Gefallen. Ein gutes Gefühl hatte er dabei nicht.

Màiri löste den Verband und schluckte. »Großer Gott!«, entfuhr es ihr. *Nur ein Kratzer, hatte er gesagt.* »Das darf doch alles nicht wahr sein, du hättest den Arm verlieren können. Du Narr könntest es noch immer, wenn das Kalte Feuer[*] darin entstehen sollte!«, fluchte sie, als sie die genähte Wunde sah, die von Oberarm hinunter bis fast zum Ellbogen verlief.

Logan beobachtete ihre Mimik. Màiri wirkte auf einmal sehr blass. Es ging ihr nicht gut, das war offensichtlich. Noch bevor er fragen konnte, was los war, wandte sie sich von ihm ab, eilte auf dem Frisierschrank zu und erbrach sich in der Waschschüssel, die dort stand.

»Entschuldige!«, sagte sie, als das erste Würgen nachließ.

»Entschuldige dich nicht bei mir, denn ich kann mir vorstellen, dass dich so eine Verletzung erschreckt. Doch euer Heiler hier, er hat sie gut behandelt. Es hat dich wohl auch sehr mitgenommen, was du die letzten Tage durchlebt hast, denn auch wenn du eine sehr starke und tapfere Frau bist, fordert ein solcher Gewaltritt, um einen Dummkopf wie mich zu retten, vom Körper seinen Preis. Ich wollte dich nicht beunruhigen, aber ich wollte auch nicht, dass du dir falsche Hoffnungen machst …«

Màiri hörte ihm stumm zu.

»Deshalb habe ich gesagt, ich reite auf die Jagd.«

Gerne hätte er sie nun in den Arm genommen, doch sie wirkte eher so, als würde sie ihm gleich ins Gesicht schlagen wollen. Davon einmal abgesehen steckte sie im nächsten Augenblick noch einmal den Kopf in die Schüssel.

So stand er auf und legte ihr seine linke Hand sanft auf den Rücken und begann sie dort in sanften, kreisenden Bewegungen zu massieren.

Vorsichtig hob sie den Kopf und blickte über ihre Schulter. Er sah sie besorgt an.

Was sollte sie ihm nun sagen? Dass sie ihm verzieh, dass sie ihn nur zu gern küssen wollte? Dass sie sich an ihn schmiegen wollte, damit er sie halten konnte? Sie traute es sich nicht, denn ihr Magen drehte sich immer noch um und sie befürchtete, dass sie ihm ihren Mageninhalt - sollte davon überhaupt noch etwas übrig sein - ins Gesicht spucken könnte. Sie senkte den Kopf wieder über die Schüssel und schluckte schwer in der Hoffnung, dass der Brechreiz endlich verging.

Er seufzte leise. »Liebling, kämpfe meinetwegen nicht dagegen an, wenn es raus muss, muss es raus!«

Als sie sich längere Zeit nicht mehr erbrach, spülte sie ihren Mund mit etwas Wasser aus.

Er legte seinen linken Arm um ihre Schulter und sie lehnte sich bereitwillig an ihn. Dann drehte sie sich zu ihm, legte ihre Hände vorsichtig auf seine Brust und sah ihn an.

Logan sah ziemlich verzweifelt drein, während er ihr blasses Gesicht musterte.

Ihre Lippen berührten die seinen und er erwiderte ihren Kuss vorsichtig. Im Moment zählte nur noch seine Nähe, denn ihre Wut war endlich verraucht.

Die Bediensteten kamen wieder, um den Zuber zu lehren und aus dem Zimmer zu schaffen. Das Mädchen entfernte auch Màiris Missgeschick, dass sie mit einem Tuch überdeckt hatte und fragte ob sie den Heiler schicken sollte.

Màiri verneinte: »Geht nur, mir geht es schon wieder besser. Wir kommen schon zurecht. Ich verbinde den Arm meines Gatten noch und dann begeben wir uns zur Ruhe. Gute Nacht!«

»Komm, Logan, setz dich, ich möchte deinen Arm verbinden!«

Als sie damit fertig war, drangen die Worte an sein Ohr: »Du hast mir nie gesagt ob du Kinder haben möchtest, Logan?« Ihre Finger streichelten dabei seinen Nacken, was ihn leise wohlig seufzen ließ.

Er lächelte: »Ich wäre sehr gern Vater. Zumal wenn es Kinder von dir wären.«

Vor ihrem inneren Auge sah Màiri ihn mit ihren Kindern spielen. »Ich wollte dir eigentlich nicht zu früh Hoffnung machen, Logan, aber nun bin ich mir sicher, dass wir in etwa sieben bis acht Monaten ein Kind bekommen! Deshalb ist mir auch in den letzten Tagen so oft schon übel gewesen.«

Er sagte nichts, küsste sie sanft auf die Lippen, Nase und Stirn. Als nächste Reaktion ließ er seine linke Hand über ihren Rücken wandern und zog sie zu sich aufs Bett. Sie drohte ihm jedoch: »Halt dich zurück!«

»Warum, etwa wegen des Kindes?« Er fing an die Schnüre ihrer Gewandung mit seiner Linken etwas unbeholfen zu öffnen.

»Hör auf damit, Logan!«

»Ich tu doch gar nichts. Ich helfe dir nur aus der Gewandung« Lächelnd betrachtete er die Gänsehaut, die über ihre bloßen Arme kroch, als er gerade versuchte ihr die Leinenbluse über den Kopf zu ziehen. Er legte seine Hand auf ihren Arm und bewegte ihn routiniert streichelnd auf und ab. Seine Berührung war sanft und warm.

Sie wandte den Kopf ab, da kitzelte seine Hand ihr Ohr. »Du bist meine Frau, Màiri, und ich dein Mann. Ein Mann, der weiß, was seine Frau liebt, nicht wahr?« Er gab ihr einen Kuss. »Und nun bin ich noch umso glücklicher, denn wir dem Kleinen noch eine ganze Menge Geschwister folgen lassen! Glaubst du dein Onkel wird sich darüber freuen?«

»Wieso sollte er nicht?«

»Die Kinder sind nicht nur die deinen, sondern auch die meinen.«

Màiri grinste: »Wenn es ihm zu viele MacRailys werden, dann kennt mein Onkel bestimmt ein Mittel dagegen!«

Logan verstand Màiris Anspielung. »Wundervoll, Liebling, das beruhigt mich gerade sehr.«

Logan wusste, dass sie diese Drohung wahrmachen würde, daran gab es für ihn keinen Zweifel. Màiri hatte ihn gerade an einer Stelle getroffen an der er, seit sie bei ihm war, am verletzlichsten war. Für einen Mann - einen Krieger - war es schwer zuzugeben, dass es nicht sein Geschlecht, sondern sein Herz war, dem sie gerade einen gehörigen Stich versetzt hatte. Er sah sie an, sein Gesicht wirkte schmerzlich verzerrt, dann seufzte er: »Ich habe es verstanden, Liebste. Ich wünschte nur, ich wäre der Gatte, den du dir wirklich gewünscht hättest. Dies bin ich nicht, werde es auch vielleicht in deinen Augen niemals sein. Doch ich verspreche dir hoch und heilig, ich werde es nie wieder tun -

ich werde dich nie mehr belügen!«

Màiri verließ das Bett, ohne ein Wort zu sagen, nahm die Kissen, die auf den Sesseln lagen.

Logan befürchtete schon, dass sie ihn aus ihrem Bett ausquartieren würde.

Màiri jedoch trat an die rechte Seite des Bettes, auf der er lang, hob seinen verletzten Arm ein wenig an, um dann die Kissen darunter zu schieben. »Du irrst dich in Bezug auf den Gatten an sich, ich kann einfach Unwahrheiten nicht leiden, dies geht über meine Akzeptanz als deine Ehefrau hinaus!«

Màiri ging ums Bett herum, legte ihre restliche Kleidung ab und schlüpfte in eines ihrer Nachthemden, das um ihren Bauch ein wenig spannte. Sie schlüpfte zu seiner Linken unter die Decke, drehte ihm jedoch den Rücken zu.

Logan sah auf ihre goldenen Locken und seufzte schwer.

»Was ist, brauchst du doch den Heiler«, fragte sie.

»Nein! Ich bin gerade ein wenig frustriert. Erst dachte ich, es sei alles geklärt, dann kam deine kleine Rache von dir an mir. Eben noch befürchtete ich, als du die Kissen ergriffen hast, du jagst mich aus deinem Bett. Nun kommst du hinein und zeigst mir die kalte Schulter. Glaubst du nicht, dass ich schon gestraft genug bin?« Er streichelte ihr sanft über den Rücken. »Komm wenigstens in meinen gesunden Arm, damit ich dich halten und wärmen kann.«

Sie drehte sich um und sah ihn an. »Halten und wärmen … gut! Mehr jedoch nicht, hast du verstanden, Logan?!«

»Wie ihr befehlt, Mylady Màiri Ane MacRaily!«

Er nahm sie in den Arm und Màiri kuschelte sich an ihn.

Auf einmal fragte er sie: »Wie hast du dir den Mann deiner Träume denn vorgestellt?«

Sie musste kurz in sich hineingrinsen. »Oh, groß und breitschultrig!«, dabei ließ sie ihre Finger sanft über seinen Brustkorb wandern. »Mit dunklem Haar, einem hübschen männlichen Gesicht und schönen braunen Augen!« Sie gab ihm einen sanften Kuss auf die Wange. »Freundlich, einfühlsam, betörend und gleichzeitig stark, tapfer, treu. Ein Ritter eben, der mich erobert. Ein Mann den ich bewundern kann und der ehrlich...«

»Der dich nie anlügt? Ich habe es schon verstanden.«

Màiri sah ihn mit einem gespielt resignierten Gesichtsausdruck an und erklärte: »Man kann eben nicht alles haben, das habe ich auch schon bemerkt, Logan. Aber man kann hoffen!«

»Kann ich das auch?«

Màiri gab ihm als Antwort einen Kuss, legte dann ihren Kopf an seine Schulter. »Ich bin müde und auch du brauchst Schlaf, also lass uns nun schlafen!«

»Schlaf gut! Ich liebe dich, Engel meiner Träume!«

Männer und ihre Marotten

Als Logan erwachte, wurde ihm bewusst, dass es das unangenehme Gefühl in seinem Arm war, welches ihn zu so früher Stunde geweckt hatte. Seine Hand fühlte sich wieder taub an. Er griff mit der Linken nach dem Arm, zog ihn auf seinen Bauch, biss die Zähne zusammen und massierte seinen Finger, bis das unangenehme Kribbeln dort aufhörte.

Er setzte sich auf und sah neben sich.

Màiri schlief noch. Ihre Gesichtszüge waren entspannter als am Abend zuvor.

Er war im ersten Moment sichtlich erschrocken von der Drohung gewesen, die sie gegen ihn ausgestoßen hatte. Wollte sich auch jetzt nicht vorstellen, was geschah, wenn sie ihre Liebe und Lust nicht mehr mit ihm teilen wollte.

Nun bemerkte er, dass er beobachtet wurde.

Màiri hatte die Augen geöffnet. »Du grübelst!«, bemerkte sie trocken.

»Ich habe gerade an deine Drohung von gestern gedacht. Liebes, ich muss es wissen: Kehrst du heim mit mir oder willst du hier bei deinem Onkel bleiben?«

Sie lächelte, während sie sich aufsetzte. »Wenn ich hierbleiben würde, wie könnte ich dich dann bei einer nächsten Lüge ertappen?«

Logan verzog das Gesicht. »Da hast du natürlich auch wieder Recht, mein Engel!«

In dem Moment klopfte es sachte an der Tür und eine Stimme fragte leise: »Eure Herrschaft, seid ihr wach, ich bringe das Morgenmahl. Der Laird schickt es. Er sagte, ich solle Euch wecken.«

»Wir sind schon wach, bring es herein!«

Das Mädchen wünschte einen guten Morgen, stellte das Tablett auf den Tisch und wollte eiligst das Schlafgemach wieder verlassen, doch Màiri hielt sie auf. »Chloe, besorge für meinen Gemahl etwas zum anzuziehen. Etwas, das einem Laird würdig ist.«

»Mylady, ich kümmere mich sofort darum.«

Màiri half Logan beim Anlegen des Belted Plaid.

»Der Taran hat die Farben der MacMorvens.« Logan war nicht gerade erfreut, während er das Gesicht verzog.

»Ich weiß nicht was du willst, die Farben stehen dir, Logan«, entgegnete Màiri und lächelte ihn schalkhaft an. »Nur dein Gesichtsausdruck, er macht das hübsche, atemberaubende Bild eines stolzen Highlanders ein wenig - ich würde es so aus drücken - zunichte, dass du in der Farbe meiner Familie abgibst. Trag ihn mit Würde, denn eines Tages könntest auch du auch Laird über diesen Clan sein oder eines unserer Kinder. Du hast nun ebenfalls eine Verantwortung für die MacMorvens. Das Schönste an der Sache ist: Du hast dir die Sache auch noch selbst eingebrockt, als du deine Finger nicht von mir lassen konntest.«

Logan grinste schief. »Ich dachte, ich könnte mich an Wallace rächen, da er mir keine Vergeltung für den Tod meines Onkels gewähren wollte. Warum nur habe ich immer dieses merkwürdige Gefühl, das Schicksal will sich für deine Entführung auch weiterhin noch an mir rächen?«

»Du übertreibst in deiner Eigenkümmernis maßlos, Logan!«

»Ja vielleicht tu ich das! Dennoch, es ist für mich doch sehr beruhigend, mit dir, eine Frau an meiner Seite zu haben, die immer aufmunternde Worte für mich findet, bei dem was das Schicksal ihr, mir und unseren Clans auferlegt.«

Màiri gab ihm einen Kuss: »Ich bin der Überzeugung, dass nichts auf dieser Welt ohne Gottes Willen geschieht. Ich denke der Herr wollte unsere Clans wieder in Frieden vereint sehen. Wollen wir hoffen, dass Onkel Wallace mit seinen Leuten schon etwas mehr in Erfahrung bringen konnte was damals tatsächlich geschehen ist«

»Das wird wohl so sein, denn eine MacMorven hat einen MacRaily geheiratet. Der Bund, der daraus entstand, der wird noch stärker durch unser Kind, wenn es in ein paar Monaten zur Welt kommt.« Er gab Màiri nun ebenfalls einen Kuss und sah sie dann fragend an: »Wann sagst du deinem Onkel, dass du guter Hoffnung bist?«

»Noch vor der Unterzeichnung der Papiere - der Wahrheit wegen!«

»Aye! Ich denke, das ist der einzig richtige Weg. Auch ich gedenke mit ihm wegen der Geschichte mit uns, noch einmal von Mann zu Mann zu reden.«

»Logan, denke bei dieser Aussprache immer daran, was du gerade für einen Feileadh Mor trägst, denn hier ist er das Oberhaupt der Familie.«

Logan lachte etwas gepresst: »Soll ich ihm dann vorher vielleicht besser sagen, dass du nach diesem ...«, er legte die linke Hand sachte auf ihren Bauch, »... dir noch weitere Kinder von mir wünschst?«

Màiri zog ihn mit einem Lächeln auf dem Gesicht aus dem Schlafgemach.

Logan, ging hinter Màiri die schmale Treppe hinab, dabei redete er mit ihr: »Liebes, ein Mann verliert nicht gerne was ihm lieb, nützlich und vor allem teuer geworden ist.«

Màiri blieb stehen, drehte sich zu ihm um und sah zu ihm auf. »Welch weise Worte für einen Mann, der oftmals ein überaus dummes Verhalten an den Tag legt. Doch das mit dem Liebgewordenen nicht verlieren wollen, das gilt nicht nur für Männer, sondern auch für uns Frauen. Also versuche deinen weisen Worten in diesem Fall auch Taten folgen zu lassen. Sei etwas beherrschter in der Gegenwart meines Onkels.«

Logan grinste, als er schnurrte: »Das sagst gerade du mir! Meine Güte, weißt du eigentlich was du uns alles an den Kopf geworfen hast? Mich hat wahrlich gewundert, dass dein Onkel bei dir so ruhig geblieben ist.«

Màiri lachte. »Logan, er hat eben begriffen, dass ich es nur gut meine. Außerdem war er auch nicht betrunken.«

Màiri betrat gefolgt von Logan die große Halle. Sie machte ein paar Schritte hinein und sah sich um. Ein paar der dienstbaren Frauen waren schon eifrig damit beschäftigt, die Tische für das Mittagsmahl mit Geschirr einzudecken.

»Jocelyn, wo ist mein Onkel?«

Jocelyn knickste. »Mylady!« Dann sah sie zu Logan. »Laird MacRaily! Der Laird ist in seinem Arbeitszimmer zugegen.«

»Danke, dann werden wir in dort aufsuchen. Komm, Logan!«

Màiri klopfte an die mit den Clanwappen versehene, schwere Eichenholztür.

Logan sah sie fragend an. »Willst du nicht erst einmal alleine mit deinem Onkel reden?«

»Logan, was soll das?«

»Ich dachte nur!«

Als sie von innen ein *Ja* hörten, öffnete Màiri die Tür.

»Onkel Wallace, wir sind es!«

»Kommt rein!«

So betrat sie, Logan an der Hand halten, den Raum.

Wallace Arbeitszimmer war mit Eichenholz vertäfelt. Dicke Wandteppiche schmückten die Wände. Die dunklen Möbel wirkten edel und auf dem Schreibtisch türmte sich ein großer Stapel mit Pergamentbögen.

Als Wallace Màiris echauffieren Blick sah, den sie auf den Schreibtisch warf, stieß er entschuldigend, doch gleichzeitig ungehalten hervor: »An dieser Unordnung ist allein dein Entführer schuld! Seht Euch nur an, Logan, was Ihr angerichtet habt! So sah mein Schreibtisch nicht mehr aus, seit das Mädchen hier war und sich um die Ordnung hier ge-kümmert hat.«

Logan begann zu lachen: »Dafür ist der meine endlich frei von Pergamentbögen. Mein Zuhause in tadellosem Zu-stand, wenn ich es zuvor auch nicht als unordentlich hätte bezeichnen können, da unsere Bediensteten schon immer gute Arbeit leisten!«

Wallace sah Logan mit in Falten gelegter Stirn an, schwieg einigen Sekunden, äußerte dann in sarkastischem Tonfall: »Ah, ich verstehe! Du hast meine Nichte also nur deshalb zu deiner Frau gemacht, damit sie deine Heimstatt noch or-dentlicher werden lässt?«

»Über das, warum ich Màiri zur Herrin meines Besitzes gemacht habe, darüber sollten wir womöglich noch einmal reden. Vielleicht ist dann mein Verhalten Màiri gegenüber Euch verständlicher und auch als ihr letzter Verwandter für Euch erträglicher, Wallace. Jedenfalls ist sie nicht meine Magd, sondern meine Frau.«

Wallace nickte zufrieden und fragte: »Kann ich Euch et-was zu trinken anbieten, während wir alles bereden, Logan? Uskeba*?«

»Ja gerne!«

Wallace ging zu einem kostbaren Schrank, holte einen verkorkten Tonkrug hervor und schenkte zwei kleine Ton-becher voll. Er wollte gerade einen Dritten füllen, überlegte es sich dann aber: »Màiri?«

»Wie …?«

»Du auch?«

»Oh, nein, nein, ich nicht! Du weißt doch, Onkel Wallace, ich mag solche hochprozentigen Getränke nicht und jetzt erst recht nicht, da Logan und ich unser erstes Kind erwar-ten! Ehrlich gesagt, mir wäre auch wohler dabei, wenn ihr beiden diesem nicht überhand zusprechen würdet. Wir wis-sen alle hier doch nur zu gut, was daraus entstehen kann.«

Wallace sah seine Nichte erschrocken an als er begriff, was sie da gerade eben angedeutet hatte. »Soll das ein Witz sein?«

»Nein, das liegt mir fern, du weißt, ich mache keine solche Witze. Immerhin ist ein Mann nach zufiel von diesem Gebräu und Ale ums Leben gekommen.«

»Das mit dem übermäßigen Genuss meinte ich nicht! Ich meine was du davor erwähnt hattest.«

»Ach so, aber ja, ich bin guter Hoffnung.«

Wallace fuhr zu Logan herum. »Verdammt, Logan, warum hast du das nicht gesagt, dann hätte ich ...«

»Dann hättest du ihn besser behandelt oder ... noch schlechter?«, hakte Màiri fragend nach.

Wallace bedachte seine Nichte mit einem beleidigten Blick, als er fragte: »Mein Mädchen, hat er dir erzählt, wie er mir seine Forderung unterbreitet hat?«

»Ich bin im Bilde, wenn ich auch den genauen Wortlaut nicht kenne. Darüber hinaus wusste auch er bis gestern Abend noch nicht, dass er Vater wird.«

»Aha! Weißt du Mädchen, ich überlegte sogar zuerst im Schein auf den Handel mit ihm eingehen, schon alleine deinetwegen, doch dann wurde ich wieder einmal sehr wütend. Das hätte diesem Dummkopf fast das Leben gekostet.« Wallace sah zwischen Logan und Màiri hin und her bis er fragte: »Hat er sich wenigstens bei dir entschuldigt?«, erkundigte er sich.

»Was meinst du? Für die Dummheit jetzt oder was er mir vor dem Bund angetan hat?«

»Ersteres!«

»Naja, nicht direkt. Er hat gesagt, er liebe mich und hat mich daraufhin zu seiner Frau gemacht.«

»Das war jetzt auch sein Glück. Das Gestell wurde zwar schon abgebaut. Aber Stricke besitzen wir zur Genüge.«

Logan bedachte Wallace dafür mit einem grimmigen Blick.

»Das war ein Scherz!« Er drückte Logan den Becher in die Hand. »Setzt euch endlich! Wir müssen ernsthaft reden und so manches aufklären.«

Dann nahm er selbst hinter seinem Schreibtisch auf seinem Stuhl Platz, stützte den Ellbogen auf die Tischplatte und nachdenklich das Kinn in die Hand.

»Ich sollte vielleicht etwas gegen meine Wutausbrüche unternehmen!«, meinte er für Beide unerwartet. Dann ließ er seine Hand sinken und trommelte mit seinen Fingern auf der Schreibtischplatte herum. »Als Großonkel sollte man sich wohl besser beherrschen können und dem Großneffen oder der Großnichte ein Vorbild an Ausgeglichenheit sein, denke ich! Glaubst du, Màiri, es gibt ein Mittel gegen Unbeherrschtheit?«

Màiri schüttelte schmunzelnd den Kopf und kicherte: »Ich denke das dürfte in deinem Fall schwierig sein. Wenn es ein solches gäbe, müsstest du es in so manchem Fall wohl fassweise in dich hineinschütten, Onkel. Doch ich denke, du solltest es einfach versuchen.«

Er sah sie ernst an. »Ich werde mich darin gleich einmal versuchen indem ich deine Stichelei überhöre. Des Weiteren - ich meine um mein Beherrscht sein zu trainieren - wärst du bitte so freundlich und würdest Logan und mich für eine Weile hier alleine lassen? Wir haben da noch etwas von Mann zu Mann zu bereden.«

»Bereden, Onkel?«

»Das habe ich doch gerade gesagt! Oder bist du im Bett dieses niederträchtigen Kerls, seines Liebesgesäusels wegen, deines guten Gehörs beraubt worden, mein Kind?«

»Du kannst es nicht lassen Onkel, oder? Na, dann gehe ich mal und überlasse meinen Gemahl vertrauensvoll dir.«

Màiri gab Logan einen Kuss.

Wallace verdrehte gespielt die Augen. »Meine Güte, Kind, könnt ihr euch dieses Turteln nicht fürs Schlafgemach aufheben? Ich verspreche, du bekommst ihn heil zurück.«

Logan lächelte Màiri gequält an. »Leb wohl, Liebes!«

»Bis gleich, beim Mahl in der Halle!«

Als Wallace und Logan sich alleine im Arbeitszimmer befanden, begann Wallace: »Logan, Màiri hat in ihrem jungen Leben schon viel verloren. Doch du warst so schändlich und hast ihr ihre Unbefleckheit geraubt. Dieses Unrecht an meiner Nichte und dein Prahlen mit der Tat an ihr, dies hat mich sehr wütend gemacht. Ich muss auch sagen, obwohl sie mir glücklich erscheint, deine Tat nagt noch immer an mir. Màiri wusste nichts von der Grausamkeit die Männer einer Frau antun könnten. Sie hatte davon zwar schon gehört, aber sie hatte keine Ahnung, was es wirklich für eine Frau bedeutet, von einem Mann geschändet zu werden.«

»Sie lernte diese Grausamkeit in der Hinsicht einer brutalen Schändung auch von mir nicht. Ich wollte sie, ich habe ihr bestimmt auch Angst gemacht, aber ich wollte ihr dabei bestimmt nicht wehtun, Wallace. Das habe ich auch nicht. Ich habe sie beschlafen, ja! Dennoch - ich habe mir Zeit genommen sie vorzubereiten. Dieses erste Mal war trotz ihrer Angst vor mir, lustvoll für Màiri.«

»Nun, dann will ich dir das mal glauben, Junge.«

»Das kannst du, Onkel Wallace!«, äußerte Logan frech, wurde dann wieder ernst. »Doch solltest du noch an meinen Worten zweifeln, dann fragt Marie.«

»Gott bewahre, ich spreche doch nicht mit meiner Nichte über so ein Thema!« Seine Lippen verzogen sich ungehalten: »Was heißt hier eigentlich *Onkel Wallace*?«

Màiri hatte zuerst in die Halle hinuntergehen wollen, um zu helfen. Kaum in der Halle angekommen, sich jedoch dagegen entschieden, als sie sah, dass schon alles bereitet war. So war sie die Treppe zum Arbeitszimmer wieder hinaufgeeilt, um die beiden Männer zum Mahl herunter zu holen. Es war auch ein guter Vorwand, um nachzusehen wie das Gespräch verlief, denn sie traute dem Frieden zwischen den beiden Männern nicht recht.

Màiri öffnete diesmal, ohne anzuklopfen die Tür zum Arbeitszimmer ihres Onkels. So bekam sie letzte Worte zwischen den Männern mit.

»Mach dir keine Sorgen um mich, Onkel Wallace. Logan war, wenn man das der Situation wegen so nennen kann, rücksichtsvoll, als er mich deflorierte. Was nun für mich zählt ist unsere Liebe und dass aus unserer Verbindung der Frieden zwischen unseren Clans wiederhergestellt werden konnte. Dafür lohnt es sich, dass ich eine MacRaily geworden bin. Somit hat er auch das Recht dich Onkel zu nennen. Natürlich wäre Schwiegeronkel das bessere Wort, denn ein solcher bist du nun für ihn. Außerdem, irgendwann hätte ich mich auch für einen Mann entscheiden müssen und so ein schlechter Ehemann ist Logan ja nun auch nicht.«

Logan stieß einen tiefen Seufzer aus: »Das ist aber nicht gerade schmeichelhaft, meine Gemahlin.«

Màiri lächelte, als sie das hörte, und sah ihn an. »Im Gegenteil, wollte ich eigentlich gerade noch anfügen, dass ich es hätte auch wesentlich schlechter treffen können.«

Ihr Onkel zog die Augenbrauen nach oben und knurrte leise: »Sag mal Mädchen, was mich derzeit aber brennend interessieren würde, seit wann lauscht meine Nichte eigentlich an den Türen?«

Die in den Worten ihres Onkels enthaltene Schelte brachte Màiri dazu schuldbewusst auf ihre Stiefel hinab zu sehen, dann jedoch sah sie wieder auf. Ähm...«, stieß sie hervor, »...ich habe nicht gelauscht, sondern deine und Logans letzte Worte vernommen, als ich die Tür geöffnet habe, um euch zu sage das die Halle für das Mahl gerichtet ist. Doch ich muss zugeben, dass ich gegen euch beide immer noch ein wenig Misstrauen in Sachen Friedenseinhaltung hege, denn dazu kenne ich euch mittlerweile beide gut genug. Ihr werdet wohl verstehen: Ich möchte nicht, dass eure gelegentliche Unbeherrschtheit einen von euch den Tribut des Todes durch die Hand des anderen abverlangt.«

»Ach du liebe Güte, Màiri, hältst du uns denn für so unbeherrscht?« Dann lächelte Wallace jedoch, nahm eine Feder vom Tisch und tauchte sie in die Tinte. »Nun, dann will ich meinen schlechten Ruf dir gegenüber revidieren, Kind. Hier, Logan!«, er reichte Logan das unterzeichnete Pergament. »Deine Forderung ist in allen Punkten aufgeführt, also die, die ich bereit bin dir zu gewähren und dies Pergament ist nun unterzeichnet. Damit dürfte wohl einiges zwischen uns geklärt sein. Diese kleine, dreiste Lauscherin gehört somit samt ihrem späteren Erbe zu dir.«

Màiri schnaubte: »Ich gehörte ihm doch schon seit dem Jahreswechsel, Onkel Wallace, laut des von mir gesprochenen Ehegelübdes und der Heiratsurkunde, die ich dir gezeigt habe. Wenn ich auch nicht so ganz eurer Meinung bin, wer das Sagen in unserer Verbindung Inne hat. Darüber hinaus bin ich, wie ich schon erklärt habe, keine Lauscherin, sondern nur wieder hinaufgekommen, um euch mitzuteilen, dass das Mittagsmahl gerade aufgetischt wird. Unsere Männer sind bestimmt auch schon in der Halle.«

»Doch lass mich Logen noch etwas berichten, bevor wir nach unten gehen, Kinder!« Dann berichtete Wallace von seinen Untersuchungen und was er herausgefunden hatte.

Logans Augenbrauen gingen steil nach oben, während er die Stirn krauste. »Ein Stein mit Blut unter dem Bett in dem mein Onkel während seines Aufenthaltes hier schlief?«

»Ja! Was uns dann auch sehr merkwürdig vorkam, war, dass der Franzose, der mit mir Handel treiben wollte und mich gegen die Engländer für seinen König einnehmen wollte, dass der auf einmal verschwand, nach dem ihr mit dem Leichnam deines Onkels davongeritten seid.«

»Dieser Stendal de Morau, wenn ich so recht darüber nachdenke, hat mir gesagt, dass es Mord war.«

So erschien alles Geschehene in einem anderen Licht. Doch um die Wahrheit zu erfahren, musste man Stendal de Morau finden und wo dieser abgeblieben war, das wusste niemand.

Sie blieben noch ein paar Tage bei Wallace, bis Logans Armwunde etwas besser verheilt war und machten sich dann auf den Weg nach Hause.

Das Castle und Logans Ländereien bezeichnete Màiri längst schon als ihre Heimat und sie freute sich darauf ihre Freunde wieder zu sehen.

Als sie kurz nach der Ankunft, die Halle betraten, kam ihnen Rodina entgegengeeilt. Erfreut und erleichtert rief sie aus: »Mylady, schön das Ihr wieder Zuhause seid.«

Màiri verdrehte die Augen und Rodina begriff, setzt jedoch einfach zu einer weiteren Erklärung an: » Jones geht es auch wieder gut, er wird gleich da sein. Habt ihr Logan die Ohren wenigstens langgezogen und ihn richtig ausgeschimpft, weil er uns solche Sorgen bereitet hat? Bei Jones habe ich es mir erlaubt, Màiri. Ich hoffe es hat deine Zustimmung, dass er die nächsten Monate noch in der Küche der Köchin zur Hand gehen muss.« Dann grinste sie Logen an: »Willkommen, Laird!«

»Kennt ihr Frauen denn keine Gnade und könnt einem Mann noch etwas von seinem männlichen Stolz lassen?«

»Kommt darauf an, Laird, was er so anstellt.«

»Dann besteht ja vielleicht auch für mich noch Hoffnung, dass ich hier überhaupt noch etwas entscheiden darf, nehme ich doch an? Denn …. Mächtiger Gott, siehst du mit der Schürze lächerlich aus, Jones!«, stieß Logan hervor, ohne seinen vorigen Satz beendet zu haben.

Jones hatte gerade aus der Küche heraus die Halle betreten.

»Jones, geht's dir gut?«

»Das fragst gerade du mich, Laird. Jemand hat mich deinetwegen fast umgebracht Logan und hier habe ich in den letzten Tagen die Hölle durchlebt, denn als ich mich etwas erholt hatte, hat mich deine Hausdame kurzerhand in die Küche befohlen. Ich kann dir sagen, das es für einen Highlandkrieger wirklich das Würdeloseste ist, was ihm widerfahren kann. Aber nun was anderes: Darf ich, bevor ich mich wieder an die Tätigkeit eines Küchenjungen begeben muss, meine Freude darüber ausdrücken, dass auch du nicht ernsthaft verletzt wurdest und wieder Zuhause bist, Laird?«

»Danke, mein Freund! Und da ich zuversichtlich bin, dass die Herrin des Hauses und die oberste Hausdame die Erklärung meiner Schuld an dem ganzen Geschehen anerkennen, denke ich sie werden mir nicht den Kopf abreisen, wenn ich dich vom Küchenjungendasein befreie.«

»Soll ich dann gleich meine Sachen zusammenpacken und für immer das Clanland verlassen?«

»Wie meinst du das?«

»Frage dies doch besser deine Gemahlin.«

Rodina schaltete sich ein: » Màiri hatte ihm mit Verbannung gedroht, wenn sie dich nicht lebend wiederbekommt.«

»Hast du ihm wirklich gedroht?«

»Wegen dir Laid, musste unsere Lady einen weiteren gewaltigen inneren Konflikt durchstehen. Also mach ihr jetzt bloß nicht auch noch Vorwürfe, wie sie dem Dummkopf gedroht hat, der sie mit dir zusammen hintergangen hat.«

Màiri sah Rodina an. »Lass es gut sein, Rodina, Logan hat alles gestanden. Jones ist zwar sein Freund, aber man kann verstehen, dass er als ein solcher dichthält und vor allem das er seinem Laird treu ergeben ist.«

Rodina stemmte die Hände in die Hüften. »Aye, das ist ja auf der einen Seite recht ehrenhaft, aber dennoch sollte man als Freund auch erkennen was wichtiger ist und ob man nicht besser etwas sagt, wenn der Freund so einen Unfug treibt, wie Logan es getan hat.« Sie holte tief Luft: »Sie hätten Beide sterben können!«, und dann rannen ihr die Tränen über die Wange, sie schniefte und zog die Nase hoch. »Aber

ich rede und rede und dabei wollt ihr bestimmt etwas Essen.
Ich sag der Köchin Bescheid!« und mit diesen Worten eilte
sie davon.

Logan sah ihr verwundert nach. »Was war denn das?«
Màiri gab ein schnaubendes Geräusch von sich.

»Was?«, fragte Logan.

»Begreifst du es denn nicht? Sie hatte ebenso Angst um
dich. Sie hatte aus Jones herausbekommen, was du vorhat-
test, als es dann *fehlschlug*, da hat sie sich nicht nur um dich
geängstigt, sondern auch noch Vorwürfe gemacht, weil sie
es erstens nicht verhindert und mir auch nichts gesagt hatte.
Rodina liebt dich nämlich, als wärst du ihr eigener Sohn!«

Logan legte zuerst verwirrt die Stirn in Falten, dann presste er die Lippen zusammen: »Was bin ich doch für ein ungehobelter Narr!« Im nächsten Moment stieß er hervor: »Ihr
entschuldigt mich bitte für einen Augenblick«, dann eilte er
Rodina nach.

Jones sah Màiri verwundert fragend an: »Was hat unser
Laird denn jetzt schon wieder für eine Dummheit vor?«

»Keine Dummheit! Ich denke er ist gerade dabei eine
Hausdame sehr glücklich zu machen.«

In der Küche kreischte jemand auf. »Logan, du dummer
Junge, lass mich sofort herunter. Solche Anzüglichkeiten
kannst du dir bei deiner Gemahlin erlauben, aber doch nicht
bei einer alten Frau wie mir! Sieh´ dir das an, meine Kleidung ist ganz zerdrückt. Daran bist nur du schuld!«

Als die Beiden wieder in die Halle kamen, lächelte Rodina
Logan an und schüttelte immer noch den Kopf. Sie ging zu
Màiri, dann sagte sie leise: »Màiri, mein Kind, du hast Recht
gehabt, der Kerl ist einfach verrückt!« Sie wischte sich mit
der Hand über die Augen und eine Freudenträne weg, wie
Màiri erkannte.

Sieben Monate später erblickte die kleine Grace MacRaily

das Licht der Welt.

Màiris Onkel war vernarrt in seine Großnichte, so sehr, dass ihn die Eltern manchmal bremsen mussten, denn er verwöhnte das Kind mit viel zu vielen Geschenken ihrer Meinung nach. Wallace hatte nur darüber gelacht. »Dann müsst ihr euch eben anstrengen, dass sie meine Zuneigung zu ihr, mit ein paar weiteren ihrer Geschwister teilen muss.«

England ….

Severga hatte erneut dem Glücksspiel gefrönt, welches er mit anderen Edlen betrieb. Er hoffte ein Vermögen zu ergattern, doch er verlor beim Spiel, denn er hatte dabei nicht das, was man ein glückliches Händchen nennt. So erbat er sich von den edlen Herren einen Kredit. Da er ihn nicht begleichen konnte, gewährten sie ihm eine Stundung für ein Jahr, doch wieder einmal kam er seiner Verpflichtung nicht nach.

Winchester ….

»Severga steht also aufgrund seines Zahlungsverzugs bei Euch in der Schuld!«

»Ja! Und diese versäumte Rückzahlung hat mich in Schwierigkeiten gebracht. Sicherlich könnt Ihr meine Zwangslage verstehen?«

»Welch schamlose Zumutung von Severga!«

»Wenn er spielt, verliert und dazu noch betrunken ist, plärrt er Anekdoten raus und prahlt mit seinen angeblichen Heldentaten für unseren Monarchen in den Highlands, die er dort begangen habe.«

»Ich verstehe Eure Entrüstung! Weigert der Earl sich also weiterhin seine Schulden zu begleichen, so habt Ihr vom König und mir bei der Handhabe gegen ihn, freie Hand.«

Der Ratsherr neigte seinen Kopf etwas zu Godfrey of Lang hinüber und flüsterte ihm vertrauensvoll ins Ohr: »Severga hat bei seinem letzten Auftrag im schottischen Hochland versagt, denn wie uns zu Ohren gekommen ist, haben sich die Clans der MacRaily und der MacMorven zwar befehdet, aber kurz darauf durch Eheschließung vereint. Somit hat Severga die letzte Gunst des Hofes verspielt.« Nach einer kurzen Pause flüsterte er erneut: »Würde Severga wegen seines Wissens um die Pläne des Königs zum Schweigen gebracht, denn wir müssen befürchten, dass er, wenn er Geld braucht, auch mit den Schotten gegen uns konspirieren würde! Es würde uns somit nicht im Geringsten stören und wäre von Vorteil, wenn er den Tod bei einem Duell fände, bevor er sein Wissen um des Königs Intrigen gegen die Schotten in seiner Gier noch preisgibt! Zudem wäre ein solches Ableben eine effektive Alternative zu einer Hinrichtung, die man begründen müsste.«

»Ich denke, dies lässt sich zu Eurer Zufriedenheit durch mich regeln!«

Nur wenige Tage nach dem Gespräch mit dem höchsten Ratsherrn des englischen Königs, kam es in einem Wirtshaus am Markttag von Luton, einer englischen Stadt die langsam, aber beständig wuchs, zu einer Auseinandersetzung ….

Als Aros da so an einem Tisch in einer der Tavernen von Luton saß, wurde seine Aufmerksamkeit auf einen Tisch auf der anderen Seite des Raumes gezogen. Das Gesicht des Mannes, der gerade ein Gespräch mit seinen Mittspielern führte, es kam ihm sehr bekannt vor. Der Verstand des Highlanders in der Kleidung der Engländer gewandet, arbeitete noch einen Augenblick, da fiel es ihm wie Schuppen von den Augen. Es gab keinen Zweifel, dieser Kerl der da Karten spielte und den sie Mitspieler Severga nannten, bei dem handelte es sich eindeutig um den angeblichen französischen Wollhändler Stendhal de Morau.

Aros fragte sich gerade, wie er sich verhalten sollte, denn sein Laird hatte mit dem Kerl einiges zu klären, als sich die Tür öffnete. Ein weiterer Gast betrat den Raum. Dieser trug ein reich verziertes Wams, knielange Hosen, Beinlinge und Lederschuhe. Um dessen Hüfte lag ein reich verzierter Gürtel, in dem ein kostbarer Dolch steckte und an dem ein Schwert hing. Über den breiten Schultern lag ein bodenlanger Mantel mit Besatz aus golddurchwirktem Brokat, dessen Säume an Hals mit Pelzstreifen verziert waren. Dieser noch edler gekleideter Mann, als die die am Spieltisch gewandeten waren, blieb in seiner Nähe stehen, um die am Tisch spielenden zu beobachten, die sich für nichts und niemanden im Raum, außer ihrem Spiel zu interessieren schienen.

Godfrey of Lang, beobachtete wie Severga mit ernst gespieltem Gesichtsausdruck dem Spielverlauf folgte, um dann jedes Spielmanöver seiner Mitspieler mit einem Lächeln zu bedenken, um das sich für ihn ins Negative entwickelnde Spiel so zu überspielen. Godfrey wusste, er tat dies, um den Mitspielenden Glauben zu machen, er habe eine so gute Hand, dass diese das Spiel aufgaben und er deren Börse einstreichen konnte, ohne sein Blatt zeigen zu müssen.

Godfrey hatte vor, dem Possenspiel seines Schuldners ein Ende zu bereiten und trat eiligen Schrittes an den Spieltisch heran. Die Angelegenheit würde heute ein Ende haben, wenn der Herr im ebenso hold war, wie das Königshaus, dem er treu diente.

»Ihr seid ein skrupelloser Betrüger Severga!«, brachte Godfrey of Lang hervor, als er den Spieltisch erreicht hatte. »Die Frist für die Darlehensrückzahlung, die ich Euch für ein verlorenes Spiel gewährt habe, sie ist seit Monaten verstrichen! Ich habe es satt, regelmäßig Erinnerungsschreiben an Euch zu senden, die alle ohne Antwort bleiben. Kommt mit mir hinaus!«

Severga sah von seinen Karten auf und starrte Godfreys erschrocken in Gesicht. Fasste sich dann aber, auch wenn ihm die Situation, in der er sich befand, mehr als Unbehagen einflößte. »Was eilt es denn so, Godfrey?«, stieß er gespielt gefasst hervor. »Lasst mich erst mein Spiel beenden, denn ich habe gerade eine Gute Hand. Mit dem Gewinn kann ich auch all meine Schulden bei Euch begleichen. Setzt Euch doch und trinkt erst einmal einen Wein.« Er hob seinen Kelch. »Dieser Wein ist ausgezeichnet.«

Godfrey bedachte ihn mit einem feindseligen Blick, lachte humorlos auf: »Ihr seid doch am verlieren, somit werdet Ihr auch mit diesem Spiel das Problem nicht lösen können.«

»Was, zum Teufel, redet Ihr da?«

Severgas Mitspieler blickten entgeistert zwischen den beiden Männern hin und her.

Godfrey of Lang riss ihm die Karten aus der Hand und warf das schlechte Blatt zum Beweis der Richtigkeit seiner Worte auf den Tisch. »Da habt Ihr den Beweis edle Herren.«

Die Herren am Tisch starrten erst auf das schlechte Blatt und dann Severga ungehalten an, doch of Lang lies ihnen keine Zeit zu reagieren. »Ich gedenke mich nicht zu wiederholen! Entweder Ihr könnt die Angelegenheit regeln und begleicht in dieser Stunde Eure Schulden. Wenn nicht, tragt Ihr mir die Konsequenz aus diesem Verhalten, denn dann werdet Ihr mir die Schulden durch Euer Blut tilgen, da mir mittlerweile ein großer Schaden durch Eure Säumnis entstanden ist.«

»Nun mal langsam of Lang, ich bin ein Mann des Königs und genieße seiner Hoheit eingeschränktes Vertrauen, daher werdet ihr mir eine Fristverlängerung ...«

»Diese Argumentation greift bei mir nicht mehr, Severga! Es gibt keine weitere Nachfrist. Und wenn ich nicht lache, Ihr besitzt nicht einmal mehr das Vertrauen des Königs und die Unterstützung des Ratsherrn, denn auch beim Spiel mit deren Gunst seid Ihr gescheitert. Also, wie wollt Ihr zahlen?«

Das Godfrey of Lang seine Drohung ernst meinte, konnte Severga aus seinem Tonfall heraushören.

Doch viel interessanter für Aros, als das Erkennen, wurde die Unterhaltung die Severga gerade laut mit dem Mann führte. Es war ein Schwall von Gesprächsfetzen, die direkt zu ihm an den Tisch herüberdrangen. Er lauschte gespannt.

»Godfrey, was soll die Behauptung, dass ich das Vertrauen des Königs und die Unterstützung des Ratsherrn nicht mehr besitze? Ich war für den Monarchen in den Highlands und habe für ihn sogar das Blut eines Lairds an meinen Händen kleben. Nicht das es mir um den schottischen Bastard leid täte, oder wenn sich die Clans…«

»Haltet besser Euer verlogenes Mundwerk, Severga und stellt solche üblen Behauptungen gegen unseren König und dass ihr in seinem Auftrage gehandelt haben sollt, nicht noch einmal auf. Ich warne Euch!«

Aros begriff was dieser Severga getan hatte. Nicht Wallace hatte den Tod von Ermod MacRaily verschuldet, sondern dieser verfluchte Engländer und der unter dem Bett gefundene Stein, er musste die Mordwaffe gewesen sein.

»Nein, wartet doch mal, ich hatte das Gefühl wir wären Freunde!«

»Freunde? Zwischen Eurem Stand und dem meinen, da gibt es keine Freundschaft! Und jetzt Schluss mit dem Reden. Ich fordere Euch zum Duell für dieses Ehrendelikt an mir«, donnerte Godfrey verärgert.

Die Aufforderung war unmissverständlich. Severga verdrehte die Augen, stand auf und folgte Godfrey in der Hoffnung das Duell zu seinen Gunsten zu gewinnen.

Bänke wurden hinter ihnen gerückt und Füße scharrten, während sie ins Freie traten. Severga wusste, sie würden eine Menge Zuschauer haben.

Die beiden Männer lieferten sich auf der Straße von Luton einen heftigen Schwertkampf. Sie kämpfen mit schnellen harten Hieben gegeneinander.

»Seht es als Gnadenakt Severga durch mein Schwert und nicht mit dem Strick durch den königlichen Henker hingerichtet zu werden«, raunte Godfrey of Langs mit erbarmungsloser Endgültigkeit, bevor er den finalen Schlag gegen Severga fürte.

Mit einem erstickenden Gurgellaut starb Severga. Diesmal hatte er wahrlich zu hoch gespielt und für immer verloren. Nie würden die Schotten und ihr König erfahren das England fortwährend versuchte die Rivalität der schottischen Highland-Clans gegeneinander durch Männer wie Severga unter dem Deckmantel Franzosen zu sein.

Aros der den Kampf aufmerksam verfolgt hatte, sah wie der Engländer durch die Klinge seines Landsmanns sein Leben verlor.

Noch am Abend verließ er Luton und machte sich auf den Weg in Richtung Schottland. Der Weg war lang und beschwerlich, doch dort hatte er seinem Laird, außer über den Erfolg seines Auftrages noch etwas Dringendes zu berichten, was für diesen und den Clan dessen Nichte von größter Wichtigkeit war.

»Na auch endlich wieder zurück? Es hat dir in England anscheinend gut gefallen?«, fragte Wallace mit leicht belustigtem Unterton in der Stimme, als Aros verstaubt vom tagelangen Ritt, in seinem Arbeitszimmer erschien.

»Was heißt hier gefallen?«, presste Aros hervor. »Du hast mich nach einem Auftrag dorthin auch schon mal freundlicher begrüßt!«

»Wir haben dich schon vor mindestens zwei Wochen zurückerwartet!«

»Manchmal ist es gut, wenn man etwas länger im Feindesland bleibt, selbst wenn es einem nicht gefällt. Aber lassen wir das, denn ich habe Neuigkeiten für dich, die nichts mit deinem Auftrag zu tun haben.«

Wallace hob fragend eine Braue.

Aros berichtete ihm vom Vorfall in der Taverne und sagte: »Der Intrigen spinnende und mörderische Dreckskerl kam bei der Auseinandersetzung mit dem anderen Engländer ums Leben. Wäre es nicht geschehen, dann hätte ich einen Weg gefunden und das miese Schwein in die Hölle befördert.«

Wallace sah ihn immer noch aus großen fassungslosen Augen an. Das Schicksal hatte es gefügt, dass er sich durch diesen Zufall von der Tötung seines Freundes freisprechen konnte. Er wünschte sich dennoch, er wäre nicht so dumm gewesen auf diesen angeblichen Franzosen hereingefallen zu sein. Er stieß betroffen und wütend auf sich selbst hervor: »Dir scheint da eine Kleinigkeit entgangen zu sein, mein Lieber! Ob schuldig an Ermods Ableben oder nicht, spielt gar keine Rolle. Er ist dennoch hier in meinem Wohnturm zu Tode gekommen. Ich bin der Laird und habe ihn niedergeschlagen und damit einem Feind damit die Möglichkeit erst verschafft ihn zu töten. Meine Fehlendscheidung hat einen gewaltigen Schicksalsschlag für einige Menschen hervorgerufen.«

»Es ist wirklich unvorstellbar was da wirklich geschehen ist. Auch, dass es keiner von uns bemerkt hat. Dennoch, wenn man bedenkt wie es hätte Enden können, dann hatten wir ein wenig Glück, dass diese Intrige am Ende für unsere Clans - aber vor allem für Màiri einen solchen Lauf genommen hat. Wir sollten zu Logen reiten und ihm von der Sache berichten.«

»Wir?«, fragte Wallace.

»Also, ich denke dein Schwiegerneffe wird dir gewiss

glauben und dennoch sollte ich mit Dir kommen.«

Mit einem Lächeln auf den Lippen empfing Logen die beiden Männer. Das Lächeln erlosch jedoch schlagartig, als Aros auch ihm von dem Geschehen und der Tat an dessen Onkel durch Severag berichtete. Es war nicht alleine das Wissen, das ein Engländer ihm auch den Onkel genommen hatte, sondern das Bewusstsein welches sein Herz erneut bedrückte, bei dem was er seiner geliebten Màiri duch die Hinterlist des Sasanach angetan und aufgebürdet hatte.

Epilog

Wallace als stolzer Onkel besuchte das Castle der MacRailys die nächsten Jahre immer wieder regelmäßig. Vor allem auch immer kurz nach der Geburt eines der weiteren Kinder.

Grace, Leah und die kleine Ava liebten ihren Großonkel sehr.

Logen war glücklich, auch wenn es keinen Stammhalter bei ihnen gab. Er hatte mit der Geburt von *nur* Mädchen jedoch keine Probleme. Er liebte seine vier Frauen abgöttisch.

Schottland, Sommer 1272 ....

Màiri holte tief Luft, als der stechende Schmerz der Presswehe verebbte und dann sah die Hebamme auch schon den Kopf eines Kindes.

»Lady Màiri, bei der nächsten Wehe noch mal schön kräftig pressen, dann denke ich, ist es geschafft.«

Kurz darauf hatte die Hebamme das Kind im Arm.

Olivia vertrat diesmal ihre Mutter Nurella, die zuvor die Mädchen des Laird alle samt auf die Welt geholt hatte, da diese nun öfter kränkelte. Die junge Olivia lächelte. »Das habt Ihr gut gemacht, Lady!«

Die Niederkunft hatte lange gedauert. Màiri war ziemlich schwach. Sie lächelte jedoch und bedankte sich bei Olivia für ihren Beistand, mit den Worten: »Ich bin dir dankbar. Deine Mutter kann stolz auf dich sein! Olivia, wo ist Logan?«

»Ich denke der Laird ist bei den Mädchen!«

»Er soll kommen«, sagte Màiri erschöpft.

Als Logan Màiri einen Kuss auf die Stirn gab, erwachte sie aus ihrem Dämmerzustand, in den sie geglitten war.

»Mummy, bist du wach?«, hörte Màiri vom Fußende des Bettes her eine leise Stimme fragen.

Logan lächelte, beugte sich zu seiner jüngsten Tochter hinunter und hob sie hoch.

Ava kicherte vergnügt.

Die beiden größeren Mädchen, Grace und Leah, traten vorsichtig an das Bett heran. Auch sie wollten das neugeborene Geschwisterchen sehen.

»Zwei kerngesunde Söhne, mein Laird, hat Euch Eure Lady soeben geschenkt«, verkündete die Hebamme mit fester Stimme, als sie bemerkte, wohin der Blick aller gerichtet war.

Logan sah die Frau erstaunt an: »Verzeih, ich glaube, ich habe dich nicht richtig verstanden, Olivia?«

»Oh, ich glaube doch, dass mein verdutzter Gemahl sehr wohl richtig verstanden hat. Es sind zwei, Zwillinge Logan!«, hörte er eine äußerst blasse Màiri leise sagen, die ein wenig nach Luft rang.

»Ihr solltet nun besser ruhen, Lady Màiri. Ich werde dem Laird und den Mädchen die Kinder zeigen«, dabei zog die Hebamme fürsorglich ihrer Lady die Decke noch ein wenig weiter unters Kinn und fuhr ihr sanft mit der Hand über die Stirn. »Schlaft jetzt! Zum Stillen wecke ich Euch.«

Olivia zeigte den Mädchen und Logan die beiden Jungen, dann schickte sie die Mädchen fort.

Als die Mädchen das Zimmer verlassen hatten, sagte sie: »Laird, ich muss mit Euch sprechen!«

Logan sah die junge Frau fragend an.

»Ihr müsst wissen, die Geburt war schwer! Mylady hat sie zwar überstanden, aber sie wird sich etwas länger davon erholen müssen. Es sind stramme Jungen, Laird!« Danach flüsterte sie leise und eindringlich: »Es werden besser Eure letzten Kinder sein, wenn ihr Eure Frau behalten wollt.«

Logan nickte, glaubte zu verstehen. »Wir sollten also auf den Beischlaf verzichten.« Olivia schüttelte den Kopf und beruhigte ihn: »Laird es gibt Mittel und ihr solltet einfach darauf achten Euren Samen nicht mehr in den Schoß Eurer Frau zu legen, dann ist gegen die Freuden der Liebe nichts einzuwenden.«

So kam es, dass die Zwillinge Finlay und Dylan die letzten Kinder von Logan und Màiri waren, denn sie achteten trotz ihrer Lust darauf, dass Màiri bis zu ihrem Klimakterium nicht mehr in andere Umstände kam.

Schottland, Herbst 1272 ....

»Wo sind die Kinder?«, schallte eine tiefe Männerstimme über den Burghof.

»Onkel Wallace, du hier?«, rief Màiri lachend aus und fiel ihm freudig um den Hals.

»Nicht so stürmisch, Mädchen, hebe dir dein Temperament für diesen unsäglichen MacRaily auf, der mich ständig zum Großonkel macht.«

»Du kannst es selbst nach so langer Zeit nicht lassen!«, murmelte Màiri an der Brut ihres Onkels.

Wallace schob Màiri ein Stückchen von sich weg. » Er hat es verdient! Nun lass dich aber erst einmal richtig ansehen, mein Kind. Du wirst mit jedem Kind noch schöner.« Wallace küsste ihre Stirn. »So und nun sag, wo steckt dein vermaledeiter Ehemann?«

»Er hat viel zu tun. Du weißt: die Schafe, das Land, der Clan ... eben wie immer und wie bei dir?«

»Was redet ihr MacMorvens da hinter meinem Rücken über mich?«, ertönte auf einmal eine Stimme hinter ihnen.

Wallace drehte sich abrupt um und legte seine Hand dabei an den Schwertknauf, lächelte jedoch dabei.

Auch Logan war älter - *nein reifer* - geworden, bemerkte Wallace für sich. Er erkannte, dass sein Schwiegerneffe irgendwie gelassener wirkte. Mit fast dreiunddreißig Jahren, als verheirateter Mann mit fünf Kindern und als Laird, musste man das wohl auch sein.

Nach einer Begrüßung der Männer, sahen sie sich die Jungen an, die schon zweieinhalb Monate alt waren.

»Du hast gute Arbeit mit meiner Nichte geleistet«, schwärmte Wallace. Man hörte wieder einmal den Stolz des Verwandten aus seiner Stimme, den er bei jedem ihrer Kinder empfunden hatte.

Überrascht sah Logan Wallace an, als dieser freudig strahlend auf ihn zu trat und ihn direkt in seine Arme zog. Er küsste ihm sogar die Stirn. »Ich bin doch sehr froh dich nicht umgebracht oder gar entmannt zu haben. Ich bin wahrlich glücklich euch als Familie zu haben!«

Ende

Anhang

Kapitel: Prolog

* Alexander III. (auch Alexander der Glorreiche; * 4. September 1241 in Roxburgh; † 19. März 1286 bei Kinghorn) war schottischer König von 1249 bis zu seinem Tod am 19. März 1286. Ihm folgte Margaret von Norwegen als Thronfolgerin.

* Äußeren Hebriden - Seit dem 9.Jahrhundert standen die Hebriden unter norwegischer Herrschaft. Erst im Jahr 1266, nachdem der norwegische König Håkon IV nach der Schlacht von Largs im Oktobersturm einen großen Teil seiner Flotte verloren hatte, trat er die Hebriden an Schottland ab.

* Thanes - Titel der Ehre, vom König verliehen.

Kapitel: Unfall oder Mord

* Fhrangaich - schottisches Wort für Franzose

Kapitel: Die Frau aus seinen Träumen

* Reet - Schilfrohr für Dacheindeckung

* Schindeln - Dacheindeckung aus Holz (kleine Holzbrettchen)

* Laird - Clanherr

* Taibhsear (schottisches Gälisch) - Seher, Hellseher, Weissager

* Keep - **Der Haupt- bzw. Wohnturm eines mittelalterlichen Castle (Burg)**

* Sgian dubh (andere Schreibweise Sgian dhub oder Skhian dubh = traditionelles schottische Strumpfmesser

Kapitel: Machtlosigkeit

* Sasannaich - Engländer

Kapitel: Ich will dich, meine schöne Beute!

* Brouche - eine Art Unterhose

Kapitel: Entscheidung und Zufriedenheit

* Belted Plaid (fèileadh mor) - schottischer Männerrock. Er ist jedoch kein fertiger Rock, sondern muss in einer bestimmten Technik gewickelt werden. Früher bestand die Stoffbahn, genannt Tartan, aus 8 - 12 Metern Wollstoff. In der heutigen Zeit stimmt dieses Maß nicht mehr, da es mit modernen Webstühlen möglich ist auf eine Breite von 1,40 - 1,60 Metern zu Weben. In früheren Zeiten hingegen brauchte man die Länge von 8 - 12 Meter je nach Körperumfang, da die Webstühle nur auf eine Breite von 70 - 80 cm weben konnten. Interessierte finden Anleitungen zur Anlegung eines Belted Plaid im Internet.

* Tartan - Ein Webmuster (Karomuster) für Stoffe. Die eindeutige Zuordnung von bestimmten Tartans zu einzelnen Clans begann jedoch erst im 16. Jahrhundert. Im Jahr 1746 stellte der Dress Act *dann* das Tragen von Tartans für die Einwohner der schottischen Highlands sogar unter Strafe. Dieses Gesetz hatte bis 1782 Bestand und war ein Teilversuch der Engländer, die Highland-Kultur zu unterdrücken. Im 19. Jahrhundert kam es zu einem Tartan-Revival und das Tragen kam in der englischen und schottischen Oberschicht wieder in Mode. Der Tartan wird in einer speziellen Abfolge von Farben und Farbtönen gewebt, die nur von den Mitgliedern des Clans getragen werden dürfen. Obwohl ein solcher Tartan die sichtbare Zugehörigkeit zu einem Clan ausdrückt, ist es nach schottischem Wappenrecht kein Vergehen, den Tartan eines anderen Clans zu tragen.

* Arisaid - ein Belted Plaid für die Frau, ist ein historisch dokumentiertes Gewand der Schottinnen. Für den Arisaid brauch man

im Gegensatz zum Belted Plaid (fèileadh mor) der Männer jedoch nur zwischen 2 und 3 Meter Tartan.
Dazu trägt die Frau einen langen Rock und eine Bluse.

* Liebesknoten - Dieser Knoten wurde von antiken Kelten als Dekoration verwendet und ist auch bekannt als keltischer Knoten. Um 450 n. Chr., bevor die Kelten vom Christentum beeinflusst werden konnten, zeichnete sich keltische Kultur in Form dieser Knoten aus. Ab dem 8. Jahrhundert verbreiteten sie sich in verschiedene Teile der Welt.
Der Liebesknoten steht für die Liebe zwischen zwei Menschen und wird mit ineinander verstrickten Knoten dargestellt. Liebende tauschten diese Knoten aus, wie heutige Paare Ringe austauschen. Der ovale keltische Knoten steht für das ewige Leben und reicht zurück bis 2500 v. Chr., als die ersten schottischen, walisischen und irischen Kelten diese Knoten benutzten.

Kapitel: Bildnisse im Turm

* Haggis - Eine schottische Spezialität. Sie besteht aus dem Magen eines Schafes (Paunch), der mit Herz, Leber, Lunge, Nierenfett vom Schaf, Zwiebeln und Hafermehl gefüllt und mit Pfeffer scharf gewürzt wird. Das Hafermehl verleiht dem Ganzen eine etwas schwerere Konsistenz als Wurst. Das Gericht wurde nachweislich bereits in der Antike gegessen.

Kapitel: Preisgegeben

* Bigealas - Schottisches Gälisch für: Glied, Lümmel, Penis, Piepmatz, Pimmel, Pipimann, Schwanz, Willy, Zipfel

* Pön - Hohn, Spott

Kapitel: Einigung

* Maighdeann - Fräulein

Kapitel: Taktik einer Frau

* Kalte Feuer - Wundbrand ist eine ebenso historische Bezeichnung wie Kalte Feuer für alle Arten von Wundinfektion (Blutvergiftung) und deren Folgeerscheinungen.

Kapitel: Clanoberhäupter und ihre Marotten

* Uskeba schottisch-gälisch (auch uisge beatha) - Whisky *Wasser des Lebens* (uisge / uisce = Wasser, beatha = Leben).

Über H.G. Lumiell / Gabi Haug

Gabi Haug, Jahrgang 1961, lebt mit ihrem Mann in Frankfurt am Main.

Besuchen Sie Gabi Haug / H.G. Lumiell / im Internet!
Entdecken Sie alle Bücher der Autorin, ihre Autorenfanseiten,
Hobbys und vieles mehr:

https://www.nefhithiels-fantasiewelt.de/

Oder in den sozialen Netzwerken:

https://www.facebook.com/Gabis.Romane/